# 삽미의 비

삽미의 비 하근찬 전집 7

초판 1쇄 발행 2022년 11월 12일

지은이 하근찬
펴낸이 강수걸
기획실장 이수현
편집장 권경옥
편집 오해은 신지은 김소현 이선화 이소영 강나래
디자인 권문경 조은비
펴낸곳 산지니
등록 2005년 2월 7일 제333-3370000251002005000001호
주소 부산시 해운대구 수영강변대로 140 BCC 613호
전화 051-504-7070 | 팩스 051-507-7543
홈페이지 www.sanzinibook.com
전자우편 sanzini@sanzinibook.com
블로그 http://sanzinibook.tistory.com

ISBN 979-11-6861-104-7 04810
ISBN 978-89-6545-749-7 (세트)

* 책값은 뒤표지에 있습니다.
* 잘못 만들어진 책은 구입처에서 교환해드립니다.
* 본 전집은 백신애기념사업회가 영천시의 지원을 받아 제작되었습니다.

하근찬 전집 7

# 삽미의 비

산지니

발간사

# 밑바닥을 향한 진실한 시선

세상은 속도에 차이는 있겠지만 늘 변해왔다. 그 변화에 사람들은 순응하기도 하고 저항하기도 하면서 발걸음을 맞춰왔다. 좋은 작가에게 우리가 거는 기대가 있다면, '새로운 눈'으로 세상의 변화를 보여주는 것이다. 작가가 보여주는 세계는 새로운 세상의 창조와 같다. 작가가 개성적으로 바라보는 창조적 관점은 세계에 새로운 옷을 입히는 것과 같기 때문이다.

하근찬은 한국전쟁 이후의 상처를 민중의 관점에서 어루만지면서 '치유의 서사'를 펼쳐 보인 좋은 작가다. 그는 전쟁 이후의 혼란한 세계 속에서 '새로운 눈'으로 창조적 소설 작품을 써낸 존재다. 진실을 향한 집념을 가진 작가는 좋은 작품들을 남긴다. 하근찬은 '새로운 눈'과 '진실을 향한 집념'으로 사실의 기록자에 머물지 않고 진정한 창작자가 되었다.

작가는 맑고 정상적인 눈을 가져야 한다. 건강한 눈으로 항상 세상을 골고루 넓게, 그리고 똑바로 바라보아야 한다. 똑바로 바라본다는 것은 바꾸어 말하면 어떤 현상의 밑바닥에 흐르는 진실을 꿰뚫어 보아야 한다는 뜻이다.

세상을 골고루 넓게 바라보는 것도 중요하지만, 똑바로 바라보는, 즉 꿰뚫어 보는 안광이 작가에게는 더욱 중요하다. 그렇지 않고서는 세상이 빚어내는 갖가지 일들의 의미를 파악할 수가 없는 것이다.(하근찬, 「진실을 꿰뚫어야 하는 안광(眼光)」, 『내 안에 내가 있다』, 엔터, 1997, 274쪽.)

하근찬은 세상을 바라보는 '눈'에는 두 가지가 있다고 보았다. 하나는 '세상을 골고루 넓게' 바라보는 눈이고, 또 하나는 '세상을 똑바로' 바라보는 눈이다. 그렇다면 작가가 강조하는 '똑바로 바라보는 눈'이란 무엇일까? 그것은 나타나는 현상에만 머물지 않고, 그 현상의 밑바닥에 있는 원인을 꿰뚫는 혜안을 말한다. '사건이 있었네!'에서, '왜 이 사건이 일어났을까?'라고 질문하는 탐구정신이기도 하다. 하근찬은 '바로 본다는 것'은 보이는 것에만 시선을 두지 않고, "밑바닥에 흐르는 진실"을 밝히는 것이라고 했다. 진실을 위해서는 깊이, 그리고 많이 생각해야 하고, 현상 이면에 담긴 원리와 작용하는 힘을 밝혀내는 노력을 해야 한다.

하근찬은 밑바닥에 흐르는 진실을 탐구한 작가였다. 웅숭깊은 그의 이 시선과 거룩한 문학적 성취는 한국문단에서 보기 드문 문학적 자산이다. 그럼에도 그의 문학세계를 전체적으로 살필 수 있는 전집이 없었으며, 참고할 만한 좋은 선집도 간행되지 못했다는 것은 참으로 안타까운 일이었다.

하근찬 탄생 90주년을 맞아 구성된 '하근찬 문학전집' 간행위원회는 다음과 같은 목표를 설정하였다.

첫째, 하근찬 작품 세계 전체를 충실히 복원하고자 했다. 그간 하근찬의 소설세계는 단편적으로만 알려져 있었다. 하근찬의 등단작 「수난이대」는 일제강점기와 한국전쟁으로 이어져온 민중의 상처를 상징적으로 치유한 수작이다. 그러나 그의 문학세계는 「수난이대」로만 수렴되는 경향이 있었다. 하근찬은 「수난이대」 이후에도 2002년까지 집필 활동을 하면서, 단편집 6권과 장편소설 12편을 창작했고 미완의 장편소설 3편을 남겼다. 문업(文業)만으로도 45년을 이어온 큰 작가였다. '하근찬 문학전집' 간행위원회는 하근찬의 작품 세계를 '중단편 전집' 8권과 '장편 전집' 13권으로 나눠 총 21권을 간행함으로써, 초기의 하근찬 문학에 국한되지 않는 전체적 복원을 기획했다.

둘째, 하근찬 문학세계의 체계적 정리, 원본에 충실한 편집, 발굴 작품 수록을 통해 자료적 가치를 확보하려고 노력했다. 하근찬 문학전집은 '중단편 전집'과 '장편 전집'으로 구분하여 간행했다. 먼저 '중단편 전집'은 단행본 발표 순서인 『수난이대』, 『흰 종이수염』, 『일본도』, 『서울 개구리』, 『화가 남궁 씨의 수염』을 저본으로 삼았다. 이때 각 작품집에 중복 수록된 작품은 제외하여 편집하였다. 또한 단행본에 수록되지 않은 알려지지 않은 하근찬의 작품들도 발굴하여 별도로 엮어냈다. 이를 통해 전집의 자료적 가치를 높였다. 다음으로, 장편의 경우 하근찬 작가의 대표작인 『야호』, 『달섬 이야기』, 『월례소전』, 『산에 들에』 뿐만 아니라, 미완으로 남아있는 『직녀기』, 『산중 눈보라』, 『은장도 이야기』까지 간행하여 전체 문학세계를 조망할 수 있도록 했다.

셋째, 젊은 세대들의 감각과 해석을 반영하여 그의 문학에 새로운 생명력을 불어넣고자 했다. 하근찬의 작품세계가 펼쳐 보이고 있는 한국현대사의 진실한 풍경들도 젊은 세대들에 의해 읽히지 않으면 의미가 반감될 수밖에 없다. 하근찬 문학의 새로운 해석의 발판을 마련하기 위해, 젊은 연구자들의 충실하고 의미 있는 해설을 덧붙였다. 또한, 개작, 제목 바뀜, 재수록 등을 작품 연보에서 제시하여 실증적 가치를 높이기 위해서도 노력했다.

한 작가의 문학적 평가는 전집이 간행되었을 때 비로소 그 발판이 마련된다고 한다. 1957년에 등단, 집필기간만도 45년의 문업을 이루어온 장인적 작가에 대한 본격적 연구의 발판이 60여 년이 지난 이제야 비로소 마련되었다는 것은 안타까운 일이다. 하근찬의 문학세계에 대한 새로운 조명이 2021년 문학전집 간행과 함께 활기를 띨 수 있기를 기대한다.

2021.10.

『하근찬 문학전집』 간행위원회

송주현 · 오창은 · 이정숙 · 이중기 · 장수희

일러두기

1) 『하근찬 중단편전집』과 『하근찬 장편전집』은 하근찬의 소설세계를 일반 독자들에게 널리 소개하고, 그 문학적 의미가 현대적으로 재해석되도록 하는 데 목적이 있다.

2) 『하근찬 전집 7 삽미의 비』의 작품 수록 순서는 발표된 순서에 따랐으며, 출전을 작품의 끝부분에 밝혀두었다.

3) 『하근찬 전집 7 삽미의 비』에는 미완성 작품 「소야곡」을 수록했다.

4) 작가가 지문에서 사용한 방언과 비표준어는 작품을 훼손하지 않는 범위 내에서 현대어로 바꾸었으며, 작가가 의도적으로 구분해서 사용한 '목덜미'와 '목줄기'는 그대로 살렸다.

5) 작가 고유의 표현은 그대로 살렸다.
예 : 오리막(오르막), 고깃전(어물전), 변솟간(변소), 동넷방(동네 방),
생각키는/생각히는(생각나는) 등.

6) 한 작품에서 같은 뜻의 단어를 표준어와 비표준어 또는 방언을 혼용해서 사용한 경우에는 하나로 통일했다.
예 : 뒤안/뒤란 → 뒤안, 복받치는/북받치는 → 복받치는, 무신/무슨 → 무슨,
잘몬/잘못 → 잘못, 부시시/부스스 → 부스스, 돋우다/돋구다 → 돋우다 등.

7) 다음과 같은 표현은 어법에 맞게 수정했다.
예 : 소중스리 → 소중하게, 뭐라고든지 → 뭐라든지, 칭칭하게 감은 → 칭칭 감은,
그리고 나서 → 그러고 나서

8) 영어 표현의 경우 현행 '외래어표기법'에 따르는 것을 원칙으로 했다.

# 차례

# 봄타령

해가 비스듬히 기울어졌다. 그러나 날이 쉬 저물 것 같지는 않다. 어디선지 쑥국쑥국…… 쑥국새*('산비둘기'의 방언)가 운다. 윤삼월, 해가 길 때도 되었다.

"허리야, 허리야."

선달 영감은 송기 벗기던 낫을 놓고, 허리를 툭툭 친다. 그리고 거무칙칙하게 때가 절은 소맷자락으로 이마에 내배인 땀을 씻는다. 허기가 헉헉 옆구리를 질러대서 더 일손을 놀릴 수가 없는 것이다. 소나무 밑동에 풀썩 기대앉아 고의춤에서 쌈지와 곰방대를 꺼낸다. 쌈지 속에서는 버실버실*(물건이 크게 부스러지는 성질이 있다)한 잎담배와 함께 웬 쇠붙이와 돌멩이가 나온다. 부시와 부싯돌이다. 부싯돌을 쳐서 담배에 불을 붙인 선달 영감은 코로 입으로 푸, 연기를 내뿜으며 수염을 쓰다듬어 내린다. 꼭 염소수염 같다. 그리고 눈을 지그시 내리감는다. 눈언저리에 새겨진 괴죄죄한 주름살이 쪼글쪼글 움직인다.

잠시 후, 저만큼 산모롱이 쪽에서 인기척이 나자, 선달 영감은 힘없이 눈을 떴다. 맹 첨지다. 맹 첨지가 약간 비틀거리는 걸음으로 산모롱이를 돌아오며, 코 먹은 소리로 노랫가락을 흥얼거리고 있다.

"헤, 저 녀석이 뭐가 좋아서……."

선달 영감은 무거운 허리를 일으켜 부스스 자리에서 일어났다. 선달 영감이 자리에서 일어나자, 맹 첨지는 이쪽으로 얼굴을 쳐들며,

"선달이."

냅다 소리를 지른다. 그리고 무엇이 그렇게 좋은지, 얼씨구절씨구 활갯짓을 해 보인다.

"헤헤헤…… 한잔 잘 됐구나. 저 녀석."

선달 영감은 망태기를 한쪽 어깨에 걸치고, 어정어정 산비탈을 내려가기 시작했다.

"한잔 잘 됐구나. 어디서 얻어 걸쳤노? 혼자만 그러기가?"

선달 영감이 다가가자 맹 첨지는 벌겋게 웃으며 코 먹은 소리에다가 약간 혀 짧은 소리까지 곁들여서 지껄여댄다.

"선달아 임마, 애가 다나? 애가 달끼다. 허지만 가만 있거라. 내가 한잔 잘 묵도록 해 줄끼니."

"헤헤헤…… 니가 무신 수로……."

"임마, 정말이다. 두고 보래."

"두고 보긴……."

"이 녀석이 거짓말인 줄 아네. 메칠 새로 우리집에 살(쌀)이 한 섬

하고 돼지가 한 마리 하고, 멩주가 세 필 하고…….”

그러자, 선달 영감은 알겠다는 듯이 염소수염을 까딱까딱 흔들고 나서,

“어디다 팔게 됐노?”

힉 웃으며 물었다.

“팔다니, 이누무자식이…….”

맹 첨지가 주먹 하나를 번쩍 쳐들자, 선달 영감은

“아니 아니, 그래 어디다 치우게 됐노?”

헤, 웃었다.

“아랫마을 조 주사 아니가.”

“뭐? 조 주사한테?”

“그래, 어험!”

“호, 너 팔자 축 늘어졌구나.”

“뭐, 팔자사 늘어질까마는…….”

“와 안 늘어져…… 늘어질 끼다 보래.”

그러자 맹 첨지는 좋아서 입이 헤벌쭉해진다.

마을 갈림길에서 맹 첨지와 헤어지자, 선달 영감은 공연히 허전하고 쓸쓸한 생각이 드는 것이었다. 그래서 그런지 옆구리가 더 헉헉거리는 것 같고, 송기를 벗겨 담은 별것 아닌 망태기가 무겁기만 했다.

어떤 녀석 팔자 좋아
딸 덕분에 봄 사는데,
송기 망태기 못 면하는

이내 신세 노곤하다.

쑥국이야 울지 마라

서산에 해가 진다.

쑥국쑥국…… 쑥국새 우는 소리를 들으며 선달 영감은 흥얼흥얼 신세타령을 늘어놓기 시작했다.

선달 영감은 이 쇠밭골에서뿐 아니라 아랫마을, 그리고 몇몇 이웃 마을에서도 알아주는 늙은이다. 알아준다고 해서 뭐 사람이 남달리 뛰어나서가 아니다. 좁은 이마에 홀쭉하게 빤 하관, 그리고 턱밑에 돋아난 을씨년스러운 염소수염 등, 어느 모로 보나 남들보다 못하면 못했지 나을 것은 조금도 없어 보이는 늙은이다. 사는 형편도 마찬가지다. 쇠밭골 여남은 가호 되는 집들 가운데서 선달 영감네 집이 가장 보잘것없다. 방 한 칸에 부엌 한 칸, 그거나마 기어 들어갔다가 기어 나와야 하는 오두막이다. 게다가 자식 하나 두지 못했고, 할미마저 몇 해 전에 세상을 떠나버려, 칠십 줄에 들어선 몸이 손수 밭뙈기 하나를 일구며 혼자 끓여 먹고 사는, 자기 말마따나 노곤한 신세인 것이다. 그런데 한 가지 선달 영감에게는 남달리 소리를 잘하는 타고난 재주가 있다. 명창이라고까지는 할 만한 것이 못 되지만, 오만 잡가를 다 외우고 있을 뿐 아니라, 그때그때 즉석에서 알맞은 가사를 붙여가며 척척 가락을 뽑아내어 남들을 곧잘 웃기고 울리는 용한 재주를 가지고 있는 것이다. 그러니 자연 뉘 집이든 길흉사 간에 일이 있으면 으레 선달 영감이 나서게 마련이다. 그를 선달 영감이라고 부르게 된 것도 그런 까닭에서인 것이다.

이 쇠밭골은 자동차가 다니는 신작로에서 이십 리가량 걸어 들어온 곳에 자리 잡고 있는데, 여남은 가호밖에 안 되는 납딱한*('납작하다'의 영천말) 집들이 더구나 한자리에 모이질 못하고 여기저기 산비탈에 제멋대로 흩어져 있어서 정말 볼품이 없다. 마을 사람들은 산과 산 사이에 있는 보잘것없는 논배미와 산허리를 일구어 만든, 흡사 누더기조각 같은 어설픈 밭뙈기에 의지해서 살아가고 있다. 그러니 산다는 것이 말이 될 리 없다. 억지인 것이다. 어느 한 집 일 년 양식이 되는 집이 없는 것이다. 일 년은 고사하고 한 겨울을 내기에도 빠듯해서 가을을 하면서부터 벌써 죽을 쑤고, 점심은 숫제 생각지도 않는 집이 대부분이다. 그리고 마을 사람들은 산골짜기에서 눈 녹는 물이 쫄쫄쫄…… 흐르기 시작하고, 산새가 울기 시작하고, 해가 차츰 길어지기 시작하면 이맛살들이 찌푸려진다. 노란 개나리가 피고, 진달래가 울긋불긋 산을 물들이는 봄도 이들에게는 별로 신통할 게 없고, 어떻게 하면 그 긴 하루해를 빨리 넘길 수 있을 것인가, 어떻게 하면 그 지루한 3월, 4월, 5월을 견디어 낼 수 있을 것인가, 그리고 올봄은 또 누가 부황증에 걸릴 것이며, 혹시 이 고개를 넘지 못하고 스러지는 사람이나 생기지 않을 것인가 하는 생각으로 슬그머니 겁들을 집어먹게 되는 것이다. 그래서 이들은 눈이 녹고, 산에 풀이 돋아나기 시작하면 재빨리 기어 나와 설쳐대는 것이다. 고사리를 뜯는다, 산나물을 뜯는다, 도라지를 캔다, 그리고 송기를 벗긴다, 칡뿌리를 캔다…… 하고 몸부림을 치는 것이다. 더러 힘깨나 쓰는 남정네들은 나무를 해서 지고 장날이면 삼십 리가 훨씬 넘는 장터까지 나가기도 한다.

장날이 돌아오면 어김없이 커다란 나뭇짐을 지고 앞장을 서는 것은 두만이다. 올봄 들면서부터 유난히 얼굴에 여드름이 툭툭 불거지는 두만이는 한 장도 거르는 일 없이 부지런히 나무를 해다 판다. 물론 집안 살림에 보태기 위해서지만, 제 나름으로 꿍꿍이속도 있는 것이다. 끝선이 때문인 것이다. 끝선이의 치렁치렁 땋아 내린 숱 좋은 머리에 올봄부터는 빨간 댕기가 나풀거리기 시작한 것이다. 그리고 작년 가을까지만 해도 그렇게 눈에 띄지 않던 앞가슴이 요즘 들어 유난히 봉긋하게 부풀어 오른 것이다. 웃을 때도 눈매에 수줍은 듯한 야릇한 빛이 곧잘 짙게 감돌곤 한다. 그리고 밤에 살짝 두 번인가 만나기까지 했으니, 두만이의 가슴이 달아오르지 않을 수 없는 것이다. 그래서 오늘도 두만이는 나무를 판 돈에서 얼마를 떼어내어 색실을 한 타래 사서 조끼주머니 속 깊숙이 간직해 가지고 돌아온 것이다.

벌써 해는 떨어지고, 산그늘이 그대로 어둠살이 되어 좍, 내리 깔리고 있다.

"늦었구나. 얼매나 시장하겠노."

토골댁이는 마당으로 들어서는 아들을 바라보며 숟가락을 멈춘다. 창돌네도 숟가락을 놓고 자리에서 일어나며,

"시장하겠구마."

하고는,

"되렴*('도련님'의 방언), 고사리 시세 알아 봤는교?"

대뜸 고사리 시세부터 묻는다.

"알아 봤는데, 통 시세 없습띠더. 아무래도 고사리나 산나물 같은 건 도회지로 갖고 나가야 알아주지……."

"그럴꺼예."

창돌네는 힘없이 중얼거리며 부엌으로 들어가 뚝배기 하나를 들고 나온다. 죽이 담긴 뚝배기다. 커다란 뚝배기에 푸르끄름*('푸르스름하다'와 같은 뜻으로 보인다)한 죽이 빽빽하게 담겨 있다. 그것을 보자, 창돌이는 퀭한 두 눈을 더 커다랗게 뜬다. 그리고 빈 그릇이 된 제 뚝배기 바닥을 숟갈로 닥닥 긁으며,

"흥."

한다.

배는 꼭 올챙이배 같은데, 모가지는 까맣게 시들어 오이꼭지 같다.

"흥, 할매."

"야야, 배 터지겠다."

"흥."

그러자 창돌네가 두 눈을 부릅뜨며,

"뭐, 이런 기 다 있노! 지 아가리밖에 모르니…… 발딱 못 일어나겠나?"

냅다 고함을 지른다.

창돌이는 숟갈을 내동댕이치고 후다닥 일어나 마당 가로 내달으며, 삐— 울음을 빼문다.

"숭년에 어른은 골아 죽고, 새끼들은 배가 터져 죽는다더니…… 내참!"

창돌네가 이런 소리를 하자, 토골댁이는 나직하게 한숨을 쉰다.

"어린 기 오직하면 그러겠노. 이런 풀떼죽*(보리나 밀, 콩, 수수 따위의 잡곡을 가루로 만들어 쑨 죽)이사 어디 묵어도 묵은 것 같으나 말이

다. 그만둬라."

사실, 먹어도 헛배만 부르지, 별로 먹은 것 같지가 않은 것이 풀떼기다. 쌀이 떨어진 지는 이미 오래고, 두만이가 나무를 지고 가서 서너 되씩 팔아 가지고 오는 잡곡에 온 식구가 매달려 있는 것이다. 서너 됫박 되는 잡곡으로 한 장 동안을 나야 하기 때문에 죽에다가 시래기나 쑥, 씀바귀, 쑥부쟁이 혹은 냉이 같은 나물을 섞어 넣지 않을 수가 없다. 그러니 온전한 풀떼기도 못 되는 것이다. 푸르끄름하고 건건찝찔한*(짜기만 하고 감칠맛이 없다) 나물죽— 근기가 있을 까닭이 없다. 배는 올챙이배처럼 되고, 모가지는 시들은 오이 꼭지같이 되기 십상인 것이다.

할머니가 역성을 들어주는 바람에 창돌이는 코를 위로 쳐들며 앙— 더 크게 나발을 분다. 돼지우리에서는 암돝*('암돼지'의 옛말)이 주둥이를 우리 밖으로 내밀며 꿀꿀거리기 시작한다. 그쪽도 먹은 것이 시원찮은 모양이다. 뒤안에다가 지게를 벗어놓고 돌아 나온 두만이는 창돌이 녀석이 우는 소린 들은 척 만 척하고,

"뚤뚤뚤뚤……."

돼지우리 쪽으로 다가간다.

두만이가 다가가자 돼지는 더 주둥이를 흔들어댄다. 내달 초순쯤에는 새끼를 쏟아놓게 될 것이다. 그런데 오늘따라 배가 한결 더 빵빵해진 것 같다. 두만이는 돼지의 등을 슬슬 몇 번 긁어주고는 구유에다가 돼지죽을 한 바가지 떠 붓는다. 죽이래야 말뿐이지, 멀건 구정물에 나물 다듬은 찌꺼기가 시퍼렇게 헤엄을 치고 있을 따름이다. 그러니까 이 쇠발골에서는 돼지들도 헛배만 부르게 마련인 것이다.

"야야, 그만 줘라. 많이 묵었다. 어서 와시 지녁이나 묵어라."

토골댁이가 말을 던지자, 이번에는 창돌네가,

"그 돼지도 꼭 창돌이하고 같구마. 묵어도 묵어도 또 묵을라카이……."

하고 웃었다.

모두 웃었다. 그러자 창돌이가 킥! 웃고는 돌멩이를 한 개 집어들며,

"떤진다. 떤진다……."

퀭한 두 눈을 곧장 꿀렁거린다.

방에서 자던 젖먹이가 삐— 하며 깬다.

끝선이는 아버지가 잠들기를 초조하게 기다렸다. 벌써 여러 번째 후후익— 후후익— 하고 저 건너편 도토리나무 숲에서 밤새 우는 소리 같은 휘파람 소리가 날아오고 있는 것이다. 두만이의 휘파람 소리인 것이다. 어서 나오라고 재촉인 것이다. 후후익— 후후익— 그러나 아버지가 잠들기 전에는 겁이 나서 집을 빠져나갈 수가 없다.

마루에 벌렁 활개를 내던지고 누워서 무엇이 그렇게 좋은지 맹첨지는 혼자 흥이 나서,

"조오치!"

툭! 엉덩이를 치기도 하며, 곧장 혀 짧은 소리로 흥얼흥얼 노랫가락을 흥얼거리고 있다. 그러다가,

"선아— 물 좀 도고, 물."

냉수를 찾는다.

끝선이는 얼른 물을 한 사발 떠다 바쳤다. 벌떡벌떡 냉수 한 사

발을 거의 다 비워버린다. 목이 어지간히 타는 모양이다. 그리고 그르륵— 크게 트림을 한다. 잠시 후 맹 첨지는 벌떡 몸을 뒤척이며,

"늘어진다— 늘어져—"

별안간 괴상한 소리를 질렀다.

부엌문에 붙어 서서 아버지의 동정을 살피고 있던 끝선이는 난데없이 무엇이 늘어진다는 것인지, 눈이 휘둥그레졌다.

"내 팔자가 늘어져—"

끝선이는 그만 킥 웃음이 나와 얼른 손을 입으로 가져갔다. 별안간 웬 팔자가 늘어진다고 야단인지, 술을 자시면 아버지도 참 주책없다고 생각한다. 그러나 다음 순간 끝선이는 귀가 번쩍했다.

"조 주사가 내 사운데— 안 늘어지고 우짜겠노. 안 늘어지고—"

혀 짧은 소리로 흥얼흥얼 뇌까리는 것이었지만, 분명히 이렇게 말했던 것이다. 조 주사가 내 사위라니, 그게 무슨 말일까? 취중에 뇌까린 소리지만 끝선이는 예사로 넘길 수가 없었다. 얼떨떨했다.

조 주사라면 이 근처에서는 모르는 사람이 없는 존재가 아닌가. 어느 모로나 떵떵 울리는 존재인 것이다. 우선 이 근처에서 양식 걱정이 없는 집은 오직 이 조 주사네 하나뿐이다. 먹을 것 걱정이 없이 살아갈 수 있다는 것은 이 근처에서는 참으로 어려운 일이며, 부러운 일인 것이다. 그런데 양식을 하고도 풍성하게 남아나는 판이니 떵떵 울리지 않을 수가 없다. 게다가 조 주사는 또 이 근처에서는 드물게 유식한 사람이기도 하다. 거의가 눈을 뜨고도 장님 노릇을 면치 못하는 판국에서 이 조 주사만은 세상이 어떻게 돌아가는가를 잘 알고 있을 뿐만 아니라, 제법 세상에 대한 일가견도 가지고 있는 것이다. 매일 콧잔등이에 안경을 얹고 앉아서 상체를 점

잖게 흔들며 신문을 보고 있는 것이다. 이 근처에서 신문을 보는 집도 물론 조 주사네 하나뿐이다. 옛날에는 면서기를 다녔을 뿐 아니라, 몇 해 전엔 면의원에 뽑혀 거드럭거리기도 했다. 게다가 이마도 홀렁 벗겨지고, 허우대도 멀쑥하고 보니, 자연 이 메마른 두메에서는 남달리 돋보이지 않을 수가 없는 것이다.

그런 조 주사가 사위가 된다니…… 그럼 그 양반한테 시집을 가게 된단 말인가? 끝선이는 어찌된 영문인지 알 수가 없어 어리뚱*('어리둥절'의 영천말) 하기만 했다. 지난해 가을에 상처를 해서 후취를 물색하고 있다는 소문은 얼핏 들었지만, 그러나 자기가 그 대상에 오르리라고는 꿈에도 생각해 본 일이 없는 것이다.

"아부지도 백제(괘니)*(괜히. '터무니없이' 또는 '드러내놓고 억지로'의 뜻을 나타내는 말. 본말은 '白晝에') 취중에……."

아버지의 넋두리가 믿어지질 않았으나, 한편 아무리 취중이지만 그런 엉뚱한 소릴 할 리가 없을 것 같아, 끝선이는 가슴이 울렁거리는 걸 어쩌지 못했다. 오십이 넘은 늙은이한테 시집을 가다니, 생각하면 어처구니가 없는 노릇이지만, 한편 딱 잘라서 싫지도 않은 것이 이상했다. 참 얄궂었다.

후후익— 후후익— 다시 휘파람 소리가 안타깝게 날아온다. 팔자가 늘어진다고 야단이던 맹 첨지는 어느덧 곯아떨어져서 푸— 푸— 입으로 풀무질을 하고 있다. 끝선이는 가만히 치마에 두 손을 감싸고 살금살금 사립문을 빠져나갔다.

달이 뜨는가 본지, 동쪽 산등성이께가 훤하게 밝아 오르고 있다. 그러나 길은 아직 어둡다. 끝선이는 골목길을 조심조심 내려갔다. 후후익— 후후익— 휘파람 소리가 숲에서 나와 이쪽으로 오고 있

다. 기다리다가 지친 모양이다. 끝선이는 어쩐지 기분이 좋아,

"자식도 참……."

어둠 속에서 싱긋 웃었다.

그리고 개울가 바위 섶에 가만히 걸음을 멈추었다. 찔레꽃 향기가 물씬 코로 스며든다. 여기저기 바위서리에 찔레꽃이 희끗희끗 피어 있다. 그 사이로 졸졸졸…… 물소리가 들린다.

잠시 후, 두만이의 그림자가 저만큼 가까워지자, 끝선이는 저고리에 꽂은 브로치를 곧장 만지작거리며 숨을 죽였다. 지난번 장날 저녁에 두만이가 준 브로치인 것이다. 두만이가 개울가에 이르자, 끝선이는 바위 그늘에 숨듯이 가만히 앉아버렸다. 끝선이가 바위 그늘에 숨어 있는 줄 모르고 두만이는 징검돌을 딛고 개울을 건너더니, 무슨 생각이 났는지 그 자리에 멈추어 서서 고의춤을 풀어헤쳤다. 그리고 바지를 내리더니, 좍— 물줄기를 뽑기 시작하는 것이었다. 저만큼 거리가 있고, 어둠 속이라 잘 보이지는 않았지만, 끝선이는 하마터면 오메나, 하고 소리를 지를 뻔했다. 얼른 모가지를 움츠리며 시선을 돌렸다. 두 손은 약간 떨리기까지 하며 매끈매끈한 브로치를 대구 만지작거렸다. 가슴이 울렁거리고 입안이 화끈화끈했다. 좍— 힘 있게 내뻗던 물소리가 주르르…… 힘을 잃자, 끝선이는 고개를 들고 살짝 곁눈질을 했다. 볼일이 끝나자 두만이는 바지를 끌어올려 주섬주섬 여민다. 그리고 마을 쪽을 바라보며 후후후이익— 다시 휘파람을 내뿜는다. 이번에는 소리가 어찌나 높고 긴지 뒷산에 메아리를 이룬다. 약이 오른 모양이다. 끝선이는 그만 킬킬킬 웃음이 나와버렸다.

"누고?"

"히히히히……."

"선이가?"

"히히……."

"선이구나."

두만이는 귀밑이 화끈했다. 멋쩍어서 절로 손이 뒤통수로 간다. 끝선이는 바위 그늘에 그냥 앉은 채 두만이를 바라본다. 어둠 속이지만 끝선이의 두 눈은 곱게 빛나고 있다. 뒤통수를 긁으며 두만이가 다가오자, 끝선이는 또,

"히히힛."

웃음이 나왔다.

"와 웃노?"

두만이의 얼굴까지 화끈해진다.

"히히히히……."

끝선이가 뜻있는 웃음을 곧장 웃어대자, 두만이도 그만,

"흐흐흫!"

웃음을 터뜨리며, 끝선이 위로 무너져버린다. 바위 그늘이 놀라서 어지럽게 흔들린다.

그러자 훤하게 밝아 오던 산등성이께가 툭 터지며, 벌건 달이 불쑥 솟아오른다. 여기저기 희끗희끗하던 찔레꽃이 한결 선명해진다. 그리고 물소리도 한결 즐거워진다.

끝선이가 아랫마을 조 주사한테 시집을 가게 되었다는 소문이 마을에 퍼진 것은 이튿날 아침나절이었다. 선달 영감의 입으로부터 소문은 번져나갔다. 소문이 돌자, 지금까지 아무런 변화가 없이

따분하기만 하던 마을에 별안간 생기가 도는 것 같았다. 별로 할 얘깃거리가 없던 차에 잘 되었다는 듯이 제가끔 모두 지껄여 댔다. 오십이 넘은 사람한테 시집을 가다니 끝선이 신세도 더럽다는 사람도 있고, 풋내기서방 얻어 가는 것보다 중늙은이가 오히려 구수한 맛이 있어서 낫다는 사람도 있고, 배곯지 않고 살게 됐으니 그 이상 바랄 게 뭐 있느냐고, 뭐니 뭐니 해도 배부른 것이 제일이라는 사람도 있었다. 어떤 사람은 그런 거야 어쨌든, 곧 마을에 잔치가 벌어지게 되었으니 신난다고 벌써부터 꿀꺽 군침을 삼키기도 했다. 돼지를 한 마리 잡는다니 몇 해만에 목구멍의 때 좀 벗겨 보는가 보다고 헤헤 웃기도 하는 것이었다. 아무튼 모두 오래간만에 누런 얼굴에 화색이 도는 것이었다.

두만이의 귀에 그 소문이 들어간 것은 점심때가 거의 다 되었을 무렵이었다. 두만이는 어제 나뭇짐을 지고 장에 갔다 왔을 뿐 아니라, 밤 이슥토록 끝선이와의 일도 있었고 해서, 오늘은 허벅지가 뻐근하고 몸이 나른했으나, 그래도 어쩐지 기분은 좋아 아침 숟갈을 놓기가 바쁘게 지게를 둘러메고 휘파람을 날리며 산으로 올랐던 것이다. 그러나 역시 여느 날보다 쉬 피로가 와서 지게를 던져놓고 나무 그늘에 벌렁 나자빠져 한숨 잘 잤다. 잘 자고 나서 눈을 썩썩 부비고 있는데, 저만큼 떨어진 곳에서 두런두런 사람 소리가 들려왔다. 마을 아낙네 두 사람이 산나물을 뜯으며 주고받는 소리였다. 그런데 그 주고받는 말 가운데에 분명히 자기 이름이 섞이는 것 같아 두만이는 그쪽으로 바짝 귀를 기울였다.

"언제부터 둘이 눈이 맞았는고? 난 통 몰랐네."

"아매 올봄부털 끼구마. 올봄 들면서부터 끝선이 얼굴이 확 안

피던교."
"하기사 서방 생각이 들 때도 됐지."
"요새 끝선이가 달고 댕기는 보로찌 누가 사 준 긴가 아는교?"
"두만이가 사 준 기구만…… 어디서 저런 기 나서 달고 댕기나 했지."
"그리고 밤으로 휫바람소리 더러 못 들었는교? 어젯밤엔 유별나게 안 불어 쌓던게."
"누가? 두만이가?"
"예."
"휫바람은 와?"
"아이고 형님도…… 형님은 큰애기*('처녀'의 방언) 때 담 너머로 휫바람 부는 총각 없었는교?"
"헤헤헤…… 난 또 무슨 소리라고. 내사 큰애기 때 얼매나 얌전했다고."
"호박씨 까지 마이소."
"호박씨 까긴, 헤헤헤……."
"다 그런 수가 있었구만, 난 그저 머슴애들이 놀면서 그러는갑다 했지. 그럼 두만이가 가만있겠나. 빼앗기고……."
두만이는 귀가 번쩍했다. 빼앗기다니 무슨 말일까?
"그럼 우짜겠는교?"
"기가 차겠구만."
"기가 차겠지예. 그렇지마 별수 없지 뭐예. 더구나 신랑 될 사람이 조 주산데……."
"글쎄 말이네."

"꼬라지(꼴) 말 아니지예 뭐."

"헤헤헤…… 말 아니지."

두만이는 그만 벌떡 뛰어 일어났다.

끝선이가 시집을 간다는 소문에 이어 이번에는 두만이와 끝선이의 사이가 어떻고 어떻다는 소문이 가만가만 마을에 퍼졌다. 그렇다면 두만이가 그냥 가만히 있지는 않을 테니 좋은 구경거리 생겼다고 힐힐 웃는 사람도 있었고, 상대가 조 주산데 어림이 있는 소리냐고 고개를 내두르는 사람도 있었다. 아무튼 두고 볼 일이라고 모두 호기심이 대단했다. 끝선이가 어떻게 나올 것인지 그것도 볼 만한 일이었다. 그래서 메마르고 따분하기만 하던 마을에 참으로 오래간만에 가벼운 흥분 같은 것이 벌써부터 떠돌았다.

끝선이가 조 주사한테 시집을 가게 되었다는 소문을 두만이는 믿을 수가 없었다. 설사 그렇게 양쪽 집에서 결정을 했다 할지라도 끝선이가 응할 까닭이 없다고 생각하는 것이었다. 그래서 두만이는 우선 끝선이를 만나 얘기를 들어 봐야겠다고, 밤이 되기가 무섭게 개울가 그 바위 곁으로 가서 휘파람을 불어댔다. 그러나 끝선이는 나타나지 않았다. 끝선이가 나타나는 대신 마을 아낙네들이 집 밖으로 나와 서서 이쪽을 바라보며 뭐라고 뭐라고 재잘거려쌓더니, 까르르 웃어대는 것이었다. 두만이는 얼굴이 화끈해지면서도 슬그머니 화가 치밀어,

"저누묵 예펀네들, 빌어묵을 예펀네들……."

어둠 속에서 공연히 두 눈을 부라렸다.

맹 첨지도 이미 그 휘파람소리가 어떤 녀석이 무엇 때문에 부는 것인지를 잘 알고 있었다. 두만이와 끝선이와의 소문이 귀에 들어

오자 맹 첨지는 누구든지 끝선이한테 손을 대기만 하면 다리 모가지를 꺾어 놓는다고 시퍼렇게 게거품을 물었던 것이다. 그리고 큼지막한 작대기를 하나 마련해서 마루 한쪽에 세워놓았다. 휘파람 소리가 자꾸 들려오자 맹 첨지는 한쪽에 세워 둔 작대기를 가서 불끈 거머쥐더니 방 안에 있는 끝선이를 힐끗힐끗 거들떠보며,

"어느 누묵 자식이든지 얼씬거리기만 해 봐라구마. 다리몽댕일 작씬 뿐질러 놓을끼이, 작씬!"

하고 부르르 떨었다.

이런 판이니 끝선이는 꼼짝도 할 수가 없었다. 휘파람소리가 들려올 때마다 가슴이 안타깝게 조이는 한편 어쩐지 무슨 큰일이 벌어질 것만 같아 겁이 나고 떨리기만 했다. 제풀에 지쳤는지 휘파람 소리가 잔잔해져 버리자 오히려 휴— 한숨이 쉬어지는 것이었다. 그래서 끝선이는 밤이 깊어져도 잠을 이루지 못하고, 무엇을 어떻게 했으면 좋을지 몰라 그저 뒤숭숭한 가운데 질금질금 소리 없이 눈물을 짜기만 했다.

밤에는 밤대로 낮에는 낮대로 끝선이에 대한 맹 첨지의 감시는 이만저만이 아니었다. 이튿날도 그 이튿날도 두만이는 끝선이를 만나지 못했다. 그러나 두만이는 직접 맹 첨지를 찾아가 한 번 단판이라도 해 볼 생각 같은 것은 엄두도 내지 못했다. 아직 스무 살 고개에도 올라서지 못한 터이라 그럴 수밖에 없었다. 그저 혼자 꿍꿍거리며, 일 같은 것은 이제 할 생각도 하지 않고 곧장 산으로 어디로 실성한 사람처럼 돌아다녔다. 돌아다니며 공연히 허리끈을 불끈불끈 조여보기도 하고, 헛주먹을 내두르며 뿌드득뿌드득 이를 갈아보기도 했다. 그러나 별수 없이 하루하루 날짜만 흘러갔다. 끝

선이도 마찬가지였다. 아버지가 두렵기만 해서 속에 있는 말을 한 번 건네 볼 염도 내지 못했다. 그렇다고 실은 속에 뚜렷한 무슨 생각이 있는 것도 아니었다. 그저 뒤숭숭하고, 아직 시집을 가기 싫다는 생각뿐이었다. 그런 가운데 결국 날이 되어 신랑 조 주사네 한테서 혼수가 왔다. 이야기가 된 대로 돼지 한 마리에 쌀이 두 섬, 그리고 가지가지 옷감과 피륙이 혼수 함에 담겨 왔다.

돼지를 앞장세우고 혼수 함을 진 늙은이가 산모롱이를 돌아 나타나자 진작부터 기다리고 있던 마을 사람들은,

"온다—"

"온다—"

"야, 돼지 보래이, 막 뛴대이."

"비계께나 붙었겠다. 그놈의 돼지."

하고 떠들어댔다.

혼수함을 진 늙은이의 뒤를 이어 드문드문 쌀가마니가 하나씩 나타나자,

"야—"

"야—"

"또 한 가마이다!"

"인자 다가? 네 가마이구나."

"햐—"

"햐—"

입들이 딱 벌어져서 잘 다물어지질 않는다.

벌써부터 소문으로 듣고 있었으나, 막상 눈으로 그것을 보니 너무도 놀랍고 부럽기만 한 것이었다. 풀떼기도 매일 쑤기가 버거워

서 송기를 벗긴다, 칡뿌리를 캔다 하는 판국인데, 쌀가마니가 자그마치 네 개나 한꺼번에 들이닥치다니 정말 남의 일이지만 감격스러운 일이 아닐 수 없었다. 잠시 후 누군가,

"딸을 낳고 볼 일이구만."

해서 모두 웃었다.

"딸이라도 끝선이같이 이쁘게 만들어야지, 아무따나(아무렇게나) 만들어도 되는 줄 아나?"

"그기사 물론이지. 쉽게사 안 되지."

"다 솜씨가 있어야는*('있어야 하는'의 영천말) 기라."

"헤헤헤……."

"흐흐흐……."

괜히 좋아서 야단이었다.

남들이 이렇게 감격스러울 때는 당사자인 맹 첨지는 더 말할 나위가 없었다. 맹 첨지는 그게 마치 자기가 잘났기 때문이기나 한 것처럼 우쭐해가지고 콧구멍을 벌름거리며 연신 쌀가마니를 싸고도는 것이었다. 혼수함에서 나오는 옷감이나 피륙, 그런 것은 별로 안중에도 없었다. 피둥피둥 살이 오른 돼지도 그저 대견할 뿐이고, 오로지 네 가마니나 되는 쌀, 그것만이 가슴을 벅차게 하는 것이었다. 그럴 수밖에 없는 것이, 한 해 농사라고 지어 보아야 겨우 벼가 서너 가마니 될까 말까 한 것이다. 그러니 쌀 네 가마니라면 이 년 농사를 한꺼번에 거둔 셈이 되는 것이다. 에헴— 소리가 절로 나오지 않을 수 없는 것이다.

"에헴—"

맹 첨지는 난생처음으로 수염을 쓰다듬어 내리고 싶은 충동을

느꼈다. 그러나 애석하게도 맹 첨지의 턱에는 수염이 없었다. 이런 경우가 있을 줄 알았더라면 진작 좀 수염을 그럴듯하게 가꾸어 놓을 것을 싶은 것이었다.

맹 첨지와 달리 끝선이는 그저 얼떨떨한 가운데서도 혼수함에만 호기심이 가는 것이었다. 꿀꿀거리며 앞장서서 마당으로 들어서는 돼지는 어쩐지 우습기만 했고, 쌀가마니가 네 개나 들이닥쳤을 때는 눈이 휘둥그레지고 더 얼떨떨하기만 했다. 그러나 늙은이가 지고 온 혼수 함이 방 한가운데에 놓이자, 끝선이는 귀밑이 발그레 물들며 가슴이 두근두근 뛰는 것이었다. 함이 열리고, 그 속에서 갖가지 옷감이 나오고, 이불감이 나오고, 명주 필이 나오고, 그리고 화장품 나부랭이가 쏟아져 나오자 끝선이는 그만 저도 모르게,

"어메나……."

벙글벙글 어쩔 줄을 몰랐다.

한방 둘러앉은 아낙네들도 모두 입을 딱딱 벌리며, 끝선이는 세상에 난 보람 있다고 야단들이었다. 마지막으로 패물들이 나왔을 때는 방 안은 온통 감격의 도가니가 되고 말았다. 가락지가 나오고, 비녀가 나오고, 조그마한 팔뚝시계까지 나왔던 것이다. 더구나 그것들이 죄다 노오란 빛으로 반짝거리고 있었던 것이다. 아낙네들은 혀를 내두르며, 이 쇠발골이 생긴 이후로 처음 일이라고 감탄에 감탄을 거듭했다. 주로 젊은 아낙네들은 가락지와 시계가 신기하고 부러워서 죽었고, 늙은네들은 비녀가 좋아 보여서 못 견디었다. 한참 그 세 가지 패물들을 놓고 어쩌고저쩌고 말이 많다가, 나중에는 비녀가 금이라느니 아니라느니 하고 한바탕 시비였다.

"이기 다 금 같음사 천석꾼 되라고."

"금 아닌데 와 노란교."

"금물을 칠했으니 금비내지 뭔교. 안 그런교?"

"내사 안 그렇다."

"헤헤헤……."

"웃긴……."

이런 가벼운 시비는 오히려 즐겁기만 한 듯 끝선이는 온 얼굴이 발그레 상기되어 마치 한 송이 꽃처럼 피어 있었다. 이제 두만이 같은 것은 까맣게 잊어버린 듯한 그런 얼굴이었다.

화장품과 패물을 보더니 끝선이가 좋아서 어쩔 줄을 모르더라는 말이 두만이의 귀에 들어가자, 두만이는 뒤통수를 한 대 오지게 얻어맞은 것처럼 눈앞이 노래지는 것이었다. 그리고 분하고 슬픈 생각이 왈칵 치밀어,

"더러운 가시내! 개 같은 가시내! 두고 보자, 두고 봐."

버르르 치를 떨었다.

맹 첨지네보다도 오히려 마을 사람들이 더 목을 빼고 기다리던 끝선이와 조 주사와의 혼례식 날은 마침내 다가왔다. 씻은 듯 맑은 하늘인데다가 훈훈한 바람까지 알맞게 불어, 날씨치고는 그만이었다. 마을 사람들은 아침 밥술을 놓기가 바쁘게 맹 첨지네 집으로 모여들었다. 누구보다도 먼저 나타난 것은 선달 영감이었다. 선달 영감은 벌써 어제부터 노상 맹 첨지네 집에서 사는 것이었다. 돼지를 잡는 일도 거들었고, 차일을 구해다가 치는 일도 나서서 했다. 그리고 잔치에 쓰기 위해서 집에서 담근 술 단지를 헐고 맛을 보는

것도 솔선했었다.

마당에 친 차일 위로 햇빛이 비스듬히 쏟아질 무렵, 신랑 조 주사는 나타났다.

"온다—"

"온다—"

"야, 말 타고 온대이."

마을 머슴애들의 고함소리가 일어나자, 집 안에 있던 사람들은 모두 우루루 밖으로 뛰어나왔다.

흰 도포자락을 날리며 신랑 조 주사는 말 등에 점잖게 앉아서 산 모롱이를 돌아 천천히 이쪽으로 오고 있었다. 말고삐를 잡은 사람 말고도 너덧 명의 장정이 뒤를 따르고 있었다. 마치 무슨 옛날 권세께나 하는 사람의 행차 같았다. 말이 조랑말이 아니었더라면 좀 더 위풍이 당당할 뻔했다.

두만이도 이 광경을 보고 있었다. 마을 뒷산 비탈에 있는 바위 그늘에 숨어 앉아서 벌겋게 핏발이 선 눈으로 말을 타고 끄덕거리며 오고 있는 늙은 신랑 놈을 무섭게 노려보고 있었다. 어떻게 골탕을 먹여주어야 속이 좀 시원할 것인지, 주먹만 자꾸 떨릴 뿐 도무지 좋은 생각이 떠오르질 않았다. 간밤에도 꼬박 뜬눈으로 이리 뒤척 저리 뒤척 하며 새웠던 것이다. 그런데 졸개들을 저렇게 여럿 달고 오는 걸 보니 눈치를 챈 게 분명하다. 그러니 일은 더 난감하게 되었다. 어떻게 하면 좋을까? 두만이는 주먹으로 공연히 바위를 한 번 쾅! 두들겨 준다. 주먹만 부서지듯 아플 뿐 바위는 끄떡도 없다.

신랑 조 주사의 행차가 마을로 들어서자, 사람들은 걷잡을 수 없이 술렁거리며 행차를 맞이한다. 특히 아이들은 울긋불긋 헝겊으로 단장을 한 말이 짤랑짤랑 방울을 흔드는 게 신기하고 좋아서 못 견딘다. ……짤랑 짤랑 짤랑, 방울 소리가 멎자, 신랑 조 주사는 점잖게 말에서 내린다. 온 얼굴에 훤한 웃음이 감돌고 있다.

"쉰꺼정 안 보인다, 그제?"

"안주(아직) 피둥피둥하구만."

"얼매든지 신랑 노릇 하겠다, 잉?"

"잉, 히히히……."

"헤헤헤……."

소곤소곤 주고받으며 킬킬거리는 아낙네들도 있다.

말에서 내린 신랑 조 주사가 마을 사람들에게 둘러싸인 채 서서히 끝선이네 집으로 들어가자, 바위 그늘에 앉아서 내려다보고 있던 두만이는 갑자기 턱이 덜덜덜 떨리기 시작했다. 온몸의 피가 훅훅 얼굴로 치솟는 것 같았다.

얼마 후, 혼례가 거행되는 듯 개미 떼처럼 들끓던 사람들이 조용해졌다. 신랑 조 주사가 사모관대로 갈아 차리고 나오는 모습이 내려다보이자, 두만이는 그만 저도 모르게 벌떡 자리에서 일어났다. 신랑 조 주사가 나와 서자, 다음은 홀기(笏記) 부르는 사람이 "신부 출—"이라고 하는 듯 구경꾼들의 시선이 일제히 안으로 쏠린다. 벌떡 일어난 두만이는 두 주먹을 부르르 부르르 떨며 무섭게 충혈된 눈으로 끝선이가 나타나기를 기다렸다. 족두리를 쓴 끝선이가 활옷의 색동 소맷자락으로 얼굴을 가리고 수줍은 듯 나타나자 구경꾼들은 야— 환호성을 올린다. 환호성 속에 나타난 신부 끝선이가 신랑 조 주사 앞에 다소곳이 서자, 다음은 "신랑 재배—"라고 하는 모양이다. 신랑 조 주사가 절을 하려고 너부죽이 엎드린다. 두만이는 순간 두 눈에서 불이 튀는 것 같았다. 미칠 것 같았다. 그만 앞에 놓여 있는 바위를 냅다 떠밀기 시작했다. 바위가 밀릴 까닭이 없다. 그러나 그는 실성한 사람처럼 불끈불끈 핏대를 세우며 기어이 바윗덩이를 굴러 내리고야 말듯이 덤볐다. 바윗덩이를 굴러 내려서 박살을 내고 말아야 시원할 것 같았다. 이마에 비지땀이 내배었다. 그러나 바위는 움직여 주질 않는다. 신랑의 재배가 끝나고, 이번엔 신부의 차례다. 신부 끝선이가 부축을 받으며 다소곳이 앞으로 머리를 수그리기 시작하자. 두만이는 그만 눈앞이 아찔해지는 것 같았다. 악— 소리를 질러버리고 싶었다. 그러나 그는 소리를 지르는 대신,

"개 같은 가시내!"

하고 내뱉으며 어금니를 뿌드득 갈았다. 그리고 바위는 단념하고, 이번에는 저만큼 굴러 있는 돌덩이를 가서 불끈 들어 올렸다. 불끈 들어 올려 가지고는 냅다 힘껏 내던졌다. 꽤 가파른 비탈이 되어서 돌덩이는 멋있게 굴러 내려갔다.

신부의 절을 받고 난 신랑 조 주사는 훤한 얼굴에 은은한 웃음을 띠우며 앉아서 이번에는 술잔을 받았다. 커다란 잔에 찰찰 넘치도록 따라주는 술을 조심스럽게 입으로 가져가려 할 바로 그때였다. 난데없이 쿵! 소리와 함께 바깥에 매어 둔 말이 크크킁! 죽는 소리를 지르며 뛰어올랐다. 깜짝 놀란 신랑 조 주사는 술잔을 든 채 후다닥 뛰어 일어나느라고 온 옷이 술투성이가 되었고, 색동 소맷자락으로 수줍은 듯 얼굴을 가리고 있던 신부 끝선이도 놀라 두 눈이 휘둥그레졌다. 구경꾼들도 모두 놀라서 와글와글 들끓기 시작했다. 누구보다도 먼저 뛰어나간 것은 조 주사가 거느리고 온 장정

들이었고, 뒤따라 맹 첨지가 얼굴이 붉으락푸르락하며 뛰어나갔다. 구경꾼들도 우르르 몰려나갔다. 끄끙 끄끙…… 말은 뒷다리 하나를 말아 올리며 곧장 죽는 소리를 했다.

돌덩이는 굴러 내려와서 애꿎은 말의 뒷다리만 하나 후려쳐놓고는 울타리 기둥을 들이받았던 것이다.

"저놈이다. 저놈 잡아라—"

맹 첨지가 소리를 지르자, 모두 뒷산을 바라보았다. 소나무 사이로 희끗희끗 사람 하나가 도망치고 있는 것이 보였다.

"잡아라—"

"저놈 잡아라—"

장정들은 냅다 앞을 다투어 뛰기 시작했다.

장정들이 뒤쫓아 오는 것을 보자, 두만이는 있는 힘을 다해 도망쳤다. 그러나 마침내 그는 숨이 걷잡을 수 없이 헉헉거리고, 눈앞이 아찔아찔해져서 도저히 한 걸음도 더 앞으로 내달을 수가 없게 되었다. 악— 비명소리와 함께 그 자리에 쓰러지자, 그 위로 뒤쫓아 온 장정들이 굶주린 이리 떼처럼 덤벼들었다.

그렇게 수라장을 이루는 바람에 혼례는 흐지부지되는 수밖에 없었다. 대강대강 마치고는 다음은 그야말로 마을 사람들이 목을 빼고 고대하던 술잔치가 벌어졌다. 온 마당에 즐비하게 술상이 차려지자, 마을 사람들은 제각기 앞을 다투어 자리를 차지했다. 자리를 차지하고 앉기가 무섭게 주인의 인사 같은 것은 기다릴 생각도 없이 마구 음식들을 아가리로 끌어넣기 시작하는 것이었다. 염치니 체면이니 그런 것을 가릴 계제가 아닌 모양이었다. 혹시나 옆 사람의 상에 놓인 돼지고기 모타리*('덩치'의 방언)가 자기 것보다 더 크

지나 않을까 힐끗힐끗 돌아보기도 하고, 혹시나 옆 사람이 자기보다 술을 한잔이라도 더 마시지나 않을까 하고 곧장 옆 사람에게 신경을 쓰며 먹고 마시고 정신들이 없었다. 시들시들 곯은 창자들이라 술이 쉬 취해 오르는 듯 어느덧 얼굴이 벌겋게 되어 가지고 혀 짧은 소리를 질러대는 사람도 있고, 몇 해만에 기름기가 창자 속에 흘러 들어가니 기분이 미끌미끌해져서 매우 좋은 듯 곧장 헤벌쭉헤벌쭉 쓸개 빠진 사람처럼 웃어대는 사람도 있다. 어떤 사람은 고기 한 모타리만 더 얻자고 맹 첨지를 붙들고 연신 비루한 웃음을 웃어대기도 한다. 아이들도 어른들 틈으로 비집고 들어가서 다만 적*(양념한 생선이나 고기를 대꼬챙이에 꿰어서 불에 굽거나 번철에 지진 음식) 한 조각이라도 더 얻어먹으려고 눈들을 빤질거려쌓는 것이었다.

이렇게 걷잡을 수 없이 잔치가 무르익어 가더니, 마침내 선달 영감의 노랫가락이 흘러나오기 시작했다. 선달 영감의 노랫가락이 흘러나오자, 사람들은 모두 잠시 조용해진다.

쇠밭골에 경사로다
윤삼월도 마지막 날……

이렇게 시작된 노랫가락이 절절히 흘러서 마침내 다음과 같은 대목에 이르자, 사람들은 그만 좋아서 어쩔 줄을 모르며 뚱땅뚱땅…… 상들을 두들겨 대기도 하고, 일어나 얼씨구절씨구 춤들을 추어 대기도 한다.

이 냄새가 무슨 냄샌고
돼지고기 삶는 냄샐세.
이 냄새는 무슨 냄샌고
독 안에 술이 익는 냄샐세.
여보게 사람들아
이런 경사 자주 없네.
술 좋고 안주 좋으니
묵고 묵고 또 묵어 보세—

"조오타!"

"그렇지—"

"그렇고말고—"

정말 먹고 먹고 또 먹었으면 싶어서 사람들은 소리를 지르며 야단법석이다. 그러나 맹 첨지는 그 먹고 또 먹는다는 말에 그만 슬그머니 화가 치밀어,

"없다 없어. 인자 다다."

두 눈을 굴렁거린다.

잔치가 끝나고, 신랑 조 주사가 끝선이를 데리고 마을을 떠난 것은 해가 서산 위로 비스듬히 기울어졌을 무렵이었다. 말이 뒷다리를 다쳐서 절룩거리긴 했지만 역시 조 주사는 체면상 걸을 수가 없었던지 말 등에 올랐고, 그 뒤를 맹 첨지가 따랐다. 그리고 맹 첨지 뒤를 끝선이가 족두리하님*(혼인한 새색시가 시집으로 갈 때 신부를 따라가는 여자 하인)과 함께 걸었다. 이 일행을 장정들이 앞뒤로 호위해서 가는 것이었다. 끝선이는 곧장 옷고름으로 코를 찍어 누르고

있었다. 쩔뚝쩔뚝 저는 조랑말의 등에 앉아 기우뚱기우뚱 하면서도 그래도 곧장 점잔을 빼는 조주사의 모습은 보는 사람으로 하여금 절로 웃음이 나오게 했다. 마을 사람들은 모두 언덕에 나와 서서 킬킬킬 웃기도 하며 일행이 멀리 산모롱이를 돌아 사라질 때까지 바라보고 있었다. 선달 영감도 섞여 서서 술기가 거나해 가지고 흥얼흥얼 노랫가락을 흥얼거리고 있었다.

가는구나 가는구나.
끝선이가 가는구나.
늙은 신랑 뒤를 따라
꽃 같은 각시가 가는구나.
금가락지 금시계도
좋기사 좋지마는,
부잣집 후취도
좋기사 좋지마는
두고 보면 알게 되지.
꽃 같은 정이 제일인 것을……

두만이는 골이 빠개지는 듯한 아픔을 느끼며 간신히 두 눈을 떴다. 눈두덩이 찌뿌둥하고 온 얼굴이 욱신거릴 뿐 아니라, 허리가 부서지는 것 같았다. 팔다리도 잘 움직여지지가 않았다. 정신을 차리고 보니 땅바닥이 온통 피로 시꺼멓게 젖어 있고, 손에도 피가 벌겋게 묻어 있다. 옷을 보니 옷에도 피가 지저분하다. 그리고 갈기갈기 찢어져 있다. 두만이는 소스라치며 몸을 일으키려 했다. 그러나 몸은 일으켜지지 않고 앵— 울리던 귀에 어디선지 노랫가락 소리가 들려 왔다. 두만이는 그대로 엎어진 채 가만히 그 노랫가락 소리에 귀를 기울였다.

가는구나 가는구나 끝선이가 가는구나. 늙은 신랑 뒤를 따라 꽃 같은 각시가 가는구나……. 두만이는 저도 모르게 벌떡 상반신을 일으켰다. 그리고 눈을 번쩍 뜨고 저 아래쪽을 내려다보았다. 조가 놈과 끝선이의 일행이 산모롱이를 돌아가고 있는 것이 보였다. 끝선이가 뒤를 돌아보며 옷고름으로 눈물을 씻는 것이 보이고, 조가 놈이 탄 조랑말이 절뚝절뚝 절면서 가고 있는 것도 보였다. 쩔뚝쩔뚝 저는 말 등에서도 점잔을 빼고 있는 조가 놈의 기우뚱 기우뚱하는 우스운 꼬락서니가 보이자, 그만 두만이는,

"으흐흐흐흐……."

소리를 질렀다.

"흐흐흐 흐흑흐흑 흑흑흑……."

웃는 것인지 우는 것인지 분간할 수가 없는 그런 소리였다.

부잣집 후취도 좋기사 좋지마는 두고 보면 알게 되지 꽃 같은 정이 제일인 것을— 선달 영감의 노랫가락이 여음을 남기며 사라지자, 두만이의 묵사발이 된 얼굴에 마침내 두 줄기 뜨거운 것이 지르르 흘러내렸다.

이튿날, 쇠밭골 마을에 웃지 않을 수 없는 일이 한 가지 일어났다. 온 마을 사람들이 거의 모두 설사를 해대는 것이었다. 집집마다 주루룩 주루룩 갈겨대는 소리가 끊이질 않는 것이었다. 창자들이 놀란 모양이었다. 송기나 칡뿌리 혹은 나물죽, 풀떼기 같은 것

만을 받아들이던 창자가 난데없이 기름기가 흐르는 돼지고기를 맞이했으니, 그럴 법도 한 노릇이었다. 술까지 마신 사람들은 더했다. 주룩주룩 설사를 해서 눈들이 빼꿈빼꿈 기어들어갔으나, 그러나 누구 하나 싫은 얼굴을 하지 않았다. 설사를 해도 좋으니 매일 좀 그렇게 먹어재낄 수가 있었으면 싶은 모양이었다.

선달 영감도 마찬가지였다. 벌써 두 차례나 볼일을 보고 왔는데도 또 아랫배가 꼬르르— 소리를 내는 것이었다. 선달 영감은 누워서 곰방대에 버실버실한 잎담배를 재었다. 그리고 부시와 부싯돌을 꺼내어 불을 붙였다. 꼬르르 꼬르르— 그러나 어제의 그 컬컬한 술과 돼지고기 모타리가 간절하게 눈앞에 어른거린다. 아직 많이 남아 있을 것이니, 조금 있다가 슬슬 또 가 봐야겠다고 생각하며 담배를 빼꿈빼꿈 빤다. 연기를 코로 입으로 푸— 내뿜으며 이번에는 무슨 생각이 떠올랐는지 콧등에 쪼글쪼글 주름살을 잡으며 혼자 킬룩 웃는다. 설사로 가사를 지어 한 번 불러 볼까 이런 생각이 떠올랐던 것이다.

설사로구나 설사로구나 곯은 창자가 놀랐구나, 그 다음엔 뭐라고 하면 좋을까? 옳지. 앞집에서도 주루룩 뒷집에서도 주루룩…….

"흐흐흐……."

그만 소리를 내어 크게 웃었다. 그러자 밑이 또 급해 왔다.

"또 나오는구나. 또 나와."

선달 영감은 가락을 넣어 흥얼거리며 바깥으로 기어나간다. 기어나가 얼른 고의춤을 풀어헤치며 어기적어기적 잰걸음을 친다.

어디선지 쑥국새가 쑥쑥국 쑥쑥국…… 울고 있다.

《창작과비평》(1966. 여름)

# 특근비와 팁

어렴풋이 물 흐르는 소리가 들린다. 그러나 그 소리가 어디서 나는 것인지 알 수가 없다. 분명히 어디선가 들려오기는 하는데, 어느 쪽인지조차 분간할 수가 없다. 몽롱하다.

윤구는 짙은 안개 속을 헤매듯, 몽롱한 의식으로 그 물소리 나는 곳을 찾아 허둥거린다. 산골짜긴 것 같다. 그러나 한참 허둥거리다가 보니, 산골짜기가 아니라, 분명히 빌딩의 숲속이다. 도시의 뒷골목이다. 고층건물의 그늘 어디선가 물 흐르는 소리가 들려온다. 졸졸졸…… 시원하고 맑은 물에 틀림없을 것 같다.

그러나 윤구는 끝내 그 물소리가 어디서 나는 것인지 알 수가 없다. 그래서 마침내 그는,

"악—"

소리를 내지른다.

윤구는 깜짝 놀라면서 눈을 떴다. 몹시 갈증이 난다.

창문 쪽이 희끄무레하다. 그 희끄무레한 빛을 받아 벽에 걸린 액자가 눈에 들어온다. 낯선 방이다.

"음—"

윤구는 그제야 여기가 호텔이라는 것을 안다.

옆을 돌아본다. 민재는 아직 곯아떨어져 있다. 그렇게 악— 소리를 질렀는데도 끄떡도 없이 자고 있다. 싱글베드에서 둘이 함께 잤던 것이다.

민재가 깨지 않도록 윤구는 조심스레 일어나 화장실로 간다. 수도꼭지에서 쫄쫄쫄…… 물이 흐르고 있다. 윤구는 빙그레 웃는다. 조금 전 꿈결에 들리던 물소리가 바로 이것이 아니었던가 싶은 것이다. 간밤에 술기운에 물을 마시고 수도꼭지를 제대로 잠그지 않았던 모양이다.

소변을 보고, 윤구는 물을 한 컵 마신다. 수돗물이지만 어느 심산유곡의 샘물 맛 못지않다. 간밤의 술 때문인 것이다. 간밤에 술을 얼마나 마셨는지, 지금도 눈앞이 흔들흔들한다.

윤구는 돌아와 다시 자리에 조심스레 누웠다. 그러나 골이 띵해서 잠이 도로 올 것 같지가 않다. 번듯이 누워서 천정이랑 벽이랑 벽에 걸린 액자랑 거울 같은 것을 멀뚱멀뚱 바라보다가 윤구는 끙하고 옆으로 돌아누우며 무겁게 눈을 감았다. 집 생각이 났던 것이다.

마누라의 바르르 떠는 얼굴이 떠오른다. 간밤에 또 한숨도 안 자고 기다린 것일까. 또 며칠을 누워서 앓게 되는 것일까.

윤구는 술을 좋아한다. 보통이 넘는 주량이다. 그러나 좀처럼 그 실력을 발휘할 기회가 없다. 이따금 마신다 해야 직장 동료들과 추렴으로, 고작 대포 몇 잔 아니면 소주 몇 컵 정도다. 실컷 술배를 좀 채우고 싶은 때도 더러 있으나, 그럴 여유가 없는 것이다.

여유란 시간을 말하는 것이 아니라, 호주머니 사정을 말하는 것이다. 그러니까 외박 같은 것을 하는 일은 전혀 없다.

결혼을 해서 얼마 안 되었을 때, 꼭 한 번 외박을 한 적이 있었다. 고향 친구가 볼일이 있어 상경해서, 사무실을 찾아왔던 것이다. 그 친구도 무척 술을 좋아하는 터이라, 이차 삼차까지 연장되어, 결국 집에 돌아가지 못하고, 그 친구가 들어 있는 여관에서 함께 잤던 것이다.

이튿날 여관에서 바로 출근을 해서, 근무를 마치고 집에 돌아갔더니, 아내 경숙은 머리를 싸매고 누워 있었다. 말을 걸어도 이렇다 한마디 대꾸도 않다가 그만 발딱 일어나 앉더니,

"뭐예요— 뭐예요—"

냅다 악을 쓰고는, 어린애처럼 앙앙 울어버리는 것이었다. 윤구는 이크 뜨거라, 싶었다. 결혼생활이란 바로 이런 것이로구나 하고 머리로부터 냉수를 끼얹힌 듯 정신이 번쩍 들었다.

경숙은 그로부터 꼬박 사흘을 정말로 누워 앓는 것이었다. 나중에 얘기를 들으니, 그날 밤 한숨도 못 자고, 뜬눈으로 새웠다는 것이다. 보통 넘는 여자였다.

그런 일이 있은 뒤로 윤구는 절대로 외박이라는 것을 하지 않게 되었다. 그런데 이렇게 두 번째 외박을 하고 만 것이다.

일본에 가 있는, 옛날 중학교 때 친구 민재가 십여 년 만에 고국에 온 것이다. 중학교 동기생들 가운데서 제일 가까이 지낸 사이였다. 하숙을 함께 하기도 했고 자취를 같이 하기도 했었다.

민재는 대학을 다니다가, 어떤 기회가 있어 일본에 훌쩍 건너가더니, 지금은 모 무역회사의 전무가 되어, 사업차 어제 김포공항에 내린 것이다.

어제 민재가 김포공항에 도착한다는 국제전보를 받은 윤구는 잠시 어쩔 줄을 몰랐다. 그동안 서로 일 년에 한 번이나 두 번 정도 안부를 주고받는 서신 왕래가 있긴 했으나, 이렇듯 막상 비행기로 날아올 줄은 몰랐던 것이다. 너무나 뜻밖의 일이어서 전보지를 쥔 윤구의 손가락은 가늘게 떨리기까지 했다.

마침 토요일이어서 비행기 시간에 맞추어 윤구는 공항에 달려갔다.

그렇게 십여 년 만에 만난 윤구와 민재는 흥분이 되지 않을 도리가 없었다. 어느덧 서로 사십 고개를 바라보는 중년들이 되어 있긴 했으나, 옛날 친구를 만나니 마음이 절로 그 시절로 돌아가는 것이었다.

그 시절의 이야기로 꽃을 피우며 마시고 또 마셨다.

민재도 보통 넘는 주당이었다. 집에 돌아가지 못하고, 호텔의 싱글베드에서 함께 잔 것이 오히려 당연한 일이라 할 것이다.

그러나 아무튼 외박은 외박이었다. 그런 사정을 경숙이 알아줄지 어떨지, 윤구는 절로 입맛이 썼다.

그리고 외박을 했다는 사실보다는 더 윤구를 불안하게 하는 것은 어제 안 호주머니에 넣었던 봉투였다. 일금 삼천 원이 들어 있는 봉투다. 어제 회사에서 특근비를 받았던 것이다.

특근비는 매달 삼천 원이 상한이었다. 아무리 특근을 많이 해도 그 이상은 주지 않았다. 특근한 시간이 모자라면 그 시간만큼 깎아서 내주긴 해도 말이다.

경숙이 특근비 받는 날짜를 잊어버리고 있을 턱이 없다. 다른 것은 다 잊어버리는 한이 있더라도, 남편의 월급날과 특근비 받는 날짜만은 잊을 도리가 없는 것이다.

그런데 그 특근비 봉투에 지금 얼마가 남아 있는 것일까. 윤구는 어제 일을 꼼꼼히 되살려본다. 봉투에서 빠져나간 액수를 헤아려보는 것이다. 사내대장부가 새벽부터 참 치사한 일이지만 삼만 원짜리 월급쟁이이고 보니 어쩔 수 없는 노릇이다. 자기도 모를 사이에 몸에 배어든 서글픈 습성이라고나 할까.

비행기 도착 시간은 오후 네 시였고, 윤구가 회사를 나선 것은 세 시 정각이었다. 토요일은 오후 세 시까지 근무였다.

벽에 걸린 시계가 세 시를 알리자, 윤구는 일 분도 에누리 없이 자리를 박차고 일어났다. 비행기 시간까지는 꼬박 한 시간이 남아 있었다. 버스를 타고 가다가는 어쩌면 늦었을는지도 몰랐다. 그러나 윤구는 택시를 타고 김포까지 갈 생각은 할 수가 없었다. 요금이 얼마나 나올지 겁이 나는 것이었다.

아침저녁 출퇴근을 할 때도 급행이나 좌석버스를 타지 않고, 반드시 일반버스를 타는 윤구다. 비가 오나 눈이 오나, 더우나 추우나 그것은 변함이 없었다.

버스를 타고 김포까지 갔으나, 시간에 늦지는 않았다.

민재를 만나 시내로 들어올 때는 서울에 있는 한국 측 무역회사의 자가용에 몸을 실었다. 한국 회사 측에서 자가용을 가지고 두 사람의 간부가 마중을 나왔던 것이다. 호텔도 회사 측에서 미리 예

약을 해놓고 있었다.

호텔에 들러 여장을 푼 다음, 잠시 숨을 돌리고 저녁을 먹으러 나갔다. 저녁 역시 그들이 대접을 하는 것이었다. 윤구는 좀 멋쩍었으나 동석을 했다. 그때부터 술은 시작되었다.

저녁을 대접하고, 그들 두 사람은 갔다. 윤구와 민재는 이제 옛날의 다정했던 친구로 돌아가 단둘이 음주 행각을 시작했다.

십여 년 만에 고국에 온 친구에게 윤구는 먼저 자기가 한잔 안 살 수 없었다.

"가자. 고국의 막걸리 맛을 봐야 될 게 아냐."

"좋지."

그래서 무교동 뒷골목에 있는 '모과나무집'이라는 막걸리 집으로 갔다.

홀이 있고, 방이 있는 집이다. 방이라고 해서 칸막이가 되어 있는 것은 아니고, 널따란 방에 줄줄이 테이블이 놓여 있어 홀이나 별로 다를 바가 없었다. 방으로 올라가면 옆에 색시가 한 사람 와서 앉는다는 차이뿐이었다.

"자, 올라가자."

"응."

윤구는 몇 번 이 집에 와본 일이 있다. 귀한 손님이 찾아왔을 때, 삼만 원짜리 처지로서는 이 집으로 데리고 오는 것이 최고의 대접인 것이다.

옆에 와 앉은 색시는 춘심이라고, 자기 이름을 대었다. 제법 무슨 기생 이름 같고, 옷차림도 그런 냄새가 약간은 풍긴다. 그러나 알고 보면 순 생짜인 것이다. 흔해빠진 유행가 나부랭이도 제대로 한 자리 뽑지 못하는 것이다. 얼굴은 그런대로 반반한 편이다.

윤구는 민재에게 잔을 권하면서 말했다.

"어때, 고국의 막걸리 맛이?"

"좋군."

"요즘 막걸리는 틀렸어, 옛날과 같지 않아."

"쌀로 만들지 않는다면서?"

"어떻게 그렇게 잘 아나?"

"일본에 있어도 그 정도야 알지. 내 고국인데…… 헛헛헛……."

민재의 말에 춘심이는 귀가 번쩍하는 모양이었다.

대번에,

"교포세요?"

하고, 방글방글 웃는다.

"교포하고도 무역회사 전무님이시야."

윤구가 대신 대답을 하자,

"어머나—"

춘심이는 입을 딱 벌리며 호들갑을 떤다. 그리고 당장에 서비스가 달라진다. 물수건을 다시 가지고 오는가 하면 공연히 아무렇지도 않은 테이블 가를 싹싹 훔치기도 하고, 젓가락으로 안주를 집어서 입에 넣어주기까지 한다. 양복 입은 것을 보니, 글쎄 어쩐지 다르더라니까 싶은 모양이다.

두 되를 마셨다. 저녁을 먹을 때, 벌써 정종을 여러 잔 했기 때문인지, 한 사람 앞에 막걸리 한 되 꼴인데, 꽤 얼큰했다.

한 되를 더 시키려 하자 민재가,

"이만 그만, 됐어 됐어."

한사코 제지한다.

십여 년 만의 막걸리 맛이지만, 별로 신통치가 않는 모양이다.

"아이고, 한 되 더 하세요. 모처럼 모국에 돌아오신 것 같은데……."

안타까운 것은 춘심이다. 제가 공연히 달아서 야단이다.

"계산 얼마야?"

"아이고, 더 좀 안 노시고……."

계산은 천백 원이었다.

윤구는 안 호주머니에서 봉투를 꺼냈다. 봉투는 제법 도톰했다. 누가 보면 돈께나 가지고 있는 줄 알 것이다. 그러나 그것은 미안하지만 전부 백 원짜리인 것이다.

윤구는 테이블 밑에서 열한 장을 헤아려 춘심이에게 건넸다. 그러나 술값만 치르고 일어날 수는 없는 노릇이다. 여자가 옆에 와 앉아서 술을 따르며 아양을 떨 때는 다 속셈이 있어서인 것이다. 공짜가 세상에 어디 있겠는가.

윤구는 봉투에서 한 장을 뽑아 춘심이에게 주었다. 그러자 춘심이는 코로 힉 웃었다. 뭐 이런 째째한 남자가 다 있는가 싶은 모양이다. 말은 안 하지만 그 표정이 너무나 선명해서, 윤구는 저도 모르게 한 장을 더 뽑아냈다.

"앗다 자!"

백 원짜리 한 장이 더 던져지자, 춘심이는 또 힉 웃으며 얼른 그것을 집는다. 이번에 힉 웃는 것은 자기도 좀 멋쩍다는 그런 뜻이다.

민재는 재미있다는 듯이 곧장 빙글빙글 웃는다.

그러니까 봉투에는 칠천백 원이 남은 셈이다.

모과나무집에서 나온 두 사람은 이번엔 비어홀로 들어갔다.

민재가,

"자아, 그럼 지금부턴 내가 살께."

하고 앞장섰던 것이다.

마침 들어간 비어홀은 조끼*(생맥주를 담아 마시는, 손잡이가 달린 대형 컵을 속되게 이르는 말) 전문의 집이었다.

"그래 좋아. 젤 큰 놈으로 가져와."

엄청나게 큰 조끼 두 개가 갖다 놓여지자,

"와— 크다."

윤구는 어린애 같은 표정을 지었다.

작은 놈으로는 더러 마신 일이 있지만, 이렇게 큰 조끼는 처음이었다. 한 손으로 들어 올리니, 팔이 뻐근할 지경이다.

민재는 여급에게,

"여기 앉아."

했다.

"못 앉게 돼 있어요."

여급은 웃는다.

이제 갓 중학을 나왔을까 한 정도다. 예쁘장하다.

"몇 살이야?"

"스물하나예요."

"뭐, 스물하나? 정말이야?"

"호호호…… 정말이에요. 그렇게 안 보이나요?"

"한 열여섯이나 일곱 정도밖에 안 보이는데…… 그럼 남자도 알겠군."

"어머— 호호호……."

그러자 윤구도 불쑥 한마디 한다.

"스물하나면 알고도 남지."

"아이 아저씨도……."

앉지는 않지만, 모든 농이 다 통한다.

"이름은 뭐야?"

"삼십삼 번이에요. 홋홋호……."

"음— 삼십삼 번이 이름이라…… 좋아 좋아."

"자주 오세요. 오시면 삼십삼 번을 찾아주세요."

"좋아 좋아."

큰 놈을 두 개씩 하고, 중간치도 또 한 개씩 마셨다.

계산은 이천사백 원이었다. 조끼 전문이라 안주 값도 헐했다.

민재는 오백 원짜리 다발을 꺼내어 여섯 장을 뽑아 여급에게 내밀었다. 그러니까 육백 원은 팁인 셈이었다.

"고맙습니다."

여급은 방글 웃으며 머리를 납신 숙인다.

팁이 육백 원이라…… 윤구는 어쩐지 좀 어깨가 움츠러드는 것 같았다. 자기는 이백 원도 아까워서 백 원씩 두 번에 걸쳐 마지못해 주었는데 말이다. 그리고 민재가 꺼낸 오백 원짜리 다발과 자기의 특근비 봉투가 비교되어 야코가 팍 죽기도 했다. 옛날, 학교를 다닐 때는 똑같이 하숙을 했고, 함께 자취를 하기도 했는데 말이다.

비어홀을 나와, 민재는 또 한 집으로 윤구를 데리고 들어갔다. 네

온사인이 '살롱 · 나폴리'라고 명멸하고 있는 집이었다.

윤구는 그게 어떤 곳인지 짐작이 가지 않았다. 물론 술을 파는 집이라는 것은 안다. 바니, 카페니, 카바레니 하는 소리는 흔해빠졌고, 또 한두 번 가본 일도 있었지만, 살롱이란 처음이다.

들어가 보니, 바나 별다름이 없었다. 좀 바보다는 어딘지 모르게 고급이고, 분위기가 가라앉아 있는 것 같은 느낌이었다. 앉는 자리도 멋이 있었다.

민재가 술기가 꽤 있는 듯 웨이터에게,

"예쁜 아가씨 아니면 간다. 예쁜 아가씨 아니면 가, 예쁜 아가씨 둘!"

곧장 예쁜 아가씨 타령이었다.

그래서 그런지, 과연 제법 괜찮은 아가씨 둘이 와서 앉았다.

"됐어 됐어. 자아 윤구, 실컨 마시자. 실컨."

술은 물론 맥주였다. 그리고 장내에 피아노 소리가 울려 퍼지기 시작했다. 밴드가 아니라, 피아노 연주인 것이다.

윤구는 이런 분위기에 젖어보지 않아서, 어쩐지 어색하고 서먹서먹하기만 했다. 술기가 제법 있는데도 말이다.

그런 눈치를 챘는지, 곁에 앉은 아가씨가 유난히 부드럽고 친절하게 나왔다. 마치 나이 많은 여자가 손아래 애인을 보살피듯이, 곧장 그라스에 맥주를 채워주고, 그것을 들어다가 입에 기울여 주기도 하고, 안주를 집어다 넣어주기도 하고…….

그런 서비스바람에 윤구는 연방 마셔 댔다. 막걸리도 실컷 못 마시는 판인데, 이 맥주 풍년이 어디냐 싶으면서 말이다.

민재는 어느새 한 팔로 아가씨를 안고 노닥거리면서,

"가져와, 가져와. 얼마든지 가져와. 이 집 맥주 오늘 밤에 내가 전부 샀다. 전부, 전부……."

이렇게 호기를 부려 댔다.

얼마 후, 윤구도 이제 서먹서먹한 기운이 가셔져서, 제법 아가씨의 손도 잡아보고, 도도록한 무르팍의 맨살을 슬슬 어루만져보기도 하며,

"연애 한 번 할까? 연애 한 번 할까?"

히죽히죽 뇌까리기까지 했다.

그러자 아가씨도 재미가 나는 듯,

"해요. 얼마든지, 얼마든지……."

맥주를 쭉쭉 들이키며 아양을 떨어 댔다.

술자리는 열한 시가 훨씬 넘어서야 끝났다.

칠천오백 원이라는 것이었다.

윤구는 취중에도 절로 입이 벌어졌다.

그러나 민재는 예사였다. 오히려 술값이 생각보다 헐하다는 그런 표정으로, 돈다발을 꺼내어 척척 헤아려서 칠천오백 원을 치른다. 그리고 오백 원짜리 두 장을 더 뽑아 곁의 아가씨에게 척 내민다.

그러자 윤구 곁에 앉은 아가씨가 내 팁은 누가…… 하는 식으로 윤구를 힐끗 쳐다본다. 순간, 윤구는 묘한 용기 같은 것이 치솟아 서슴없이 안 호주머니에서 봉투를 꺼냈다. 그리고 백 원짜리 열 장을 척척 헤아려 아가씨에게 척 내밀었다.

"어마, 열 장이나……."

아가씨는 백 원짜린 줄을 뻔히 알면서도 호들갑을 떤다. 그리고

헬쭉 웃는다.

그러니까 이제 봉투에는 칠백 원이 남아 있는 셈이다.

밖으로 나온 두 사람은 서로 어깨동무를 하고 비틀거렸다. 이미 버스는 끊어지고, 윤구는 도저히 집으로 돌아갈 수가 없었다. 이사를 한 지 아직 보름도 채 되지 않은 터여서, 버스가 있다 하더라도 이렇게 취해가지고는 집을 찾아갈 수 있을 것 같지가 않았다.

"내일 일요일이잖아. 같이 가자, 같이 자."

민재도 붙들고 해서, 결국 호텔로 함께 왔다.

그런데 민재는 이제 그만 자는 것이 아니라,

"한잔 더 하자. 한잔 더. 십몇 년 만에 만났는데 한잔 더 해야지. 한잔 더……."

이번에는 호텔 스카이라운지로 올라가는 것이었다.

윤구도 마다할 까닭이 없었다. 스카이라운지란 또 어떤 곳인가, 이런 때 구경이나 해보자 싶은 듯, 기분이 좋기만 했다.

그곳도 아까 갔던 살롱과 비슷했다. 그러나 피아노가 아니라 밴드였다. 열두 시가 다 되어 가는데도 밴드는 울리고 있었다. 그리고 여기저기 손님들이 앉아 한가롭게 그라스를 기울이고 있었다. 시간 같은 것을 염두에 두고 있는 사람은 아무도 없는 것 같았다. 주로 외국 사람들이었다.

윤구는 과연 별천지로구나 싶었다. 자리에 앉자 재빨리 계집애 둘이 왔다. 실내의 조명 때문인지, 술기 때문인지, 두 계집애가 다 마네킹처럼 예쁘장해 보였다.

민재는 또,

"가져와, 가져와. 얼마든지 얼마든지……."

하고 뇌까려 댔다.

이제 앞에 놓인 그라스도 제대로 비우지 못하면서 말이다.

윤구는 이제 두 손을 들고 싶었다. 그러나 마네킹처럼 예쁘장한 계집애의 나긋나긋한 서비스에 못 이겨 꿀컥꿀컥 억지로 마셔 댔다.

계집애들도 곧잘 마신다.

결국 잠시 동안에 네 병이 빈 병이 되었다.

그러자, 계집애가 또 웨이터를 부른다.

윤구는 정신이 가물가물해가고 있었으나, 이제 안 되겠다는 생각이 번쩍 들어,

"그만! 그만!"

냅다 소리를 질렀다.

"그만 하시겠어요?"

계집애가 민재에게 묻는다.

그러나 민재는 알아듣는지 못 알아듣는지, 곧잘 빙글빙글 웃으며 계집애의 뺨에다가 뽀뽀를 하려고만 든다.

"그만 한다니까. 계산서 가져와!"

윤구는 화라도 난 사람처럼 눈을 부라렸다.

웨이터가 계산서를 가져와서 윤구에게 내민다.

받아보니, 무려 오천오백 원이다.

맥주 네 병에 안주 두 개 값이 그렇다. 윤구는 어이가 없어,

"오천오백 원 좋아하네!"

하고, 소리를 지르며, 종이쪽지를 민재에게 내밀었다.

아무래도 계산 착오인 줄 알았다. 그러나 착오가 아니었다.

민재는,

"그만하는 거야? 음— 그만할까."

안 포켓에서 돈다발을 꺼냈다. 돈다발은 아직 두툼했다. 취중에도 열한 장을 천천히 정확하게 헤아려 웨이터에게 준다.

"아니 정말 오천오백 원이야?"

윤구가 웨이터에게 눈을 부라리며 묻자,

"예, 정말 오천오백 원입니다."

웨이터는 코로 히죽 웃으며 돌아선다. 어디서 이런 촌놈이 이런 델 다 왔느냐는 듯이 말이다.

이번에는 팁이다.

민재는 오백 원짜리 넉 장을 헤아려 곁의 계집애에게 준다. 그리고 넉 장을 더 헤아려 윤구 곁에 앉은 계집애에게 내민다.

윤구는 또 한 번 어이가 없었다. 잠시 동안 앉아서 팁을 이천 원이나 받다니…….

그런데 더 놀라운 일은 그 다음이었다.

두 계집애의 표정이 굳어지더니, 두 입에서 거의 동시에,

"삼천 원이에요. 천 원 더 주세요."

하는 것이 아닌가.

"응, 그래?"

민재는 미안하다는 듯이 고개를 끄덕거리며, 하나 앞에 두 장씩 더 준다.

윤구는 그만 완전히 어처구니가 없어지고 말았다. 딱 벌어진 입이 다물어지지가 않았다.

그러자 곁에 앉은 계집애가 깔깔깔 웃더니,

"삼천 원이 많아서 그러세요? 삼천 원은 공정가격이에요. 어떤

손님은 만 원짜리, 이만 원짜리 수표를 주기도 하는 걸요. 자, 일어나세요."

윤구를 부축해 일으킨다.

윤구는 취중에도 무엇이 속에서 욱하고 치밀어 오르는 것 같아 견딜 수가 없었다. 그만 주먹을 한 개 번쩍 쳐들었다.

그러나 그것으로 계집애의 대가리를 쾅 하고 한 대 보기 좋게 내리치지도 못하고, 다리가 휘청거리는 바람에 그만 비틀비틀 한쪽으로 나가쓰러지고 말았다.

"음—"

윤구는 특근비 봉투에 칠백 원이 남았을 것이라는 생각을 하니 입맛이 썼다. 마누라의 바르르 떠는 얼굴이 떠오른다. 머리는 여전히 띵하다.

"벌써 일어났나? 아— 아—"

민재도 잠을 깨어 기지개를 켠다.

그리고,

"속이 쓰린데…… 해장하러 갈까?"

한다.

어느덧 창문이 훤히 밝아 있었다.

일어나 주섬주섬 옷을 주워 입고, 윤구와 민재는 밖으로 나갔다.

여간 좋은 날씨가 아니었다. 가랑비처럼 신선한 아침 햇살이 포도 위에 곱게 깔리고 있었다.

윤구는 눈이 부셨다. 술을 많이 마신 이튿날 아침은 윤구는 유난히 모든 것이 눈부시기만 했다.

그러나 윤구는 결코 기분이 상쾌하고 좋은 것이 아니었다. 홀쭉 줄어든 특근비 봉투를 생각하니, 그리고 퉁퉁 부어가지고 단단히 벼르고 있을 마누라 생각을 하니, 도무지 기분이 무겁고 찌뿌드드하기만 했다.

윤구는 민재를 청진동 해장국 골목으로 데리고 갔다.

그러나 민재는 우중충하고, 사람들이 득실거리고 있는 해장국 전문집으로는 들어갈 생각을 하지 않았다. 그 근처에 있는 깨끗한 식당으로 들어가는 것이었다.

물론 해장도 맥주였다.

윤구는 해장으로 맥주를 마시기는 처음이었다.

기분 좋게 한 컵을 비우고는,

"으—"

트림을 했다.

그리고,

"아— 시원하다."

이제 좀 살겠다는 듯이 말했다.

그러자 민재가 빙그레 웃으며,

"해장은 뭐니 뭐니 해도 맥주가 젤이지. 자, 한 컵 더 해."

하고 맥주를 따라 준다.

윤구는 속으로, 과연 그렇구나, 하면서 허연 거품을 가만히 내려다본다. 간밤의 술기가 다시 올라오는 듯 아련해진다.

해장을 하고, 윤구는 민재와 헤어졌다. 일요일이니 호텔에 가서 한잠 더 자자고 민재가 붙들었으나, 이사를 한 지도 얼마 안 되고, 간밤에 집에 못 들어갔으니, 잠시 갔다가 오후에 또 나오겠다고 윤구는 웃었다.

버스를 기다리며 윤구는 슬그머니 안 호주머니에서 봉투를 꺼냈다. 그리고 알맹이를 헤아려보았다. 틀림없었다. 틀림없이 일곱 장이 남아 있었다.

윤구는 살롱의 그 아가씨에게 서슴없이 열 장을 헤아려 준 게 병신 짓만 같아, 후회가 막심했다.

밤늦게까지 특근을 해서 받은 뼈아픈 돈을 그런 식으로 뿌려버리다니, 술이 알큰하면 어디서 그런 아무짝에도 소용없는 용기가 솟아나는 것인지, 가소로운 일이었다.

그리고 그 스카이라운지의 팁을 생각하니, 지금도 슬그머니 화가 치민다. 자기가 돈을 치른 것은 아니지만, 누구 돈이 됐건 잠시 곁에 앉아 노닥거린 값이 삼천 원이라니, 남의 한 달 특근비와 맞먹다니…… 화가 치밀지 않을 수 없었다.

"삼천 원이 많아서 그러세요? 삼천 원은 공정가격이에요. 어떤 손님은 만 원짜리, 이만 원짜리 수표를 주기도 하는걸요."

요렇게 나불거리던 고 계집년을 보기 좋게 한 대 광 내리쳐주지 못한 것이 분했다.

윤구는 공연히 가래침을 돋우어 포도에 아무렇게나 탁 뱉어 붙였다.

얼마나 잤을까. 바깥이 시끌짝한 바람에 윤구는 잠이 깨었다.

윤구가 집에 돌아와 마누라의 박박 긁어 대는 바가지에 시달린 것은 말할 것도 없다.

그러나 경숙은 결혼 초의 외박 때처럼 그렇게 머리를 싸매고 누워 있진 않았다. 간밤에 뜬눈으로 새우진 않은 모양이었다. 다행이 아닐 수 없었다.

그리고 특근비 봉투의 변명도 어느 정도 통하는 것 같았다. 일본에 가 있는 민재 이야기를 평소에 많이 해왔기 때문이다. 십여 년 만난 옛 다정한 친구에게 술 한잔을 안 살 수가 있느냐 말이다. 그러나 팁으로 천 원이 나갔다는 이야기는 절대로 입 밖에 내놓지 않았다.

"아— 아아."

윤구는 무슨 큰 짐이라도 던 듯, 자기 방에 가서 이불을 뒤집어쓰고, 사지를 큰대자로 내던졌다. 그리고 한숨 푹 잤던 것이다.

경숙이 누구하고 시비를 하고 있는 것 같았다.

그러나 가만히 들어보니 시비는 아니었다. 변소 푸는 사람들이 온 것이었다.

그 일꾼들과 변소 푸는 값을 두고 주거니 받거니 하고 있는 중이었다.

"변소 푸는 데 무슨 팁이 다 필요해요. 한 통에 이십 원으로 정해져 있잖아요."

경숙의 목소리였다.

"그야 물론 그렇지만 물가는 자꾸 오르는데, 우리도 먹고살아야 될 게 아닙니까. 한 통에 십 원씩 얹어주구려. 다른 집도 다 그렇게 합니다. 남 안 하는 것을 아주머니한테만 우리가 억지를 쓰는 게 아닙니다."

"참 별일도 다 보겠네. 이 동네는 다 그렇게 한단 말이죠?"

"예, 물어보세요. 거짓말인가……."

"우리 살다 온 곳은 그런 것 없었어요."

"아, 그 아주머니 참, 너무 빡빡하시네. 어디 사시다가 왔는지 모르지만, 여긴 산비탈 아닙니까. 힘이 얼마나 더 드는지 아십니까."

"그럼 팁을 전부 얼마 주게 되는 거예요."

"이 변소는 일곱 통 나옵니다. 그러니까 뭐 뻔한 것 아닙니까."

"칠십 원이군요."

"그렇죠. 팁으로 칠십 원 더 주시는 겁니다."

"아이고, 팁을 칠십 원이나—"

"경숙은 정말 놀랄 일이라는 듯이 소리를 지르고 있었다.

윤구는 무어라고 말을 했으면 좋을지 모를 그런 기분이 되어, 그저 가만히 듣고만 있었다.

《한양》(1971. 10,11)

# 핏빛 황혼

창밖에는 눈이 내리고 있었다.

뜨뜻한 아랫목에 누워서 묵은 잡지를 이것저것 펼쳐보고 있던 나는 책을 놓고 창을 바라보았다.

굉장한 눈이었다. 조금 전까지만 해도 눈 잎사귀가 한 잎 두 잎 나부끼고 있더니, 어느새 함박눈으로 바뀐 것이었다.

창밖으로 소리 없이 나리는 함박눈— 마치 무성영화의 어떤 한 장면을 보는 듯한 느낌이었다.

방 안의 난로는 알맞게 열을 내뿜고 있었다.

이렇게 눈이 내리는 날, 훈훈한 방에서 뜨뜻한 아랫목에 등을 대고 누워 잡지 나부랭이나 뒤지고 있으면 절로 하품이 나오기 마련이다. 그러나 그냥 잠이 들어버리고 싶지는 않다. 그냥 잠들어 버리기에는 너무 탐스러운 강설인 것이다.

술을 한잔 해야지 싶어진다. 자작자음으로도 얼마든지 술맛이

날 것 같다. 그래서 나는 부스스 자리에서 일어났다.

그때 바깥에서,

"계십니까? 하 선생 계시오?"

하는 소리가 들렸다.

이웃에 사는 장도윤 씨의 목소리였다.

나는 얼른 방문을 열고 바깥으로 나갔다. 여느 때보다 오늘은 묘하게 더 반가웠다.

지난해 가을 이웃에 이사를 온 장도윤 씨는 모 출판사에 다니다가 실직이 되어 지금은 집에서 놀고 있는 분으로, 그전부터 조금 안면이 있는 사이였다. 전부터 안면이 있는 터에 이웃이 되었으니, 절로 사이가 가까워질 수밖에 없었다. 주로 장 씨 쪽에서 우리집에 놀러 오는 것이었다. 나는 집에서 글을 쓰는 일이라도 있으나, 장 씨는 실직자로 아무것도 하는 일이 없기 때문에 자연히 그쪽이 더 심심할 수밖에 없는 노릇이었다.

"굉장한 눈인데요."

장 씨는 자기 집에서 우리집까지 오는 불과 그 사이에 온통 하얗게 눈을 뒤집어쓰고 있었다.

"정말 보통 눈이 아니군요."

"방해가 되지 않겠어요?"

장 씨는 우리집에 놀러 올 때마다 으레 이 한 마디를 잊지 않았다. 글 쓰는 데 방해가 되지 않겠느냐는 뜻이다.

"별 말씀을…… 어서 들어오세요. 그렇잖아도 심심한 판이었는데……."

"그럼 한 판 해볼까요?"

"해봅시다."

바둑이었다. 장 씨와 나는 호적수였다. 그래서 만나면 바둑인 것이었다.

"오늘은 내길 하는 게 어떻겠어요?"

내가 말하자 장 씨는,

"좋죠. 한 판에 얼마씩으로 할까요? 한 방에 얼마씩으로 할까요?"

하면서 약간 의외의 일이라는 듯이 웃었다.

지금까지 한 번도 우리는 내기바둑을 둔 일이 없었던 것이다.

"돈 내길 하는 게 아니라, 술 내길 합시다."

"좋죠. 눈도 오고 하니…… 핫핫하……."

말하자면 장 씨와 나는 꽤 통하는 데가 있는 셈이었다.

삼판양승에서 이승일패로 내가 이겼다. 그러니까 술을 장 씨가 내게 되었다.

장 씨가 뒤통수를 긁으면서,

"무슨 술로 할까요?"

하고, 술을 사러 가려는 듯 자리에서 일어나려 하자, 나는 그의 소매를 잡았다.

"앉으세요. 집에 술이 있어요."

"그럼 되나요. 내길 했는데……."

"아무 술이나 마찬가지죠 뭐, 양주가 한 병 있어요."

"양주요?"

"예, 며칠 전에 일본서 온 친구가 선물로 죠니워칼 한 병 가져왔잖아요. 한잔 합시다."

"이거 내기에 지고, 양줄 얻어마시다니……."

"더러 그런 수도 있어야죠."

"핫핫하…… 정말 그래요."

장 씨 역시 술을 꽤 좋아하는 터였다. 바둑판이 술상으로 바뀌었다.

창밖의 함박눈은 그치고, 다시 눈 잎사귀가 한 잎 두 잎 심심한 듯이 나부끼고 있었다.

양주를 홀짝홀짝 마시고 있는데, 학교에 갔던 국민학교 1학년짜리 딸애가,

"아버지 편지!"

하면서 돌아왔다.

골목에서 우체부를 만난 모양이다.

원고청탁서였다. 단편소설이었다.

그런데 '6.25 상기(반공), 전쟁을 취급해도 좋고' 이런 단서가 붙어 있었다.

나는,

"음— 6.25를 상기하는 소설이라……."

하고 중얼거렸다.

그러자 눈언저리가 약간 불그스름해진 장 씨가 싱그레 웃으며 말했다.

"하 선생은 사는 데 걱정이 없겠어요."

"예? 사는 데 걱정이 없다뇨?"

"이렇게 가만히 앉아 있어도 청탁서가 척척 날아오고 말입니다."

"허, 나는 무슨 말씀이라고……."

글 써서 그 원고료만으로 살아가는 생활이 얼마나 어려운 생활인가 하는 것을 나는 이야기하려다가 그만두었다. 그런 이야기는 자칫하면 엄살을 떠는 것으로 들리기 쉽기 때문이다. 그리고 그런 말을 꺼낸 장 씨의 심정을 이해하겠기에, 될 수 있는 대로 그런 화제는 피하는 것이 좋겠다 싶어, 청탁서를 한쪽으로 던져놓으려 하자,

"어디 좀 봅시다. 봐도 괜찮겠죠?"

하고, 장 씨가 손을 내밀었다.

원고청탁서를 잠시 들여다보고 있더니, 장 씨는 불쑥,

"소잴 하나 제공할까요?"

했다.

"6.25와 관계되는 겁니까?"

"물론이죠."

"어디 무슨 얘긴데요?"

"내가 직접 겪은 얘깁니다. 우리집만이 당한 얘기죠. 아버지 얘기예요. 그 일을 생각하면 지금도 몸서리가 쳐져요."

"어디 한 번 얘길 해보세요."

"소설 소재가 될지 모르겠습니다만, 내가 글 쓰는 재주가 있다면 꼭 한 번 쓰고 싶은 얘기죠. 다름이 아니라……."

장 씨는 잔을 들어 조금 남은 술을 훌쩍 마셔버리고 나서,

"날짜도 분명히 기억하고 있어요. 9월 25일이었어요. 물론 1950년, 6.25가 난 그해죠."

차근차근 이야기를 하기 시작했다.

그날 아침, 잠이 깬 나는 여느 때와는 달리 몹시 기분이 울적했다.

친구 집이었다. 전날이 추석이었다. 친구 집에 놀러가서 밤늦도록 술을 마시고, 그대로 거기서 자버렸던 것이다.

속이 쓰렸다. 그러나 그래서 기분이 울적한 것은 아니었다.

꿈 때문이었다. 간밤에 꾼 꿈이 어쩐지 예사로운 꿈이 아닌 것 같아, 나는 잠을 깨고도 일어날 생각을 않고, 이불 속에 묻혀서 곧장 그 꿈을 되새겨보곤 했다.

인력거 같기도 하고 자동차 같기도 한, 새까만 수레에 아버지가 실려 가는 꿈이었다. 아버지가 왜 저런 수레에 실려 어디로 가는 것일까 하고, 나는 그 뒤를 자꾸 따라 갔다. 아버지는 따라오는 나를 보고 손을 흔들고 있었다. 그리고 그만이었다. 영화필름이 돌아가다가 툭 끊어지는 것처럼 꿈은 거기에서 끝나버리고 말았다.

새까만 수레는 무엇을 의미하는 것일까? 그리고 아버지가 그 새까만 수레에 실려 가면서 나를 보고 곧장 손을 흔든다는 것은……? 혹시…….

나는 가볍게 몸을 떨었다.

방문 바깥으로 우수수 바람이 지나가고 있었다. 그런데 그 바람소리까지가 어쩐지 평소와는 달리 몹시 허전하고 쓸쓸하게만 느껴져, 그만 나는 어처구니없게도 두 눈에 핑 눈물이 고여 흐르는 것이었다.

가을바람— 물론 감상 같은 것을 불러일으키는 바람이 아닐 수 없다. 그리고 그때 내 나이 스물이었던 것이다.

그러나 그렇게 눈물이 고여 오른 것은 결코 가을바람 탓도 아니었고, 나이 탓도 아니었다. 나의 내부의 가장 강도 높은 부분에 와닿는 어떤 불가사의한 전달 같은 것이 느껴졌던 것이다. 다시 말하면 간밤의 그 이상한 꿈과 적요한 바람소리가 한데 어울려서 빚어내는 어떤 설명할 수 없는 으스스한 것에 감응이 되었다고나 할까.

아무튼 나는 걷잡을 수 없는 슬픔에 휩싸이고 있었다. 참 이상한 일이 아닐 수 없었다.

그렇게 울적한 상태가 되어 이불에 묻혀 있는데, 세수를 하고 들어온 친구가 수건으로 북북 얼굴을 닦으며,

"그만 일어나지."

했다.

그러나 나는 도무지 일어나고 싶은 기분이 되지가 않아, 으윽— 크게 기지개를 켜기만 했다.

"그만 일어나. 열 시가 다 돼 간단 말이여."

"열 시가……? 벌써?"

나는 하는 수 없이 부스스 무거운 몸을 일으켰다. 속이 쓰리고, 머리가 띵했다.

아침을 먹고 나서였다.

친구는 축음기를 가지고 와서 틀기 시작했다. 식후의 기분을 위해서 그러는 모양이었다. 명절 이튿날이기도 하고. 그러나 나는 도무지 흥미가 없었다. 웬일인지 축음기에서 흘러나오는 유행가 가락이 맥이 빠지고 김이 새어버린 것처럼 싱겁게만 들렸다. 제법 경쾌한 곡조인 셈인데도 말이다.

"딴 걸로 해 봐. 슬픈 것 없어?"

"슬픈 것?"

"응, 아주 젤 슬픈 걸로……."

"……."

친구는 내 얼굴을 힐끗 한 번 보고는 축음기판을 이것저것 뒤지기 시작했다.

그리고 흘러나온 것은 〈아내의 무덤 앞에서〉라는 노래였다. 죽은 아내의 무덤을 찾아간 남자의 심정을 노래한 유행가였다. 단장의 비곡인 셈이었다.

그러나 참 이상한 일이었다. 나는 그 노래도 도무지 슬프게 들리지가 않았다. 그저 좀 높고 강한 음으로, 그리고 약간 떨며 뽑는 긴 가락으로 귀에 들릴 뿐, 웬일인지 조금도 비애감정을 긁어 일으켜 주질 못하는 것이었다. 역시 싱거웠다. 어쩌면 내 청각이 마비현상을 일으킨 게 아닌가 싶을 지경이었다. 결국 그 〈아내의 무덤 앞에서〉라는 비곡도 내 내부에 형성되어 있는 야릇한 슬픔의 밀도에는 비할 바가 못 되었던 것이다.

나는 나도 모르게,

"아—"

가벼운 탄식을 토하면서, 벽에 풀썩 기대앉았다. 그리고 지그시 두 눈을 감아버렸다.

"골치가 아픈 모양이지? 축음기 그만둘까?"

친구의 말에 나는 얼른,

"그래, 그만두더라고."

했다.

축음기 소리가 멎자, 우수수— 또 창밖으로 지나가는 바람소리가 들렸다.

"골치가 많이 아퍼?"

"아니."

그리고 잠시 방 안에 침묵이 흐르고 있는데,

"야야!"

하는 소리와 함께 방문이 열렸다.

친구의 부친이었다.

"진지 자셨는기라우?"

나는 얼른 인사를 했다.

그러나 친구 부친은 나의 인사는 아랑곳없이 다급한 어조로 말했다.

"무슨 일이 일어났는개비여, 면 인민위원횐가 뭣인가가 밤새 문을 처닫아 버렸다느만."

"예?"

그 말에 귀가 번쩍 띈 것은 나였다.

친구 역시,

"누가 그럽디여?"

하고, 바짝 긴장을 했다.

"건넛집 최 서방이 면에 나갔더니, 글쎄 인민위원회도 그렇고, 분주손가 뭣인가도 다 문을 처닫아 버렸는디 마당엔 서류를 태운 잿더미가 시커멓더라는 거여."

"야 무슨 일이 일어났구나!"

나는 나도 모르게 소리를 질렀다.

그리고 뛰어 일어난 나는 허둥지둥 친구와 작별을 하고, 집으로 달렸다. 가슴은 걷잡을 수 없이 울렁거리고 있었다.

집에 당도하자, 어머니가 대뜸,

"야야, 어디 갔다 인제 오냐? 전주형무소 문이 열렸다는디……."
했다.

"예? 형무소 문이 열려요?"

"그래, 세상이 도로 뒤집혀졌단 말이여. 빨갱이 놈들이 몽땅 도망을 쳤어. 도망을 쳐!"

"참말인기라우?"

"아이고 야야, 어디 갔다가…… 그런 줄도 모르고……."

어머니는 원망스러운 듯이 약간 눈을 흘겼다. 몹시 마음이 초조하고 안타까운 모양이었다.

내가 전주를 향해 집을 나선 것은 그날 점심때가 조금 지나서였다. 아버지의 마중을 가는 것이었다. 전주형무소의 문이 열렸다면 아버지도 풀려나왔을 게 틀림없으니 말이다.

아버지는 전주형무소에 갇힌 몸이었다. 그러니까 그때는 형무소가 아니라, 소위 인민교화소였다. 아버지는 국민학교 교장이었다. 그런데 6.25가 터져 공산당 천지가 되자, 그만 반동이라는 죄명으로 끌려가, 면 분주소에서 군 내무서로, 그리고 전주에 있는 소위 인민교화소에까지 넘어가는 몸이 되고 말았던 것이다. 정말 어처구니없는 노릇이었다.

전주까지 백 리가 넘는 길이었다. 그것도 신작로로만 가는 것이 아니라, 산길로 들길로 질러서 가기도 하는데 그랬다. 신작로로만 가면 족히 삼사십 리는 더 걸어야 할 거리였다.

주먹밥 몇 덩이와 쌀을 두어 되 보자기에 싸들고 나는 산을 넘고 내를 건넜다. 처음 걷는, 전혀 생소한 길이었다. 그러나 나는 사람들에게 지리를 물어가며, 일로*(이쪽 방향으로) 전주를 향했다.

밀고 내려왔던 괴뢰군들이 쫓겨 올라가는 판국이라, 세상은 온통 무법천지를 이루고 있었다. 세상이 무법천지라는 것을 알리기라도 하는 것처럼, 쾅! 따쿵! 따르르 따르르…… 여기저기서 총성이 울리고 있었다. 말하자면 제멋대로였다. 힘센 놈, 즉 총에 실탄이 남아 있는 놈이 제일인 것이었다. 기분 나쁘면 쏘는 판이었다. 살벌하기 이를 데 없었다. 그러나 그런 무법천지지만, 바람은 역시 가을바람이었다. 시원하게 불고 있었다.

시원한 가을바람 속으로 나는 으스스하면서도 약간은 낭만적인 분위기가 되기도 하며, 걷고 또 걸었다. 여기저기서 들리는 총소리는 공포감을 자아내기도 했지만, 한편 스릴 같은 것을 느끼게 해서, 바짝 생기를 돋우어주는 맛도 있었다. 그래 그런지 도무지 다리가 아픈 줄을 몰랐다.

그리고 씽— 째는 듯한 폭음소리와 함께 난데없이 날아들어 총탄을 퍼부어 대는 제트기의 기습은 아찔한 쾌감 같은 것을 느끼기도 했다. 그럴 때면 논이고 밭이고 아랑곳없이 뛰어들어 납작하게 엎드려버리는 것이었다. 쫓겨 가는 괴뢰군 패잔병들의 소탕작전인 셈이었다.

전주로 가는 길이 북행(北行)이기 때문에 괴뢰군 패주병들과 동행이 되는 수가 이따금 있었다. 그럴 때면 으레 그쪽에서 먼저,

"동무는 어디 가오?"

이렇게 물었다.

이런 무법천지 속을 겁도 없이 혼자 보자기 하나를 들고, 어디로 그렇게 열심히 가고 있는가 싶은 모양이었다.

그러면 나는 시치미를 뚝 떼고,

"후퇴합니다. 전주 쪽으로."

이렇게 대답했다.

만일 교화소에서 나오는 아버지를 마중하러 가는 길이라고 사실대로 말했다가는, "이 간나새끼 반동 아니가!" 하고, 쾅! 방아쇠를 당겨 버리지 않는다고 보장할 아무것도 없는 것이다. 그들의 눈에 선 핏발을 보면 능히 그러하고도 남을 것 같았다.

아무튼 그런 식으로 나는 별 탈 없이 전주를 향해 갔다.

중도에 날이 저물었으나, 나는 계속 강행군을 했다. 달이 좋고, 앞으로는 쭉 신작로뿐이기 때문에 별로 망설여지지가 않았다. 물론 무서운 생각이 전혀 안 드는 것은 아니었지만, 나는 스무 살이었던 것이다. 피가 발딱거리는 말이다. 인적이 끊어진, 달 밝은 신작로를 나는 반 달리다시피 걸었다. 가도 가도 아무 일이 없자, 나는 슬그머니 그만 유쾌한 기분이 되어, 가볍게 휘파람으로 유행가를 한 곡조 날리기까지 했다.

그렇게 부지런히 걸어가고 있는데, 저만큼 앞의 산모퉁이를 돌아 이쪽으로 몰려오는 시꺼먼 한 떼의 사람들이 눈에 띄었다. 웬 사람들일까? 이 밤중에…… 나는 가슴이 걷잡을 수 없이 두근거렸다.

점점 가까워지는데 보니, 그것은 형무소에서 풀려나오는 사람들에 틀림없는 것 같았다. 달빛 아래서도 몰골들이 말이 아니었다. 그렇다면 혹시 저 가운데 아버지도 섞여 있는 것이 아닐까.

나는 우뚝 걸음을 멈추었다. 그리고 조심스럽게, 그러나 약간 큰 소리로,

"말씀 좀 물읍시다."

했다.

그러자 그 사람들도 걸음을 멈추는 것이었다.

"형무소 문이 열렸다는디 참말입니까?"

"예, 우리도 바로 형무소에서 나오는 길이요."

"아이고 수고들 많았어라우. 그럼 혹시 우리 아버지…… 저…… 장 교장인디……."

그러자 누군가가,

"장 군 아닌가이?"

하면서, 불쑥 앞으로 나왔다.

"아이고!"

나도 그 사람을 얼른 알아볼 수가 있었다. 면장이었다.

면장도 반동이라는 죄명으로 전주교화소에까지 넘어갔던 것이다.

"면장 어른, 얼마나 고생이……."

나는 말끝이 절로 흐려졌다.

"아버지 마중 나오는 길이구만?"

"예, 아버진 어떻게 됐는기라우?"

"나왔어 나와. 다 나왔어. 다 나왔어. 뒤에 곧 오실 거여."

그 말에 나는 좋아서 어쩔 줄을 모르며, 면장에게 작별인사를 하는 둥 마는 둥, 다시 잰걸음을 치기 시작했다. 그러나 전주시내에 들어설 때까지 다시는 아무도 만나질 못했다. 뒤에 곧 올 거라더니 말이다. 나는 몹시 허전하고 어떻게 된 일인가 약간 불안한 생각이 들기도 했다.

그러나 그런 허전하고 불안한 생각은 잠시였다. 시내에 들어서자, 덜컥 공포가 엄습해 오는 것이었다.

시내에 당도한 것은 밤이 꽤 깊어서였다. 시가지는 마치 죽음의 도시 같았다. 모든 집들이 문을 처닫고 불을 꺼버려서, 거리에는 불빛 한 줄기 비치질 않고, 쥐새끼 한 마리 얼씬거리질 않았다. 달빛만 빈 거리에 썰렁하게 깔려 있었다. 그리고 어디선가 총소리만 간헐적으로 시가의 적막을 깨뜨리고 있었다.

신작로를 올 때와는 달리, 시내에 들어서자 그만 어깨가 움츠러들고, 불알이 오그라 붙는 느낌이었다. 거리를 어설프게 어정거리다가 무슨 변을 당할지 알 수가 없었다. 아무 데서나 밤을 새우고 보는 도리밖에 없었다. 그러나 막상 어디서 밤을 새워야 할지 막연했다.

잠시 망설이던 나는,

"옳지!"

하고, 성큼성큼 걸음을 옮겼다.

모교를 찾아가는 것이었다. 바로 시 들머리 얼마 되지 않는 곳에 모교인 중학교가 있었다.

교문을 들어서니 휑뎅그렁하고 썰렁한 분위기가 절로 목덜미를 으스스하게 했고, 그저 낯선 학교 같으면 도저히 거기서 하룻밤을 새울 것 같지가 않았다. 그러나 낯선 학교가 아니라 바로 몇 해 전까지 자기가 몸을 담았던 정든 모교이고 보니, 그렇게 전적으로 으스스한 느낌만 드는 것은 아니었다. 가지가지 추억이 되살아나, 짜릿한 그리움 같은 것이 가슴 속에 배이기도 했다.

그렇지만 어쨌든 교사나 강당 같은, 덜렁하고 우중충한 건물 속으로 들어갈 용기는 나지가 않아, 달빛이 훤하게 깔린 운동장을 가로질러서, 사택 비슷한 집들이 있는 곳을 찾아갔다.

내가 학교에 다닐 무렵에는 없던 집들이었다. 새로 지은 집들인데, 댓 채 되는 집이 전부 대문이 넘어지고, 방문이 떨어져나가, 마치 도깨비 집처럼 되어 텅텅 비어 있었다.

나는 아무 집이나 한 집 발걸음 가는 데로 골라 들어가 신을 신은 채 방으로 올라갔다. 그리고 잠시 방 안에서 서성거리다가, 보자기를 베고 아무렇게나 드러누워 버렸다.

정말 어처구니가 없는 밤이었다. 곧 어디선가 도깨비라도 나타날 것만 같아 도무지 잠이 오질 않았다. 초가을이지만, 아무것도 덮은 것이 없어서 선들거리기도 했다. 나는 팔짱을 끼고 새우처럼 옆으로 꼬부라져 누워서 여기저기서 울어대는 귀뚜라미 소리에 귀를 기울이고 있었다. 그러나 결국 귀뚜라미 소리는 내 귀에서 가물가물 사라지고 말았다.

눈을 떠보니, 해가 높이 돋아 있었다. 어설프기 짝이 없는 잠자리였으나, 피로 때문인지, 밤중에 오줌 누러 한 번 깨는 일도 없이 푹 자버렸던 것이다.

마당가에 있는 우물에서 얼굴에 물을 좀 찍어 바르고, 주먹밥 한 개를 먹었다. 그리고 나는 그 도깨비 집 같은, 하룻밤 숙소를 나섰다. 다리가 약간 뻐근하긴 했으나, 잠을 잘 잔 탓인지, 기분은 비교적 괜찮았다.

먼저 찾아간 곳은 아버지의 친구 집이었다. 아버지와 옛날 중학교 동기생이라는 분인데, 나도 학생 시절에 심부름으로 한 번 그 집을 찾아가 본 일이 있었던 것이다.

그 집에 가면 아버지가 거기 있거나, 아니면 아버지의 소식이라도 확실히 알 수가 있으리라 싶었는데, 그게 아니었다. 그 집에 아버지는 없었고, 아버지의 소식도 알 수가 없었다. 우선 아버지의 친구 되는 분부터가 집에 없는 것이었다. 그 부인이 나왔으나, 조금도 나를 반기는 기색이 아니었다. 아버지 성명을 대고, 찾아온 까닭을 말했으나 말이다. 오히려 경계를 하는 눈치였다. 세상이 엎어졌다 하는 난리판이니, 어쩌면 당연한 일인지도 몰랐다.

나는 암담한 심경이 되어 돌아섰다.

그러자 그제야 부인은 한마디,

"참 안 됐구마이라우. 잘 가요."

하는 것이었다.

다음에 찾아간 곳은 여관이었다. 아버지가 전주에 오면 으레 유숙하는, 말하자면 아버지의 단골여관이었다. 나도 언젠가 한 번 아버지와 함께 그 여관에서 하룻밤을 잔 일이 있었다.

혹시 그 여관에서 쉬고 있는 것이나 아닌가 하고 찾아갔는데, 그것도 아니었다. 여관은 숫제 폐문이 되어 있었다. 널빤지를 대고 쾅쾅 못질을 해놓은 것이었다. 이런 난리 속에 여관이 제대로 영업을 하고 있으리라고 생각한 내가 어리석을 따름이었다.

이제 아무 데도 가볼 만한 곳이 없었다. 그 두 군데밖에 아버지가 갈 만한 곳을 나는 알 수가 없었던 것이다.

형무소로 한 번 가볼까 싶었으나, 그건 여관을 찾아온 것보다 더 어리석은 짓일 것만 같았다. 형무소에서 풀려나온 사람이 무엇이 미련이 있어서 아직까지 그대로 그 근처에 남아 있겠느냐 말이다. 그리고 간밤에 면장도 곧 뒤에 올 것이라고 하지 않았는가. 그렇다면 나와 엇갈려서, 지금쯤 아버지는 집을 향해 가고 있는지도 알 수가 없었다. 어쩌면 틀림없이 그럴 것 같았다. 몸이 쇠약해져서 간밤에 출발을 못한다면 틀림없이 오늘 아침에는 나섰을 게 아닌가. 전주에 친척집이 있는 것도 아니고, 친구 집에 찾아든 것도 아니니 말이다.

그렇게 생각한 나는 곧 발길을 돌려, 어제 왔던 길을 도로 내려가기 시작했다. 아버지를 뒤쫓아 부축할 생각으로 어제보다 더 빠른 속도로.

그러나 나는 집에까지 가는 동안에 결국 아버지를 만나지 못하고 말았다.

집에 당도한 것은 초저녁이었다. 나는 대문을 들어서면서, 틀림없이 아버지가 먼저 집에 와 있을 줄 알고, 대뜸,

"아버지 오셨지라우?"

하고, 소리를 질렀다.

방문이 열리면서 어머니랑 동생들이 뛰어나왔다.

어머니는 내가 혼자 들어서는 것을 보자,

"너거 아버지는?"

당황하는 빛을 감추지 못했다.

"아버지 먼저 안 오셨어?"

"먼저 오시다니……?"

"먼저 오셨을 텐데……."

"……."

"이상한디……."

나는 무엇이 가슴 속에서 쿵! 떨어지는 것 같았다.

"못 만났냐?"

"예, 어디 계시는지 알 수가 있어야지. 난 먼저 오신 줄 알았는

디…….”

“아이고, 어쩐 일이디야?

어머니도 무엇이 쿵 떨어지는 모양이었다.

여기까지 이야기를 한 장 씨는 나직이 한숨을 한 번 쉬고, 소변이 마렵다면서 자리에서 일어났다.

장 씨가 변소에 갔다 오는 동안, 나는 장 씨 잔에 술을 가득 채웠다. 그리고 내 잔에도 조금 더 부어가지고 곧장 홀짝거렸다.

처음에는 무슨 이야긴가 싶더니, 차츰 재미가 나는 것이었다. 재미가 난다기보다도 그 무렵의 비극이 생생하게 가슴에 다가오는 듯했다.

장 씨가 들어오자, 이번에는 내가

“가만있으세요. 나도 좀 갔다가…….”

하고 일어섰다.

내가 돌아와 앉자, 장 씨는

“얘기 계속할까요? 재미도 없죠?”

했다.

“재미가 없다뇨. 아주 들을 만한 얘깁니다. 그리고 장 선생 입담이 좋은데요.”

“입담은 무슨 입담…….”

“그래서 어떻게 됐어요? 어서 계속하세요.”

“예.”

장 씨는 술을 꿀컥 한 모금 마셨다. 그리고 이야기를 계속하는 것이었다.

그날 저녁, 내 이야기를 듣고 면장 집에 갔다 온 어머니는 몹시 낙심이 되는 모양이었다. 면장 말이, 장 교장과 같은 감방에 있질 않았기 때문에 어떻게 되었는지 확실한 것은 알 수가 없다는 것이었다. 그저 장 교장도 풀려나왔을 것이라 생각하고, 그렇게 말했다는 것이었다.

그 말에 나 역시 낙담이 되지 않을 수 없었다. 그렇다면 도대체 아버지는 어떻게 된 것일까? 풀려나와 전주 시내 어디에 머물고 있는 것인지, 아니면 오다가 지쳐서 어느 마을에라도 쓰러져 있는 것인지, 그렇지 않고 풀려나오지도 못했는지…… 풀려나오질 못했다면……? 빨갱이들이 쫓겨 도망가는 판국인데…… 도무지 알 수가 없는 노릇이었다.

이튿날 다시 전주로 가볼까 했으나, 발바닥이 부르터서 도저히 그날은 나설 자신이 없었다. 하루를 쉬면서 기다려보는 수밖에 없었다.

그러나 역시 그날도 아버지는 돌아오지 않았다. 아무 소식도 없었다.

그래서 결국 그 이튿날, 나는 다시 전주를 향해 집을 나섰다. 이번에는 혼자서가 아니라 어머니와 함께였다. 도저히 애가 타서 집에 앉아 기다릴 수가 없다면서 굳이 어머니도 따라나서는 것이었다.

이른 아침에 집을 나선 우리는 해질 무렵 전주에 당도했다. 생각했던 것과는 달리 어머니도 별로 피곤한 기색 없이 잘 걸었다. 오히려 나보다 잘 걷는 것이었다. 나는 발바닥 때문에 이번 길은 여간 고역이 아니었다.

전주에 당도하자, 나는 어머니와 함께 내 친구 집을 찾아갔다. 아직 어둡지가 않고, 또 거리도 그저께 밤처럼 살벌하지가 않았기 때문에, 모교의 그 도깨비 집 같은 폐옥을 찾아갈 필요는 없었던 것이다. 또 어머니와 함께 그런 곳에 가서 잘 수는 없는 노릇이었다.

친구는 집에 없었다. 그러나 친구 할머니가 나를 알아보고, 여간 반가워하질 않았다. 학생 시절에 자주 놀러 가서 낯이 익은 터였다.

그리고 친구 할머니는 눈에 눈물을 글썽거리면서,

"우리 명식인 의용군에 끌려 나갔어. 의용군에…… 그런디 빨갱이들이 쫓겨갔는디. 어찌 안 돌아올까이? 아이고— 폭폭해서 못 살겄당께."

하고 탄식을 했다.

비극은 우리집에만 있는 것이 아니라 이 집에도 있는 것이었다. 도처에 있는 것이었다.

그날 밤, 우리 이야기를 듣고 나서 친구 할머니는 우선,

"관셈보살—"

하는 것이었다.

그리고,

"낼 형무소로 가 보기라우."

했다.

"형무소로요?"

"예. 지금까지 집에 안 돌아갔으면……."

"……."

"혹시……."

그리고 할머니는 말을 하기가 난처한 듯 입을 다물었다.

"형무소에 지금까지 뭣 때문에 남아 있을께라우?"

"그것이 아니라……."

"……."

"저……."

할머니는 마지 못 하는 듯이,

"사람을 많이 죽여 놓았다는 소문이……."

했다.

"예?"

어머니는 눈이 휘둥그레졌다.

나 역시 한 대 얻어맞은 것 같은 느낌이었다.

그날 밤, 이부자리 속에서 나는 처음으로 어머니의 입에서

"관셈보살—"

소리가 나오는 것을 들었다.

그것이 어쩌면 어머니가 관세음보살을 찾게 된 시초가 아닌가 싶다.

이튿날 어머니와 나는 형무소로 찾아갔다. 그러나 나는 도무지 아버지가 그렇게 됐으리라고는 생각할 수가 없었다. 아무리 지독한 공산당들이라고는 하지만, 이십여 년 교육계에 종사한 일밖에 없는 사람을 설마 죽이기까지야 하겠느냐 싶었다.

어머니 역시 마찬가지 심정인 모양이었다. 별로 걱정하는 빛이 없었다. 우선 형무소 쪽을 한 번 둘러보자는 식이었다.

그러나 형무소의 높다란 담이 보이고, 길에 오가는 관이 눈에 띄자, 그게 아니었다. 어쩐지 가슴이 두근거려지며 불안한 생각이 고

개를 쳐드는 것이었다. 설마 싶으면서도 말이다.

어머니 역시 그런 모양이었다.

어머니의 입에서 또,

“관셈보살—”

소리가 나직이 흘러나왔다.

형무소 앞마당으로 들어서자, 두근거리던 가슴은 그만 먹먹해지고 말았다. 울음소리 때문이었다. 여기저기 온통 울음소리로 떠나가는 듯했다. 땅을 치며 통곡을 하는 사람도 있었고, 어디론지 정신없이 걸어가면서 울부짖는 사람도 있었다. 관을 부둥켜안고 우는 사람이 있는가 하면, 울다가는 코를 풀어 냅다 때기장을 치는 사람도 있었다. 어떤 노파는 실성을 한 듯, 관 뒤를 따라 나서며 덩실덩실 춤을 추기도 했다.

그리고 어디선지 고약한 냄새가 풍겨오고 있었다. 무엇이 썩는 것 같은, 비릿하면서도 고리타분한, 무어라고 표현을 하면 적절할지 알 수가 없는 악취였다.

그 냄새는 붉은 벽을 돌아 저쪽으로부터 풍겨오는 것 같았다. 그리고 그 냄새가 풍겨오는 쪽으로 사람들이 가고 있었고, 또 그쪽에서 울음소리와 함께 사람들이 나오고 있었다. 그쪽에 무엇이 있는 모양이었다.

어머니와 나도 그쪽으로 걸음을 옮겼다.

붉은 벽 모퉁이를 돌아서는 순간, 그만 나는,

“으아—!”

소리를 질렀다.

“오메—”

어머니도 기겁을 하는 것이었다.

너무나도 어처구니가 없는 광경이었다. 눈을 의심할 지경이었다. 시체의 바다인 것이었다. 온통 수없이 많은 시체가 넓은 마당에 좍 널려 있는 것이 아닌가. 마치 바닷가 모래사장에 고기를 말리려고 수없이 널어놓은 것 같은 광경이었다. 시체들이 전부 알몸뚱이로 나가 뒹굴어 있기 때문에 더욱 그렇게 보였다.

그리고 시체들이 하나도 성한 것이 없었다. 온통 구렁이가 감긴 듯 멍이 들고 퉁퉁 부어오르고, 찍히고 터져서 엉망이었다. 어떤 것은 가랑이가 찢어지기도 했고, 팔이나 다리가 떨어져 나가기도 했다. 혀를 몇 뼘이나 빼물고 있는 것도 있었고, 눈알이 쏟아져 나오는 것도 있었다. 그야말로 목불인견이었다.

죽여도 총을 쏘아 죽인 것이 아니라, 몽둥이나 괭이, 삽, 쇠스랑 같은 것으로 타살을 한 것이었다.

너무나도 기가 막히고 어처구니가 없어서, 나는 잠시 넋을 잃은 사람처럼 서 있기만 했다. 어머니 역시 얼굴에 피가 말라 백짓장처럼 되어 있었다.

그러나 얼마 후, 어머니와 나는 그 시체의 바다 속으로 들어가 하나하나 확인을 해나가기 시작했다. 꽤 많은 사람들이 그렇게 하고 있었던 것이다.

그것은 견딜 수 없는 고역이었다. 악취 때문에 내장이 목구멍으로 올라올 것 같았고, 처참한 시체 곁을 지날 때마다 다리가 후들거렸다.

절반도 채 확인을 못하고 나는 두 손을 들고 말았다. 도저히 더 견딜 수가 없는 것이었다. 계속 그렇게 해나가다가는 나도 시체들

사이에 쓰러지고 말 것 같았다.

"어머니 안 되겠어라우, 그만합시다."

"……."

어머니는 대답이 없었다. 그러나 어머니 역시 동감인 모양이었다.

"그만해요."

나는 돌아섰다.

그때였다. 마치 누가 부르기라도 하는 것처럼 내 시선은 저만큼 떨어진 곳으로 향했다. 그리고 어떤 시체 하나에 가서 멎었다.

순간, 내 입에서는,

"아!"

외마디 비명이 나왔다. 그리고 나는 나도 모르게,

"아버지다!"

소리를 질렀다.

약 이십 미터가량 떨어진 곳이었다.

"어머니! 아버지 저깄어요!"

"어디?"

그리고 곧 어머니도

"아이구야꼬—"

무너지는 듯한 소리를 질렀다.

장 씨는 더 이야기를 계속할 수가 없는 모양이었다. 술잔을 들어 꿀컥꿀컥 마셔버리는 것이었다. 독한 양주를 말이다.

나는 무어라고 말할 수 없는 심정이 되어, 그저 장 씨의 얼굴을 멍하게 바라보고만 있었다.

잠시 흥분을 가라앉히는 듯하더니, 장 씨는 다시 입을 열어 이렇게 말했다.

"결국 도리 없이 형무소 앞에 있는 언덕에 아버질 묻었죠. 묻고 나니 어느덧 저녁 무렵이더군요. 그런데 그날 서쪽 하늘이 왜 그렇게 붉게 타는지, 꼭 핏빛 같질 않겠어요. 겁나더군요."

"……."

"어쩌면 지옥의 황혼이 그렇지 않을까 싶어요."

그리고 장 씨는 지그시 눈을 감는 것이었다. 마치 그날의 핏빛 황혼이 눈앞에 떠오르기라도 하는 것처럼.

나는 장 씨의 잔에 또 술을 가득 채웠다.

잠시 후, 장 씨는 오늘 이야기의 결론이기나 한 것처럼

"좌우간 지독한 놈들이더군요. 사람을 죽여도 어디 그렇게 죽일 수가…."

이렇게 말하는 것이었다.

창밖에 눈은 그치고, 이제 바람이 일고 있는 모양이었다.

《북한》(1972. 4)

# 소야곡

## 1

방문 창호지에 달빛이 훤하다. 밤이 꽤 깊었다.

그러나 윤상윤은 도무지 잠을 이루지 못했다. 훤한 방문을 멀뚱히 바라보며 꿈벅꿈벅 눈을 꿈벅이고만 있다. 여느 때 같으면 지금쯤 벌써 잠의 수렁으로 기분 좋게 가라앉고 있을 것인데 말이다.

윤상윤의 취침시각은 열 시 반이다. 그렇게 막 일과를 짜놓고, 그대로 실행하고 있는 것이다.

오늘 밤 역시 정해진 대로 열 시 반에 잠자리에 들었다. 그러나 잠까지 반드시 정해진 대로 와 주는 것은 아니다. 이따금 무슨 일이 있을 때면 잠이란 놈은 곧잘 정해진 일과 시간을 어기고 만다.

수학여행을 가느냐, 안 가느냐— 오늘 밤의 잠은 이 문제 때문에 일과시간을 어기고 있는 것이다.

오늘 낮, 학교에서 수학여행 계획이 발표되었던 것이다. 행선지는 서울이었다. 행선지가 서울이라는 말에 학생들은 대개 겉으로는, 시시하게 무슨 서울 구경을 가노, 하는 식이었다. 그러나 내심 모두 좋아하는 눈치가 역력했다. 아무리 고등학교 3학년생들이라고는 하지만, 서울 구경을 못 한 학생이 대부분이니, 그럴 수밖에 없었다. 속리산이나 현충사 같은 곳에 가는 것도 좋긴 좋으나, 그런 명승지보다는 역시 시골뜨기에게는 서울이 구미가 당기는 모양이었다. 이 고장이 벌써 명승고적의 도시인 경주이기 때문에 그런지도 몰랐다.

상윤이 역시 마찬가지였다. 아직 한 번도 서울엘 가보지 못한 그는 행선지가 서울이라는 말에 픽 웃음이 나오면서도, 어쩐지 가슴이 울렁거렸다. 좀 흔해빠진 수학여행이다 싶으면서도, 다른 어느 곳에 가는 것보다 역시 제일 입맛이 당겼다. 도대체 서울, 서울 해쌓는데, 어떤 곳인가 한 번 눈으로 보고 싶은 것이다.

서울에서도 가장 보고 싶은 것은 창경원이 아니라 고궁들이었다. 옛날 임금들이 산 곳, 백성을 다스린 곳, 특히 이조 말엽 풍운이 감돌던 때, 국사를 요리하던 경복궁 같은 데를 직접 눈으로 보고 싶었다. 말하자면 상윤은 한국의 역사에 많은 관심이 셈이었다.

그러나 상윤은 곧 벽에 부딪치는 듯한 기분이 되고 말았다. 수학여행 비용이 일인당 육천 원이라는 것이었다. 삼박사일이라 했다. 육천 원…… 상윤은 입맛이 쓰기만 했다.

지금 방문에 비친 달빛을 멀뚱히 바라보며 잠을 이루지 못하고 있는 것도 다름이 아니라, 바로 그 육천 원 때문인 것이다. 육천 원 때문에 어쩌면 학생생활의 피날레라고도 할 수 있는 수학여행을 포기해야 되지 않을까 생각하니, 도무지 잠이 올 턱이 없었다.

경복궁을 비롯해서 덕수궁, 비원…… 등 이름만 알고 있는 고궁들이 웅장한 모습으로 머릿속을 지나가곤 했다.

"음—"

상윤은 무거운 신음소리를 하며 돌아누웠다.

저만큼 떨어진 곳에 상옥이는 지금 한창 새근새근 잠이 들어 있다.

상옥이는 상윤의 누이동생이다. 여중 2학년생. 상윤이는 누이동생과 함께 자취를 하며, 학교에 다니고 있는 것이다.

오누이가 방을 얻어 함께 자취를 하며, 오빠는 고등학교, 누이는 중학교에 다니고 있지만, 고향 집에서의 뒷바라지란 한 달에 쌀 두어 말 보내주는 것이 고작이다. 형편이 도무지 그렇게밖에 안 돌아가는 것이다. 그러니까 오누이는 둘이 다 학교에 다니고 있다는 것은 가정형편으로 보아 도저히 무리인 것이다.

그러나 그런 무리가 지탱되는 것은 상윤이가 학교의 장학생이기 때문이다. 그는 중학교 때부터 줄곧 장학생으로 뽑혀 오고 있는 터이다.

가정형편으로 보아서는 애당초 중학교에 진학한다는 것도 무리였다. 그러나 그의 재주와 사람됨을 아깝게 여긴 담임선생이 발 벗고 나서서, 장학제도가 있는 경주의 A중학교에 진학을 시켰던 것이다. 입학시험 성적부터가 발군해서, 입학금의 전액 면제를 받았다.

그렇게 줄곧 장학생인 상윤은 누이동생이 국민학교를 마치자, 자기가 공부를 시키겠다고, 양친의 반대를 무릅쓰고 기어이 중학교에 입학을 시켰다. 그러나 누이는 오빠처럼 그렇게 뛰어나는 머리는 못 되어서, 장학금 같은 것은 생각할 수가 없었다. 입학금을 마련하느라고 상윤은 얼마나 양친을 졸랐는지 모른다. 입학금만 대주면 그 뒤는 전적으로 자기가 책임지겠다고.

그렇게 해서 간신히 진학을 시킨 상윤은 그 뒷바라지를 위해 밤으로 과외 지도를 시작했다. 말하자면 고등학교 학생이 선생이 된 셈이다.

처음에는 중학교 입시 준비를 하는 국민학교 아동 몇을 맡아 가르치다가, 중학교 무시험 진학제가 실시되자, 이번에는 고등학교 진학 준비를 하는 중학생 쪽으로 방향을 바꾸었다.

현재 상윤이에게 과외 지도를 받으러 다니는 학생은 두 사람이다. 문광수, 이길남— 물론 중학교 3학년생들이다. 오늘 밤도 다녀갔다.

그들을 지도하는 시간은 저녁 여덟 시부터 열 시까지 두 시간이다. 하루 두 시간씩 해서, 한 달에 일인당 사천 원을 받는다. 그러니까 한 달에 팔천 원, 석 달이면 이만사천 원이다.

이만사천 원을 가지고, 상옥이 등록금을 주고, 여러 가지 학교에 드는 잡비를 쓰고, 그리고 방세를 주고, 석 달을 살아야 하는 것이다. 집에서 한 달에 쌀 두어 말은 보내오지만, 그것만으로는 부족하다. 한창 먹을 때라 그런지 쌀도 더 팔아야 하고, 때로는 꽁치라도 몇 마리 사서 구워 먹어야 한다. 만날 콩나물에 된장만으로는 견딜 수가 없다. 그러니 너무나 빠듯한 생활일 수밖에.

그런데 수학여행 비용이 육천 원인 것이다. 육천 원을 잘라내고 나면 그 다음은 어떻게 할 것인가. 도저히 엄두가 나질 않는다. 수학여행을 안 간다고 학교 졸업을 못하는 것도 아니고, 어디가 어떻게 되는 것도 아니다. 그러나 안타깝고 서글픈 것이다.

국민학교 때도 수학여행이 있었고, 중학교 때도 있었다. 그러나 상윤은 두 번 다 가질 못했다. 학우들이 수학여행을 떠나고 난 뒤 집에서 일을 거들던 국민학교 때나, 자취방에 엎드려 있던 중학교 때나, 그 심정은 정말 쓸쓸한 것이었다.

그런데 이번 고등학교의 수학여행마저 못 가고 말다니, 너무 처량한 노릇이 아닐 수 없다. 물론 이번에 서울 구경을 못 한다고 해서 영영 못하는 것은 아니다. 앞으로 얼마든지 기회가 있을 것이며, 또 구경이 아니라, 그곳에 가서 살 수도 있는 법이다. 얼마든지 말이다.

그러나 그래서가 아닌 것이다. 서울 구경 따위가 문제가 아니라, 학생 생활의 피날레라고 할 수 있는 마지막 수학여행에서마저 제외된다는 사실이 너무 쓸쓸한 것이다. 비참하게까지 느껴진다.

대학 진학의 꿈을 안고는 있지만, 대학까지 맨주먹으로 가능할지 어떨지 미지수이니, 지금으로서는 이게 학창의 피날레라고 볼 수밖에 없다. 혹 꿈이 실현되어 대학을 다니게 된다 하더라도, 대학에서는 수학여행 같은 것은 없을 게 아닌가.

"아으—"

그러나 결국 상윤의 입에서는 하품이 나왔다. 얼마나 고마운 하품인지 모른다. 이런 때는 그저 잠들어 버리는 것이 상책이다. 아직 수학여행 신청 마감일이 멀었으니, 좀 더 생각해 보기로 하고, 상윤은 지그시 두 눈을 감았다.

그때였다.

뚜―

멀리서 사이렌 소리가 들려왔다. 통행금지 예비 사이렌이었다.

오래간만에 듣는 밤 사이렌 소리였다. 으레 이맘때면 잠이 들어 있기 때문에 말이다. 그러니까 오늘 밤은 잠이 취침시간을 한 시간 반이나 어긴 셈이다.

밤 사이렌 소리를 무심히 귓전으로 흘리며 잠이 들려 하고 있는데, 방문 밖 담 너머로 무엇이 툭 하고 떨어지는 것 같은 소리가 났다. 잠이 들려 하던 참이라, 확실히 무엇이 떨어지는 소린지 아닌지 알 수는 없었으나, 아무튼 무슨 기척이 있었던 것만은 틀림없었다.

상윤은 가만히 귀를 기울였다.

사이렌 소리가 꼬리를 그으며 스러지자, 사방은 한결 고요하기만 했다. 물속의 정적이 이런 것이 아닐까 싶었다. 아무 기척도 나지 않았다.

한참 그렇게 귀를 기울이고 있었으나, 마찬가지였다. 어쩌면 담 너머로 이웃집 고양이라도 뛰어내렸던 모양이라고 생각하며, 상윤은 스르르 잠의 수렁으로 미끄러져 들어갔다.

## 2

"오빠, 일어나 봐. 오빠! 오빠!"

상옥이의 호들갑스러운 소리에 상윤은 잠을 깼다.

다섯 시 사십 분이다.

"아으윽―"

상윤은 벌떡 일어나 크게 기지개를 켰다.

상윤의 기상 시간은 다섯 시다. 다섯 시에 일어나 세수를 하고, 일곱 시까지 공부를 한다. 그러니까 자기 공부는 언제나 식전에 하는 것이다. 식전 공부가 가장 머리에 잘 들어가기 때문에 일과를 그렇게 짰다. 식전 두 시간의 복습과 예습이면 충분하다. 더 이상 비비댈 건더기가 없다.

그런데 오늘 아침은 사십 분이나 늦게 일어난 것이다. 그것도 상옥이가 깨워서 말이다. 잠이란 놈은 참 약은 놈이다. 간밤에 한 시간 늦게 잤다고 그 보충을 기어이 하려고 든 것이다.

"이것 좀 봐. 오빠."

"뭔데?"

"이거."

보따리였다. 웬 초록색의 조그마한 보따리를 쳐들어 보이며, 상옥이는 신기한 듯 곧장 두 눈을 반짝인다.

"이기 우째 된 셈인지, 저 담 밑에 떨어져 있었다니까."

"담 밑에?"

"응."

상윤이도 바짝 호기심이 이는 듯,

"그 속에 뭐가 들었는데?"

하면서 마루로 나갔다.

"반찬꺼리가 들었어. 반찬꺼리. 고추장도 있고, 깨소금도 있고, 꽁치도 여러 마리 들었다니까. 히히히……."

"꽁치도?"

상윤이도 웃음이 나왔다.

어떻게 된 영문인지 알 수가 없었다. 누가 그런 것을 흘려 놓고 갔을까. 정신이 없어도 분수가 있지. 그런데 그런 것을 남의 집 울안의 담 밑에 흘리다니…… 도무지 이해가 가지 않는 일이었다. 혹 도둑이 들어와 물건을 훔쳐가지고 담을 넘어가다가 흘린 것이나 아닐까.

"하하—"

상윤은 짚이는 바가 있었다. 간밤에 잠이 들려 할 때, 담 밑으로 무엇인가 툭 하고 떨어지는 소리가 나지 않았던가. 그때 이 보따리가 떨어졌던 모양이다. 그럼 도둑이 들어온 게 분명한 것 같은데, 도무지 툭 소리가 나고는 아무런 기척이 없었으니, 역시 알 수 없는 일이었다.

조금 있으면 주인집 아주머니가 일어날 것이니, 이 보따리가 주인집 것인지 아닌지 물어보면, 도둑이었던가 아닌가 확실해질 것이다.

도둑이었다면, 이런 것을 다 훔쳐가려고 하다니, 그 도둑 참 치사하기도 한 녀석이라 싶으며, 상윤은 칫솔을 물고 북북 이를 닦았다. 이를 닦으면서도 곧장 상윤은 그 보따리로 눈을 주었다.

고운 초록색 보자기였다. 흔히 장바구니 대신으로 사용하는 그런 보자기는 아닌 듯했다. 깨끗하게 개어서 농속에라도 잘 간직해 두었던 그런 보자긴 것만 같았다. 천도 아주 고급으로 보였다.

상윤은 고개를 갸웃했다. 주인집 보따리가 아닌 듯 싶었다. 주인집 아주머니의 장바구니를 상윤은 잘 알고 있었다.

상윤의 예감은 맞았다.

주인집 아주머니는 보따리를 보더니,

"우리 보따리가 아닌데. 어딨너노? 그기……."
하는 것이었다.

"저 담 밑에 떨어져 안 있습니꾜."

"담 밑에?"

"예. 바로 우리 부엌 앞 담 밑에 말입니더."

그러자 아주머니는 보따리 속을 들추어 보더니,

"우야꼬. 누가 학생 반찬 없는 밥 묵는 줄 아는 모양이제?"
하고, 누우런 앞니를 드러내 놓으며 웃었다.

상윤은 약간 귀밑이 붉어지는 느낌이었다. 그러나 조금도 기분이 나쁘지는 않았다.

언제나 웃을 때면 누우런 앞니를 몽땅 드러내는, 괄괄하고 사람 좋은 아주머닌 것이다. 이웃에서 '욕쟁이 아지매'라는 별명으로 통할 정도로 입이 걸지만, 아무도 욕하는 사람이 없다.

가령, 김장김치 같은 것을 먹어보라고 갖다 줄 때, 배추나 무를 그릇에 담아 가지고 가져오는 게 아니라, 그냥 손으로 덜렁덜렁 서너 포기를 한꺼번에 들고 와서는 바가지 같은 데 아무렇게나 덥썩 담아주며,

"묵어 보래. 묵어 보래. 맛있대이."
하고, 누우런 앞니를 드러내는 것이다.

연세도 어머니보다 위니, 아주머니가 하는 말을 기분 나쁘게 알아들으면 이쪽이 잘못이다.

"그럼 우리 묵으라고 누가 던져 놓았단 말입니꾜?"

상옥이는 참 얄궂은 일이라는 듯이 물었다.

"그라느면 와 남의 부엌 앞에 던져 놓았겠노. 좌우간 묵으라고

던져 놓았기나 말기나, 묵으면 되는 기라. 묵고 보는 기라."

"……."

"묵어라, 묵어. 개않다."

"……."

"이런 걸 홍재라 카는 기라."

"……."

"묵어라. 나중에 임자가 나타나 지랄하면 내가 묵었다 칼 끼니. 와 남의 집에 던져놓노 말이다. 지랄삥 한다고 말이다."

아주머니의 입이 걸어지자, 상윤은 히죽히죽 웃었다. 좌우간 얄궂고 재미있는 아침이었다.

상윤은 상옥이에게 그 보따리에 손을 못 대게 했다. 그대로 부엌문 앞에 놓아두도록 했다.

그러나 그날은 물론, 이튿날도 보따리의 주인은 나타나질 않았다. 보따리 속의 꽁치가 상하는 듯 냄새가 나는 것 같아, 아주머니 말마따나 먹고 볼 일이라고, 우선 꽁치부터 꺼내어 구워 먹어 버렸다. 약간 상한 것 같기는 했으나 까짓것 맛만 좋았다.

그리고 다음 날은 고추장이랑 깨소금 같은 것도 꺼냈다. 고추장도 잘 담근 것인 듯, 집에서 가져온, 맵기만 한 고추장과는 달랐다. 어쩐지 매우면서도 단맛 같은 것이 감돌았다. 깨소금도 여느 깨소금보다 한결 고소한 것만 같았다.

아무튼 참 별일도 다 있다 싶으며, 오누이는 끼니때마다 그것을 맛있게 먹었다.

## 3

며칠 뒤, 또 보따리 하나가 떨어져 있었다. 역시 부엌 앞 담 밑이었다.

이번에는 보자기가 초록색이 아니라, 분홍색이었다. 시골 새색시의 머플러 같은 색이었다. 아무튼 보자기로서는 너무 고운 빛깔이었다.

그 두 번째 보따리를 먼저 발견한 것은 상옥이가 아니라, 상윤이었다. 상윤이의 기상이 상옥이보다 보통 삼십 분가량 빠른 것이다.

눈을 비비며 고무산을 끌고 변소에 가던 상윤은,

"어?"

하고 걸음을 멈추었다.

보따리를 보는 순간, 상윤이는 어쩐지 약간 섬뜩했다. 며칠 전과 똑같은 자리에 또 보따리가 떨어져 있다니 순간적으로 으스스한 느낌이 들었다. 무슨 도깨비놀음이나 아닌가 싶었다.

그러나 곧 상윤은 고개를 기울이며 웃었다. 보따리의 빛깔 때문이었다.

분홍색 보자기— 흔히 눈에 띄는, 아무나 사용하는 보자기가 아니었다. 어쩐지 보기만 해도 좀 부끄러워지는 그런 보자기였다.

초록색 보따리 다음에 분홍색 보따리라…… 아무래도 이상했다.

예삿일이 아닌 것 같았다.

상윤은 보따리를 집어 들었다. 그리고 마루에 걸터앉아 그것을 풀어보았다.

이번에는 김이었다.

김 다발이 나오고, 밑에는 멸치였다. 자잘하고 고운 멸치였다.

"흠—"

어떻게 된 영문인지 모르지만, 좌우간 누가 잘못 떨어뜨린 것이 아닌 것만은 분명했다. 틀림없이 누군가가 장난을 하는구나 싶었다. 장난치고는 고마운 장난이 아닐 수 없었다. 이런 장난이라면 매일 해주어도 싫을 게 조금도 없는 것이다.

그러나 장난은 아니었다.

김 다발 속에서 조그마한 분홍색 봉투가 하나 얼굴을 내밀었던 것이다.

상윤은 그러면 그렇지 하고, 자기도 모르게 얼른 주위를 한 번 돌아보았다. 절로 귀밑이 붉어지며, 가슴이 울렁거렸다.

봉투 속에서 나온 종이 역시 분홍색이었다. 그러니까 오늘 아침은 온통 분홍색의 아침인 셈이었다.

거기에 이렇게 씌어 있었다.

> 상윤 씨
> 오는 일요일 오후 세 시, 오릉 숲에서 기다리고 있어도 될까요?
> 어떤 소녀 올림

또박또박 예쁘게 쓴 글씨였다. 상윤은 가슴이 울렁거리면서도 얼떨떨하기만 했다. 그 분홍색 종이를 쥔 손이 가늘게 떨렸다.

## 4

어떤 소녀가 도대체 누구일까? 누가 두 번이나 반찬 보따리를 담 너머로 던져 놓았으며, 또 오는 일요일 오릉 숲에서 만자자고, 밑도 끝도 없이 불쑥 편지까지 보낸 것일까. 이름도 성도 적지 않고 말이다. 더구나 여자 쪽에서 먼저…….

그 필적이나 문투로 보아 보통 깜찍한 계집애가 아닐 것만 같다. '오는 일요일 오후 세 시, 오릉 숲에서 기다리고 있어도 될까요?'— 짤막하면서도 그 속에 담길 것은 다 담겨 있는 듯한 문구다. 깜찍하면서도 어딘지 모르게 소녀다운 수줍음 같은 것도 느껴지는 듯하다.

보통 계집애들 같으면 '숲에서 기다리겠습니다' 아니면 '숲으로 나와 주세요' 혹은 '숲에서 만나고 싶습니다' 이런 것일 터인데, '숲에서 기다리고 있어도 될까요'라니 마치 반문하는 식이다.

상윤은 그 짤막한 사연의 편지를 몇 차례나 되풀이 되풀이 읽었는지 모른다. 또박또박 예쁘게 쓴 글자를 얼마나 들여다보았는지 모른다. 그 종이의 빛깔처럼 가슴속이 분홍빛으로 물들면서…… 말하자면 그것은 상윤이가 받아보는 최초의 러브레터인 셈이었다. 비록 글귀는 그처럼 짧은 것이지만 그 문투로 보나 종이 빛깔로 보나 러브레터에 틀림없는 것이다. 좀 색다른 러브레터이긴 하지만…… 두 차례의 보따리 선물을 생각해 보더라도 틀림없이 그것은 연정의 표시인 것이다.

상윤은 그 분홍색 편지를 받은 뒤로는 늘 그 생각이 머리에서 떠나질 않았다. 학교에 가서 공부를 하다가도 문득문득 그 생각이었고, 저녁에 두 아이 과외 지도를 하는 틈에도 걸핏하면 그 생각이 머리에 떠올랐다. 잠자리에 들어서는 말할 것도 없었다. 그러니까 상윤의 취침은 요 며칠 노상 제 시간을 한두 시간 어기고 있는 것이다. 말하자면 상윤은 좀 붕 뜬 듯한 상태가 되어 있는 것이다.

도대체 누구일까? 생각해야 결국 이것이었다. 이 생각을 핵으로 해서 그 언저리를 빙글빙글 돌고 있는 셈이었다. 자기에게 최초의 러브레터를 보내준 소녀가 도대체 누구인지, 잘 아는 소녀인지, 아니면 미지의 소녀인지…… 상윤은 궁금하기 짝이 없으면서도 아무튼 즐겁기만 했다.

잘 아는 소녀라면 누굴까…….

머릿속을 이리저리 뒤적여 그럴만한 소녀를 찾아보기도 했다.

K여고에 다니는 국민학교 동기생 경자. 그러나 경자가 그렇게 글씨를 또박또박 예쁘게 쓸 턱이 없지. 그 보리부대 같은 말괄량이가.

M여중 3학년이고, 한 마을이 고향인 국민학교 삼 년 후배 미영이. 얼굴이 제법 곱살하고 성질이 차분해 보이는 미영이. 지난 학년말 휴가 때, 마을 앞 우물에서 물을 긷는데 보니 제법 목덜미가 하얗고, 처녀 태가 흐르던 그녀. 그러나 아무리 그렇지만 여중 3학년짜리가 벌써 먼저 연애편지를 내다니, 말도 아니고…….

이름도 성도 모르지만, 여고 교복을 입고 다니는, 집 근처 구멍가게 딸. 뭐 별로 예쁜 것은 아니지만, 그런대로 수수하게 생긴 그녀. 혹 그녀일지도…… 그러나 만나도 그런 기색이 조금도 느껴지지 않았는데…… 학교에 오갈 때 비교적 자주 만나는 편인데…… 만날 때마다 보니 눈이 도무지 살아 있질 못하고 흐릿해서 어딘지 좀 맥 빠진 듯한 인상이었는데, 그녀가 '숲에서 기다리고 있어도 될까요?' 이런 깜찍한 말을 쓸 수가 있을까? 그리고 그렇게 또박또박 글씨를 쓸 수가 있을까? 역시 아닌 것 같고…….

그렇다면 혹시 전에 방을 얻어 있던 집의 딸일까? 여중을 졸업하고, 집에서 집안일을 거들던 금례, 코가 납작한 것이 흠이긴 했지만, 마음씨가 퍽 여자다워, 곧잘 벗어놓은 양말 같은 것도 빨아서 널어주던 그녀. 어딘지 모르게 은근히 눈치가 다르던 그녀. 그러나 그것은 벌써 두 해 전의 일인데…… 지금까지 잊지 않고 있었단 말인가. 혹 그렇다 하더라도 그 집은 여기서 거리가 거의 오 리가량이나 되는데, 어떻게 통행금지 예비 사이렌이 울릴 무렵에 와서 담 너머로 보따리를 던져놓고 간단 말인가. 돌아갈 수는 있다 하더라도 한밤중에 처녀가 혼자 어떻게 그렇게 할 수가 있을까. 아무래도 잘 수긍이 가질 않는다.

그 밖에 또 누가 있을까? 그럴 만한 소녀가 더 머리에 떠오르진 않았다.

그렇다면 미지의 소녀란 말인가. 미지의 소녀라면 도대체 누굴까? 미지의 소녀인데 누군지 알 턱이 없고…… 좌우간 누군지는 모르지만, 몹시 어여쁜 계집애임엔 틀림없을 것 같았다. 그처럼 예쁜 글씨의 주인공이니 말이다. 그리고 그처럼 고운 종이, 고운 봉투, 고운 보자기의 주인공이니…….

이런 생각은 잠자리에서 잘 무르익었고, 또 스스로 그 무르익은 생각에 취해서 아련한 쾌감 같은 것에 젖어들기도 했다. 공연히 이불을 휘감아 안아보기도 하면서.

수학여행을 가느냐, 안 가느냐, 하는 생각은 슬그머니 뒷전으로 물러나고, 대신 이 짜릿한 분홍빛의 생각이 온통 잠을 못 이루게 하는 것이다. 수학여행 같은 것은 문제도 되지 않는다는 듯이. 조그마한 편지 한 장의 위력이 대단한 셈이었다. 불과 몇 자 안 되는 그 글씨가 남의 내부를 이처럼 흔들어 놓다니…… 러브레터의 묘한 힘을 짐작을 하고 있었으나, 이처럼 야릇하게 사람을 사로잡는 것인지는 미처 몰랐었다.

상윤은 일요일을 가슴 두근거리며 기다렸다.

## 5

일요일. 아침나절엔 날씨가 괜찮더니, 오후가 되면서 구름이 끼기 시작했다. 소녀가 기다린다는 세 시를 삼십 분 앞두고 상윤이 집을 나섰을 무렵에는 온통 하늘이 구름에 뒤덮이고 바람기도 약간 눅눅해 왔다. 틀림없이 비가 올 것 같다. 그러나 비가 문제가 아니다. 비보다 더한 것이 와도 안 가보고 배길 수가 없는 것이다. 누군진 모르지만 소녀가 기다린다는데 말이다.

상윤은 비닐우산을 한쪽 손에 말아 쥐고 오릉을 향해 잰걸음을 쳤다. 집에서 오릉까진 오 리가 넘는 거리였다. 그러나 불과 이십 분도 못 걸렸다.

숲이 가까워지자 상윤은 어쩐지 가슴이 두근거렸다. 숲속으로 들어섰을 때는 긴장이 되어 그런지, 가슴이 두근거리는지 어쩐지도 알 수가 없었다.

숲속은 더 눅눅했다. 그리고 날씨 탓으로 어두침침하기까지 했다. 물론 앞이 잘 안 보일 정도는 아니었다. 상윤은 우선 숲속을 둘레둘레 살펴보았다. 사람이라곤 아무도 눈에 띄지가 않았다. 여느 때 같으면 으레 관광객이나 소풍객이 끊이지 않을 터인데, 오늘은 날씨 때문인 모양이다.

혹 날씨 때문에 '어떤 소녀'라는 그녀도 나타나지 않은 게 아니가 하는 생각이 들자, 상윤은 슬그머니 화가 치밀려고 했다. 자기가 만나자고 해놓고 이 정도의 날씨에 나타나지 않다니…… 비가 내리고 있는 것도 아닌데…… 무슨 모욕이라도 당한 듯, 기분이 영 형편없이 되려고도 했다. 그러나 골고루 찾아보고 나서, 기분이 형편없이 되거나 어쩌거나 할 일이다. 혹 왕릉 저쪽에 숨어서 기다리고 있는지도 모르니까.

숲은 꽤 넓다. 넓은 숲 한가운데에 다섯 봉우리의 능이 있고, 그 능 둘레에 담이 둘러져 있다. 가까이 가보면 제법 높은 담이지만, 먼데서 보면 능이 워낙 거창한 봉우리가 돼서, 담은 능의 가장자리에 둘러 놓은 무슨 띠처럼밖에 보이질 않는다. 능 근처엔 나무가 없어서 하늘이 열렸다. 흐린 날씨이긴 하지만 다섯 개의 봉우리는 선연한 연둣빛으로 위용을 자랑하고 있다.

신라의 시조 박혁거세가 묻혔다는 능이다. 봉우리가 다섯 개라고 해서 오릉이라고 부른다는 것이다. 옛날 박혁거세가 죽어서 장사를 지내는데, 그 시체가 하늘로 올라가다가 그만 다시 하계로 떨어져서 다섯 도막이 되었다고 한다. 그래서 그 다섯 도막을 하나하나 따로 묻어서 다섯 개의 능을 만들었다는 것이다. 물론 전설이고 허황한 이야기다.

아무튼 경주에 있는 여러 왕릉들 가운데서 가장 웅장하고 볼만

한 능이 이 오릉이다. 상윤이 역시 이 오릉은 언제 보아도 절로 감탄이 된다. 역시 시조의 능이 다르기는 다르구나 싶다. 그리고 어쩐지 옛날 사람들은 모든 것이 큼직큼직했던 것 같은 생각이 든다. 외형도 그렇고 내용, 즉 생각하는 것이랄지, 마음가짐 같은 것도 말이다.

그러나 오늘은 능의 위용 같은 것은 아랑곳없다. 능 저쪽 어떤 소녀라는 계집애가 있느냐 없느냐 그것만이 문제인 것이다.

상윤은 성큼성큼 능을 향해 걸어갔다. 능 가까이 가자 그는 걸음을 늦추었다. 그리고 능 둘레의 담을 따라 가만가만 돌기 시작했다. 가슴이 콩닥콩닥 뛰었다. 조마조마하기까지 했다. 마치 무슨 숨겨놓은 보물이라도 찾아가고 있는 사람처럼.

그러나 헛일이었다. 빙 한 바퀴를 다 돌았으나 소녀는 고사하고 강아지 새끼 한 마리 눈에 띄질 않았다.

상윤은 다시 화가 슬그머니 머리를 쳐드는 것을 느끼며 한 번 더 능 저쪽으로 돌아가 보았다. 한 번 더 돌아가 본다고 해서 방금 없었는데, 금세 어디서 나타났을 턱이 만무하다. 무슨 새거나, 숲속의 요정이라면 모르지만.

숲 저쪽 가에 비각이 보였다. 혹시 저 비각 뒤에라도 숨어서 이쪽을 지켜보고 있는 것이 아닌가 하는 생각이 들어 상윤은 그쪽으로 걸음을 옮겼다.

역시 비각 뒤에도 소녀는 없었다.

상윤은 비각 추녀 밑에 서서 기분이 형편없이 구겨지려는 것을 누르며, 아직 세 시가 되지 않았을지 모른다는 생각을 했다. 팔뚝시계가 없으니 정확한 시간은 알 수 없으나 집을 나설 때 탁상시계가 두 시 삼십 분을 가리키고 있었으니, 아직 세 시가 되지 않았는지도 모른다. 그처럼 잰걸음을 쳐 왔으니 말이다. 그리고 세 시가 되었다 하더라도 '코리언 타임'이라는 게 있지 않느냐, 그러니 좀 기다려보는 수밖에…….

그렇게 마음을 느긋하게 먹어 보았으나, 역시 기분이 좋은 것은 아니었다. 자기가 먼저 그런 분홍색의 편지를 내어 만나자고 했으니, 시간을 지켜얄 게 아닌가. 더구나 이쪽은 그쪽이 누군지도 모르는 터이고, 또 보통 용무도 아닌 분홍색의 사연인데 말이다. 분홍색의 약속에도 '코리언 타임'이란 말인가…… 상윤은 씁쓰레 웃음이 나오기도 했다.

상윤은 하늘을 쳐다보았다. 나무와 나무, 가지와 가지 사이로 낮게 드리운 하늘이 곧 빗줄기가 되어 쏟아질 것만 같다.

어디선지 마치 쏟아지려는 비를 피해 날아드는 듯 두 마리의 새가 쏜살같이 날아와 바로 눈 위의 나뭇가지에 앉더니 비비 호르르 호르르 비비 호르르 호르르…… 냅다 지저귀기 시작한다. 고운 빛깔의 새다. 노오란 바탕에 초록색 무늬가 선명하다.

한 마리는 그대로 가지에 앉은 채 지저귀어 대고, 한 마리는 곧 가지에서 날아오르더니, 앉아 있는 새의 주위를 파르르 날개를 떨며 맴돌기 시작한다. 우중충한 날씨지만, 두 마리의 새는 마치 무슨 진귀한 보석처럼 곱기만 하다. 파르르 파르르 날개를 떨며 맴을 돌고 있는 새에게서는 영롱한 빛이 반짝반짝 흩어지는 것 같다.

그렇게 파르르 파르르 맴을 돌던 새가 앉아 있는 새 위로 바짝 접근해 가자, 앉아 있는 새는 뽀르르 옆으로 비켜 앉는다. 귀찮다는 듯이 그러자, 접근해 간 새는 다시 날아올라 그 주위를 파르르 파르르 맴돌기 시작한다. 안타까운 동작이다. 그런 안타까운 동작이 몇 차례 되풀이되자, 마침내 앉아 있는 새의 꼬리가 위로 쫑긋 올라가더니, 부챗살처럼 좍 펴졌다. 그러자 맴을 돌던 새는 드디어 기다리던 때가 왔다는 듯이 그 새의 등 위로 내려앉아 파다닥 파다닥 냅다 날개를 쳐댔다.

무슨 황홀한 정경이라도 되는 듯, 잠시 넋을 잃고 바라보고 있던 상윤은 번뜻*(강한 빛이 갑자기 나타났다가 없어지는 모양을 나타내는 말) 부끄러운 생각 같은 것이 들며 무의식중에 주위를 돌아보았다. 그런 광경에 넋을 잃고 있는 자기를 혹시 누가 보고 있지나 않을까 해서.

순간 상윤은 귀밑이 화끈 달아오르는 것을 어쩌지 못했다. 몹시 쑥스럽고 창피하기까지 했다.

저만큼 떨어진 곳에 장다리*(무, 배추 따위의 꽃줄기)밭이 있었다. 지금 꽃이 한창인 듯, 밭이 온통 노오란 빛깔로 물들어 있었다. 그 노오란 빛깔의 꽃무더기 속에 어떤 계집애 하나가 서 있는 것이 아닌가. 서서 이쪽을 바라보고 있었다.

연한 오렌지색 블라우스에 곤색 플레어스커트를 입고 있는 듯했다. 꽃 덤불에 묻혀 스커트는 조금밖에 내다보이지가 않았다. 머리는 두 갈래로 갈라 묶었고, 접은 빨간 파라솔을 가슴 앞에 두 손으로 쥐고 있었다.

시선이 마주치자, 그 파라솔로 얼른 얼굴을 가리는 것이었다. 분홍색 편지의 주인공인 어떤 소녀에 틀림없는 것이다. 그렇지 않으면 이렇게 날씨가 우중충한데 이런 곳에 혼자 와 있을 턱이 만무하다. 더구나 꽃밭 속에 서서 이쪽을 바라보며, 수줍은 듯 파라솔로 얼굴을 가리기까지 할 턱이 없다. 그러니까 그동안 장다리꽃 속에 숨어 앉아서 이쪽 동작을 지켜보고 있었던 게 틀림없다. 상윤은 귀밑뿐 아니라, 눈언저리까지 어쩐지 빨개지는 듯했다.

그러나 결코 기분이 나쁜 것은 아니었다. 오히려 형언할 수 없는 짜릿한 것이 온몸에 흐르는 듯했다. 드디어 야릇하게 긴장이 되는 것이었다.

비록 교복 대신에 오렌지색 블라우스를 입었고, 빨간 파라솔로 얼굴을 가리긴 했으나 얼른 보아도 여학생이라는 것을 알 수가 있었고, 또 그게 K여고생이라는 것도 알 수가 있었다. 머리를 두 갈래로 갈라 묶는 것은 K여고인 것이다.

그러나 K여고에 다니는 국민학교 동기생 경자는 아니었다. 파라솔로 얼굴을 가리긴 했으나 그녀가 아니라는 것은 대뜸 식별할 수가 있었다. 다행이었다. 그 보리부대 같은 말괄량이라면 기분 잡치는 것이다. 가슴을 두근거리게 하던 며칠 동안의 야릇한 분홍색 꿈이 산산이 부서진 판이다. 혹시 그녀가 아닐까, 슬그머니 걱정까지 했던 것이다.

그리고 역시 K여고에 다니는, 이름도 성도 모르는 집 근처의 그 구멍가게 집 딸도 아닌 듯했다. 꽤 거리가 있어서 확실한 것은 알 수 없었으나, 얼른 보아도 인상이 그녀처럼 맥빠진 듯 흐릿한 것이 아니라, 날씬해 보였고 어딘지 모르게 발랄한 것을 느끼게 했다.

누굴까? 그렇다면 결국 미지의 소녀로구나 싶으며, 상윤은 성큼성큼 그쪽으로 걸음을 떼 놓았다. 성큼성큼 걸어가기는 했으나, 어쩐지 좀 온몸이 굳어드는 듯했고 눈꺼풀 같은 데가 약간 떨리기도 했다. 일개 소녀 앞에서…… 참 묘한 일이었다. 지금까진 전혀 그런 일이 없었는데 말이다. 여학생들의 무더기 앞에서도 아무렇지도 않았고 오히려 당당하기만 했었는데…….

상윤이 다가가자, 그녀는 파라솔 뒤에서 발그레 얼굴을 물들이며 웃었다. 그리고 좀 어찌할 바를 모르겠는 듯 파라솔을 만지작만지작 하다가 살짝 돌아서는 것이었다.

상윤은 장다리밭 속으로 들어서지는 않았다. 둑에 멈추어 서서 잠시 그녀의 뒷모습을 바라보며, 무슨 말부터 건네야 좋을지 망설이다가 불쑥,

"빗방울이 떨어지네요."

했다.

마침 그런 말이라도 꺼내라는 듯이 빗방울이 한 방울 콧등에 뚝 떨어졌던 것이다.

그러자 그녀는 얼른 하늘을 쳐다보았다. 그리고 뒤를 돌아보았다. 수줍은 듯 발그레 여전히 물든 얼굴이었다.

누군지 알 수가 없었다. 미지의 소녀였던 것이다.

그러나 상윤은 어찌된 셈인지 그녀가 결코 낯선 얼굴이 아니라는 생각이 들었다. 어딘지 모르게 많이 낯이 익은 그런 얼굴이었다. 결코 생면부지의 소녀가 아닌 것이었다.

어디서 본 얼굴일까? 친밀감마저 주는 듯한 낯익은 얼굴이면서도, 도무지 누군지, 언제 어디서 만난 소녀인지 알 수가 없었다.

그녀는 상윤이 쪽으로 돌아서서 약간 고개를 숙이고 있었다. 그러나 그녀는 살짝살짝 상윤의 표정을 훔쳐보며, 수줍음과 함께 미소를 머금고 있었다.

수줍음과 함께 머금은 소녀의 미소는 정말 야릇한 것이었다. 가

슴속의 열기를 긁어 일으키는 듯, 상윤은 온몸이 묘하게 후끈해지는 것을 느끼며, 다음은 무슨 말을 해야 될지 모르고 있는데, 뚝 뚝 한 방울씩 듣던 비가 금세 뚜둑 뚜두둑…… 마구 떨어지기 시작하는 것이 아닌가. 굵은 빗방울이었다.

상윤은 얼른 비닐우산을 폈다. 꽃밭 속의 소녀도 빨간 파라솔을 폈다.

좍— 비는 곧 굵은 줄기가 되어 쏟아져 내렸다. 소낙비였다.

어찌나 빗줄기가 세찬지, 비닐우산으로는 도저히 지탱할 수가 없어, 상윤은 냅다,

"저리 갑시다. 저리!"

하고 뛰었다.

그러자 소녀도 수줍음이고 뭐고 없이 장다리밭에서 뛰어나와, 상윤의 뒤를 따라 뛰었다.

장대처럼 쏟아지는 소낙비를 피해 그들은 정신없이 비각 속으로 뛰어들었다.

《학원》(1973. 7~8)

# 삽미(澁味)의 비

서른 몇 해 만에 일본에서 온 이모한테서 훈구는 우산 하나를 선물로 받았다. 물론 일제 우산이었다.

이모는 그것을 선물로 주면서,

"한국에도 이런 우산이 있나?"

하고 물었다.

"예."

훈구는 웃었다.

접는 우산이었던 것이다.

"한국도 상당하구나. 이런 우산을 다 만들 수 있다니……."

"이런 것쯤이야 문제가 아니죠. 자동식 우산도 일제 우산 못지않게 만들어내는걸요."

"하— 그래?"

이모는 매우 감탄하는 눈치였다.

이모는 틀림없이 한국에는 이런 접는 우산은 아직 없으리라 생각하고 그것을 선물로 사 온 모양이었다. 이모는 어쩌면 서른 몇 해 전, 자기가 일본으로 건너가기 전의 모국을 머리에 그리고 있는지도 몰랐다.

훈구는 어쩐지 재미가 있어서 그 일제 우산을 곧장 폈다 접었다 했다.

그런데, 그 우산이 수년 전 그해의 그 일제 우산과 모양도 같고 빛깔도 같고, 그리고 폈다 접었다 할 때의 감촉도 너무나 비슷해서, 훈구는 그만 우스우면서도 어쩐지 떨떠름한 기분이 오고*('되고'의 오식으로 보인다) 말았다.

수년 전, 한일회담이 한창 마무리되어가던 무렵, 어느 날 점심시간이었다.

"아무래도 일제라야 물건 같다니까, 이거 좀 봐, 이거 참 근사하지?"

"정말 근사하구나. 이건 신어도 신은 것 같지도 않겠는데……."

"글쎄 말이야. 참 잘 빠졌다. 허벅지까지 올라오겠는데…… 길기도 하군."

"너의 마누라 하나 사다 줘라."

"우리 마누라가 그런 거 신을 재비*('깜냥'의 영천말)가 되나. 너의 할머니나 하나 사다 드리지."

"엑끼, 이 사람!"

"하하하……."

"헛헛허……."

여자용 스타킹을 쳐들어보며 주고받는 말이었다.

정말 신어도 신은 표가 날 것 같지 않은 하늘하늘한 그러면서도 매끄러운 윤기가 사르르 흐르는 스타킹이었다. 어찌나 긴지 어지간한 여자는 엉덩이까지도 묻혀 들어갈 것 같았다.

"홋홋호…… 때 묻어요. 안 사실람 이리 줘요."

물건을 팔러 온 여학생 차림의 계집애도 혈색이 좋지 않은 얼굴에 웃음을 띠었다.

자기 자리에 앉아 점심을 먹고 있던 훈구는, 또 왔구나, 요즘 단속이 심하다더니 단속도 소용없군. 밥을 씹으며 동료직원 두 사람이 쳐들고 웃어대는 여자용 스타킹을 바라보았다. 과연 길고 잘 빠진 물건이었다.

"그거 얼마래?"

훈구는 젓가락으로 반찬을 집어 올리며 시들하게 물었다.

"왜? 하나 살 테야? 하나 살려면 내가 특별히 교섭해서 반값으로 해주지."

직원 가운데서 싱겁고 건들건들하기로 이름이 있는 미스터 윤이 쳐들고 있던 스타킹을 더 번쩍 높이 추켜들며 헤― 앞니를 드러냈다.

"반값 좋아하시네!"

물건 주인인 계집애가 부끄럼도 없이 내뱉자, 모두 큰소리로 웃었다.

미스터 윤은 이번에는 우산을 들어 보이며,

"훈구, 이거나 하나 사지. 이건 정말 있어야 될 게 아냐."

했다.

접는 우산이었다.

"그건 얼마래?"

훈구는 젓가락으로 밥을 마저 긁으며 물었다.

"천오백 원이에요."

계집애가 대답했다.

"천오백 원?"

"예, 천오백 원이면 비싼 게 아니에요. 어떤 사람은 천팔백 원까지 받는걸요 뭐."

훈구는 말문이 막혔다. 우산 하나에 천오백 원이라니, 정말 어이가 없는 이야기였다. 고작 만오천 원짜리 월급쟁이고 보니, 그렇다면 한 달 내내 일해도 그것으로 우산 열 개밖에 살 수가 없다는 계산이 아닌가.

훈구가 어이없는 표정을 짓자, 미스터 윤이 히들 웃으며,

"국산도 천 원 가까이 줘야 돼. 국산보다야 이게 물건이지. 서너 배는 더 오래 쓸 거야."

하고, 우산을 활짝 펼쳤다.

"물론 물건이 좋은 줄이야 알지. 그렇지만 천오백 원이면 봉급의 십분지 일이란 말이야. 사흘은 굶어야 되는 셈이지."

"그렇게 생각하면 아무것도 못 사지."

"그리고 첫째 살래야 어디 현금이 있어야 말이지."

훈구는 컵의 물을 꿀컥 한 모금 마셨다. 진작부터 접는 우산을 하나 꼭 마련해야겠다고 생각은 해오고 있는 터였다. 조그마하게 접을 수 있는 우산이 필요한 것은 출장을 나가는 일이 잦기 때문이었다. 출장도 그냥 가까운 곳에 잠시 나갔다가 오는 것이 아니라, 멀리 전라도 경상도 지방까지. 그것도 열흘이나 보름씩을 나가

게 되니, 간편하게 백 속에 넣어 가지고 다닐 수 있는 그런 우산이 꼭 필요한 것이다. 시나 읍 같은 큰 고을만 밟고 다닌다면 또 문제는 다르지만, 때로는 면소재지까지, 그보다도 더 들어가서 조그마한 일개 촌락까지 찾아 들어가야 할 경우가 있기 때문에 여름철 겨울 할 것 없이 백 속에 우산이 들어 있어야 안심을 할 수가 있는 것이다.

한 번은 전라남도 화순이라는 곳에서 비를 만났는데, 화순은 역에서 읍내까지가 거의 십 리나 되는 거리였다. 역에 내리자 빗방울이 하나둘 떨어져 왔다. 그러나 역에서 읍까지가 그처럼 먼 거리인 줄을 모르고 훈구는 걸음을 재촉했던 것이다. 화순 읍내에서 볼일을 보고, 당일로 보성까지 내려가지 않으면 안 되기 때문이었다.

하늘이 나지막하게 흐려지며 빗방울이 차츰 굵어져 왔다. 역을 나서 읍 쪽을 향해 잰걸음을 친지가 벌써 십 분은 실히 되었는데, 아직도 읍이 보이지 않았다. 어느덧 빗방울은 빗줄기로 변해 쏟아져오고 있었다. 훈구는 백을 든 채 뛰지 않을 수 없었다. 그러나 워낙 오래 운동을 안 한 몸이라 얼마를 못가서 숨이 턱에 닿아 견딜 수가 없었다. 신작로 가에 있는 포플러나무 밑으로 들어섰다. 하지만 비가 피해지는 것은 아니었다. 얼굴로 쏟아져 내리는 빗물을 손으로 아무렇게나 닦아내며

"똥 같은 자식들, 역에서 왜 이렇게 멀리 떨어져 사는 거야."

하고, 괜히 남을 똥 같은 자식들이라고 투덜거렸다. 그리고 어떠한 일이 있어도 그 간편한 우산을 하나 마련해야겠다고 마음먹었던 것이다.

"물건을 어디 꼭 현금만 주고 사는 법이 있나. 외상으로도 사고

말만 잘하면 돈 안 주고도 사지."

미스터 윤이 웃으며 말하자, 계집애는 또,

"돈 안 주는 것 좋아하시네!"

했다. 그리고,

"외상은 혹시 몰라도……."

하고 훈구를 바라보았다.

외상이라는 말에 훈구는 무슨 대단한 결단이라도 내리는 사람처럼 자리에서 벌떡 일어나며,

"그럼 하나 샀다! 돈은 월급날 준다!"

하고, 내뱉었다.

"외상이라면 황소도 잡아먹는걸 뭐."

미스터 윤이 콧구멍을 벌름거리며, 빙그레 웃었다

훈구가 큰마음을 먹고 외상으로 천오백 원짜리 일제 우산을 산지 얼마 안 되어 한일회담이 막바지에 이르렀다. 머지않아 정식으로 협정이 조인될 듯했다.

그리고 그 협정에 대한 찬성과 반대의 소리가 뒤섞여 들끓기 시작했다. 찬성하는 편은 국제정세와 대국적인 견지로 보아 한국과 일본이 구원(舊怨)을 버리고 새로운 우방으로서 손을 잡아야 한다는 것이고 반대하는 쪽은 대국적 견지에서는 한국과 일본이 수교를 해야 되나, 한국 측에 유리하지 못한 조약으로서 국교를 재개한다는 것은 현명한 일이 못 된다는 것이었다.

훈구는 평소에 정치에 대해서는 별로 관심이 없었다. 그러나 이번 이 한일협정을 두고 일어나고 있는 찬반의 여론에 대해서는 무

관심할 수가 없었다. 사무실에서나 집에서나 신문을 손에 들면 절로 그런 기사부터 먼저 눈이 가는 것이었다. 여러 신문의 여러 가지 기사를 샅샅이 읽었고 여러 사람이 쓴 논설을 빼놓지 않고 다 읽어 보았으나, 훈구로서는 찬성과 반대 어느 쪽 하나를 선명하게 택할 수가 없었다. 대국적으로 보아 자유 우방으로서 수교를 해야 된다는 찬성 여론 편이 현실적으로 타당하다고 생각되면서도, 반대 여론에도 일리가 있다고 느껴지는 것이었다. 그리고 어느 쪽으로나 다 참으로 국가의 장래를 위해서 그렇게 나오는 것 같아, 어떤 때는 숙연해지기도 했다.

찬성과 반대 어느 쪽으로도 태도를 굳힐 수가 없는 훈구였으나, 한 가지 굳게 마음에 와닿는 것은 여하튼 앞으로 국민 한 사람 한 사람이 정신을 차려서 일제 상품을 사지 말고 국산품을 애호해야 한다는 생각이었다. 국산품 애용이라는 말은 벌써 귀에 못이 박히도록 들어온, 이제 만성이 될 대로 된 구호였다. 그러나 그것이 새로운 의의를 지니고 우리 앞에 다시 나타나야 할 때가 왔다고 생각했다. 낡고 단순한 구호지만 각자의 가슴속에서 새롭고 뜨거운 각성으로서 되살아나야 하며, 그것이 큰 물줄기가 되어 방방곡곡으로 도도히 번져나가지 않으면 안 된다고 생각했다. 형식적이 아닌 감동으로부터 일어나는 국민운동— 그것만이 참다운 애국이라고 여겨지는 것이었다. 소박하고 단순한 결론이었으나, 그러나 그것은 국민 된 한 사람으로서의 참다운 각성이며, 옳은 자세가 아닐 수 없었다.

어느 날, 훈구는 신문에서 학생들이 일제 상품을 한데 모아 불태웠다는 기사를 읽었다. 그 기사를 읽으면서 훈구는 절로 인도의 '간디' 생각이 머리에 떠올랐다. 인도의 독립을 위해서, 그리고 낙후된 식민지 경제를 바로잡기 위해서 간디는 영국제 상품을 한데 모아 그 산더미 같은 값진 물건들을 화염 속에 회진(灰塵)해버린 일이 있었던 것이다. 그것은 단순히 영국제 상품에 불을 지른 것이 아니라, 인도 국민의 가슴속에 불을 질러 나라를 바로잡아야 한다는 뜨거운 마음을 일깨우기 위한 행동이었다. 학생들이 일제 상품을 불태워버린 것도 훈구는 그렇게 해석하고 싶었다. 가슴에 뜨거운 것이 꿈틀거리는 듯했다.

그러나 훈구는 그날 퇴근 때, 외상으로 산 천오백 원짜리 일제 우산을 펴 들고 사무실을 나서지 않을 수 없었다. 아침부터 찌뿌듯이 흐려만 있던 하늘이 마침내 비를 뿌리기 시작했던 것이다. 오랜 가뭄 끝에 내리는 비라 반갑기 짝이 없었다. 그러나 훈구는 기분이 개운하지가 않았다. 자기가 펴 들고 가는 우산이 일제가 아니라 국산품이었더라면 그는 오래간만의 비에 참으로 시원하고 기분이 좋았을 것이다.

일제 우산, 국산품의 두 배 값이나 하는 우산, 몰래 사무실로 팔러 온 암상인에게서 산 우산, 학생들은 불태워버리기까지 한 일제 상품— 그것을 들고 거리를 활보하고 있는 자신이 어쩐지 부끄럽기만 했다. 그때 그 계집애가 외상으로는 팔지 않는다고 했더라면…… 이제 와서 자꾸 이런 생각이 머리를 쳐드는 것이었다. 그날 그 계집애가 물건을 팔러 오지만 않았더라면…… 외상은 안 된다고 했더라면…… 그때 내가 사무실에만 없었더라면…… 이런 생각을 되씹으며, 걸어가고 있던 훈구는 어느 다방 앞을 지나다가

"아저씨!"

하고, 부르는 소리에 흠칫 걸음을 멈추었다.

두 사람의 여대생이었다. 어깨에 '일본 상품을 사지 맙시다'라고 쓴 띠를 두르고 일제 상품 불매 서명을 받으러 다니는 모양이었다.

"아저씨, 일제 상품 불매운동을 어떻게 생각하세요? 찬성하시면 여기에 서명해주세요."

앞으로 다가온 두 여대생의 얼굴을 훈구는 어쩐지 똑바로 바라볼 수가 없었다.

"예, 찬성하고말고요. 찬성하고말고요."

얼른 펜을 받아들었다.

우산 밑에서 서명을 하는데 손이 자꾸 떨렸다.

"감사합니다."

여대생들은 가볍게 머리를 숙이고는 훈구의 얼굴을 향해 생긋 웃었다. 그리고 빗속으로 나란히 걸어가는 것이었다.

훈구는 무슨 큰일이라도 치른 사람처럼 휴— 숨을 내쉬며, 걸음을 빨리했다. 한참 가다가 뒤를 돌아보니 두 여대생은 비닐우산을 받고 나란히 멀어져가고 있었다. 그제야 훈구는 저 여대생들이 내 이 우산이 일제인 줄 알았을까? 몰랐을 거야. 그럼 왜 서명한 나를 보고 생긋 웃는 것이었을까? 그 웃음이 단순히 고맙다는 표현이었을까? 이런 생각을 곧장 머리에서 굴리며 터벅터벅 걸었다. 어쩐지 걸음이 가볍지가 않았다.

버스에 올라타면서 훈구는 우산에 '마루젠'이라는 일본 글자가 새겨져 있는 것을 발견했다. 우산을 접어서 말 때 쓰는 고리 안쪽에 그렇게 빨간 글자가 새겨져 있었다. 물론 제조회사의 명칭일 것이다.

아무도 보는 사람이 없는데도 훈구는 얼굴이 화끈 뜨거워지는 것 같았다. 집에 가서 뜯어버려야지 싶으며, 훈구는 두 눈을 지그시 감았다. 웬일인지 오늘따라 피로가 온몸에 엄습해오는 것이었다.

집에 돌아온 후 훈구는 세수를 하고 나서 면도날을 하나 꺼냈다. 그리고 아직 빗물이 뚝뚝 떨어지는 우산을 들고 마루에 쭈그리고 앉아서 우산 고리에 새겨진 일본 글자를 조심조심 떼내기 시작했다. 검은 남색의 나일론 천에 빨간 실로 새겨진 글자였다. 퍽 곱게 보였다.

그 글자를 면도날로 조심조심 떼내며 훈구는 씁쓰레한 웃음을 입가에 흘렸다. 학생들은 값진 일제 상품을 한데 모아 불을 지르기도 하는데 자기는 기껏 한다는 수작이 상품에 새겨진 일본 글자를 떼내는 정도이니 말이다.

이 글자를 떼낸다고 해서 이 우산이 바로 국산품이 되는 것도 아닌데…… 이런 생각을 하니 부끄러움과 함께 쓸쓸한 느낌이 들기도 했다. 만오천 원짜리 월급쟁이, 현금을 주고 우산을 살 처지도 못 되는 월급쟁이, 그러나 간편한 우산을 하나 장만하지 않으면 시골 신작로 가의 나무 밑에서 비를 맞으며, 공연히 남을 똥 같은 자식들이라고 푸념이나 해야 하는 월급쟁이, 그래서 외상으로 일제 우산이나마 사지 않을 수 없는 자기의 처지가 서글프기도 한 것이었다.

학생들이 일제 상품을 한데 모아 불태웠다는 기사를 읽었을 때, 훈구는 무엇보다도 먼저 자기의 소유물로서 일제 상품이 무엇인가 생각해 보았다. 아무리 생각해도 우산 하나밖에 달리 머리에 떠오르는 것이 없었다. 그동안 혼자서나마 국산품을 애용해야겠다는 생각에서 일제 상품을 안 산 것은 아니었다. 만오천 원짜리 월급쟁이였기 때문이었다. 사고 싶어도 살 돈이 없었던 것이다. 항상 생활에 쫓기며 살아왔던 것이다.

그리고 자기도 학생들처럼 하나밖에 없는 우산이나마 불태워버릴 수 있을까 생각해 보았었다. 일천오백 원짜리, 일천오백 원이면 한 달 봉급의 십분의 일, 그리고 쌀이 두 말, 게다가 아직 값도 치르지 아니한 외상품, 도저히 불태워버릴 수 없을 것 같았다.

훈구가 면도날로 우산 고리에 새겨진 빨간 일본 글자를 떼내고 있는 것을 보자, 저녁상을 방에 들여놓은 순례가 마루로 나오며,

"아니 당신, 새 우산을 왜 그러고 있어요?"

의아한 표정을 지었다.

훈구는 아무런 대꾸를 하지 않았다.

"그걸 왜 떼죠? 그게 있어야 일제라는 걸 알 수 있잖아요."

"남이 일제라는 걸 알면 창피하단 말이야."

"뭐요? 남이 일제라는 걸 알면 창피해요? 핫핫하…… 별 양반을 다 보겠네. 난 일젤 못 사서 창피한데……."

"듣기 싫어."

"핫핫하…… 뭣이 듣기 싫어요. 일제를 가지고 다녀야 그래도 사람 꼴이 꼴 같지, 어디 국산품 가지고 사람 구실 하겠습띠까?"

"듣기 싫다니까."

"핫핫하…… 당신도 참, 그럼 왜 일젤 샀죠?"

"외상이니까 샀잖아."

"외상 좋아하시느만. 외상은 뭐 돈 아닌가."

그러자 방에 엎드려 숙제를 하고 있던 국민학교 2학년짜리 철이가 참견을 했다.

"엄만 괜히 야단이야. 우리 선생님이 그러는데 국산품이 젤 좋은 거래. 국산품을 써야 착한 사람이랬어."

"그렇지, 우리 철이가 최고군."

훈구는 그 보라는 듯이 아내의 얼굴을 바라보며 빙그레 웃었다.

"자식, 학교에 다닌다고 제법……."

순례도 기분이 나쁘지는 않은 듯 히죽 웃었다.

이튿날도 비가 내렸다. 오랜 가뭄이 물러가고, 이제 장마가 닥치는 모양이었다.

그날 저녁, 훈구는 동료직원들과 함께 술자리에 앉았다. 미스터 윤의 생일 턱이었다. 건들건들하기를 좋아하는 미스터 윤은 자기의 생일도 그냥 조용히 넘기질 않고 꼭 떠들썩하게 일을 벌였다. 인천에서 기차 통근을 하고 있는 터이라 집으로 초대를 하지는 못하지만, 대폿집에서나마 한턱을 낸다는 것이었다. 처음엔 농담인 줄 알았으나, 결국 모두 그의 뒤를 따랐다.

소주 파티였다. 여름철이라 막걸리보다는 소주가 낫다고 모두 소주 편이었다. 그러나 훈구는 이마를 찡그렸다.

"왜, 싫어?"

미스터 윤이 물었다.

훈구는 사실 소주가 싫었다. 술이 꽤 센 편이지만, 소주를 마시고 나면 이튿날 속이 좋질 않고, 머리가 아플 때도 있었다. 그리고 소주를 좀 과음하면 정신을 차릴 수가 없었다. 때로는 횡설수설 끝에 실수를 하는 수도 더러 있었다. 그래서 훈구는 소주는 되도록이면 삼가 하기로 마음먹고 있는 터였다. 그러나 이렇게 동료들이 함께 둘러앉아 잔을 주거니 받거니 하며, 동료직원의 생일을 축하하는 자리에서 자기만 혼자 딴 술을 홀짝홀짝 마시고 있을 수는 도저히 없었다.

"괜찮아, 자. 따러."

훈구는 소주 컵을 들어올렸다.

소주라 취기가 빨랐다. 훈구는 어느덧 눈언저리가 발그레 물들기 시작했다.

술고래인 미스터 윤도 조금씩 말투에 열기가 오르기 시작했고, 딴 동료들도 모두 술이 몸에 배어갔다.

처음엔 주로 사내(社內) 이야기였다. 사장의 치질이 근래 부쩍 심해진 듯 꼭 걸음걸이가 오리 같다느니, 전무의 취미가 요즘은 터키탕에 가는 것이라느니, 미스 최는 원피스를 새로 맞추어 입었는데, 소매가 너무 짧아서 겨드랑이의 털이 다 내다보인다느니, 미스 박은 올봄부터 어찌 처녀가 얼굴에 기미가 끼는 것이 수상하다느니…… 이런 시시한 이야기 말이다.

그러다가 술기와 함께 화제는 절로 본격적인 여자 이야기로 옮아갔다. 여자 이야기에 있어서도 건들건들하고 싱거운 미스터 윤이 단연 인기였다. 자기가 겪은, 겪었다기보다도 엽색에 가까운 경험담을 다분히 허풍까지 섞어가며 떠벌려댔다. 여자 이야기라면 싫은 사람이 없는 듯 모두 불그레한 얼굴로 핫핫하…… 헛헛허…… 웃어댔다. 훈구 역시 마찬가지였다. 그런 이야기를 들으면 술이 더 당기는 듯 곧장 소주잔을 홀짝거렸다.

여자 이야기도 진력이 나자, 화제는 시국 쪽으로 흘러가 한일협정 이야기로 서로 열을 올렸고, 학생들이 일제 상품을 불태운 이야기로 왈가왈부했으며, 결국 일제 상품 불매운동에까지 화제가 미쳤다.

"불매운동의 정신은 좋지. 그러나 불가능한 일이야."

미스터 윤이 게슴츠레해진 두 눈을 껌적거리며 말했다. 그 말을 듣고 훈구는 가만히 있을 수가 없었다.

"아니지, 그런 사고방식이 제일 곤란한 거야. 그 정신이 좋다고 생각하면 왜 해보지도 않고 불가능하다는 결론부터 내리느냐 말이야. 모든 사람이 그렇게 생각한다면 일은 정말 불가능해지고 말지. 그러나 반대로 모든 사람이 가능하리라고 생각한다면 가능한 일이 되는 거지. 문제는 나 자신의 마음가짐에 달려 있는 거야. 어떻게 생각해?"

훈구는 취기 때문에 약간 핏발이 선 눈으로 미스터 윤을 똑바로 바라보았다.

약간 핏발이 선 훈구의 두 눈을 바라보고 있던 미스터 윤은,

"헛헛허……."

필요 이상의 큰소리로 거드름을 피우며 웃었다. 그리고,

"그건 이상이야. 현실이란 그렇게 만만한 게 아냐. 자네 생각처럼 그렇게 무슨 일이 간단하게 된다면, 우리나라가 벌써 미국보다도 나은 나라가 됐을 거야. 헛헛허……."

미스터 윤은 또 너털웃음을 웃으며 좌중의 동료들을 돌아보았다. 자기의 의견에 동조를 해 달라는 그런 표정이었다.

훈구는 코언저리에 웃음을 띠며 말을 받았다.

"현실을 현실대로만 받아들이고 있으면 그 현실은 언제까지나 제자리걸음밖에 하질 못 하는 거야. 현실이 보다 나은 현실로 바뀌어져 나갈려면 현실을 밀고 나가는 힘, 즉 이상이 필요한 거지. 이상이란 반드시 불가능한 것만을 말하는 것은 아니야. 불가능한 이상이란 이상이 아니라, 환상이나 망상인 거야."

"환상인지 망상인지 그런 어려운 얘긴 흥미가 없어. 좌우간 나는 불매운동은 불가능한 일이라고 생각해. 국산보다 일제가 몇 갑절 낫고, 오래 쓰는 걸 어떻게 하냔 말이야. 물론 그 정신이야 좋지만……."

미스터 윤은 컵에 찰찰 넘치는 소주를 단숨에 꿀컥 들이켰다.

훈구는 소주가 꿀컥 넘어가는 미스터 윤의 목줄기를 아른한*(그런 것 같기도 하고 아닌 것 같기도 하여 아렴풋하다) 시선으로 바라보고 있다가 자기도 앞에 놓인 컵을 들어 쭉 들이켜 버렸다.

다른 동료들도 벌겋게 된 얼굴로 잔들을 곧장 주고받았다.

훈구는 안주를 우물우물 씹다가 다시 말문을 열었다.

"그럼 자넨 앞으로도 계속 일제 상품을 살 생각인가?"

"살 만한 건 사야지."

미스터 윤은 서슴없이 대답했다.

"그럼 길거리에서 여대생들이 불매운동에 서명하라고 해도 자넨 안 하겠군?"

이 말에 미스터 윤도 대꾸를 못하고 잠시 우물우물하다가 엉뚱하게.

"아니, 그럼 자넨 일제 상품을 하나도 가지고 있지 않단 말인가?

자네 우산은 그게 일제가 아니고 독일젠가?"

이렇게 나오는 것이었다.

훈구는 온몸의 술기가 일시에 얼굴로 치솟는 것 같았다. 가슴이 벌떡벌떡 걷잡을 수 없이 뛰었다. 아픈 데를 한 대 얻어맞은 듯한 느낌이었다.

미스터 윤은 코를 실룩거리며 더욱 사정없이 뇌까렸다.

"멀쩡한 일젤 매일 가지고 다니는 주제에 무슨 소리야! 큰소린!"

"……."

"일본 제품*(원전에는 '일제품')을 매일 쓰면서 일제 상품 불매운동을 어쩌고저쩌고하는 놈들은 모조리 위선자야! 위선자!"

아무리 술기 탓이라곤 하지만 너무한 것이었다. 숫제 시비가 아니고 무엇인가 말이다.

"뭣이 어째?"

훈구는 자리에서 벌떡 일어났다. 위선자라는 말에 도저히 견딜 수가 없는 것이었다.

훈구가 일어나자, 미스터 윤도 재빨리 자리를 박차고 일어났다. 곧 서로 주먹질을 시작하거나 아니면 멱살이라도 잡을 기세였다.

우루루 모두 일어났다. 벌겋게 취한 얼굴들이 두 사람 사이를 가로막았다. 결국 술자리는 어수선하게 깨지고 말았다.

대폿집을 나서는 훈구는 이미 정신을 제대로 차리질 못했다. 아랫도리가 휘청거려 몸을 잘 가눌 수가 없었다.

훈구뿐 아니라, 미스터 윤도 비틀거렸고, 다른 동료들도 모두 흐늘흐늘했다.

비는 여전히 쏟아지고 있었다.

훈구는 그 취중에도 우산을 펴들고 비틀비틀 갈지자걸음으로 버스 타는 곳을 용케 찾아가는 것이었다.

골목길에 전신주가 서 있었다. 그 전신주와 훈구는 꽤 인연이 있는 사이였다. 술에 취해가지고 귀가할 때는 으레 훈구는 전신주에다가 대고 오줌을 깔겼다. 그리고 때로는 오줌을 깔기고 나서 그 전신주를 끌어안고 자기의 답답한 심정 같은 것을 하소연하기도 했고, 때로는 그 전신주를 회사의 사장이나 전무로 착각하고 냅다 발질을 해대기도 했다. 그리고는 굽신굽신 절을 하며 잘못했다고, 용서해 달라고, 모가지는 자르지 말아달라고 빌기도 했다. 말하자면 그 전신주는 훈구의 정다운 배설 상대인 셈이었다.

버스에서 내린 훈구는 철벅철벅 흙탕물을 마구 밟으며, 골목길로 들어섰다. 그리고 전신주가 있는 곳에 이르자, 여느 때와 다름없이 멈추어 서더니, 바짓가랑이를 풀어 헤치고 오줌을 내깔기기 시작했다. 제자리에 똑바로 서질 못하고, 곧장 휘청거리며 오줌줄기를 휘둘러댔다.

그러다가 훈구는 난데없이,

"야, 임마!"

혀 짧은 소리를 냅다 질렀다.

물론 전신주를 보고 하는 소리였다. 훈구는 완전히 제정신이 아니었다.

"너도 임마, 날 위선자라고 생각하나? 임마, 말해 봐! 말해 보라니까! 말 안 할 테야?"

훈구는 비틀거리며 우산을 접었다. 그리고 접은 우산으로 전신

주를 냅다 찌를 듯한 자세를 취하며,

"말 안 할 테야. 말 안 하면 찌른다! 찌른다! 찌른다!"

하고 악을 썼다.

그래도 아무런 대답이 없자, 마침내 훈구는 실성한 사람처럼 우산으로 전신주를 쿡 찔렀다.

"임마!"

휘청거리며 또,

"임마!"

"임마!"

한참을 그렇게 마구 찔러댔다.

그래도 끄떡을 안 하자, 이번에는 우산을 거꾸로 거머쥐었다. 그리고 사정없이 두들기기 시작했다.

"임마, 내가 위선자야? 위선자야? 내가? 내가……."

오열에 가까운 소리를 지르면서.

비는 추적추적 여전히 내리고 있었고, 이 집 저 집에서 개들이 요란하게 짖어댔다.

이튿날 아침, 잠을 깬 훈구는 속이 쓰리고 뒷머리가 아파서 견딜 수가 없었다. 활명수를 한 병 사다 달라고 해도 순례는 들은 척도 하지 않았다. 간밤에 필경 주정이 심했구나 하고 훈구는 생각해 보았으나, 도무지 어떤 일이 있었는지 알 수가 없었다. 대폿집에서 동료들과 소주를 마시다가 미스터 윤과 말다툼이 되어 서로 핏대를 세우고 자리에서 일어난 일까지는 기억이 분명했다. 그 뒤부터는 드문드문 몇 가지 일이 어렴풋이 떠오를 뿐이었다. 대폿집에서 나올 때 출입문에 걸린 포장을 두 손으로 홱 걷어붙인 일, 버스정류소에서 누군가의 발등을 밟고 사과한 일, 그리고 버스에 서서 흔들리며 몹시 후덥지근하다고 생각한 일…… 그런 정도밖에 떠오르지가 않았다. 그 뒤의 일은 부옇게 안개 속에 흐려져 버린 것만 같았다.

비는 여전히 내리고 있었다. 이제 본격적인 장마철로 접어든 모양이었다.

아침밥상을 들여다 놓고도 순례는 아무 말이 없이 싸늘하게 굳어져만 있었다.

훈구는 아침을 뜨는 둥 마는 둥하고 억지로 자리에서 일어났다. 뒷머리가 아프고 속이 쓰렸으나 구두를 신었다. 목구멍이 포도청이었다.

구두가 흙투성이였다. 간밤에 요란했구나 싶으며 훈구는 순례를 향해,

"내 우산……."

했다.

그러자 순례는 발끈해지며, 매섭게 쏘아붙였다.

"뭐, 우산? 그 말이 어디서 나오는 거요! 어디서 나와!"

마루 밑에 갈기갈기 찢어지고, 살이 제멋대로 부러져나간 우산이 버려져 있었다. 훈구는 깜짝 놀랐다.

잠시 멀뚱히 서서 그 우산 꼴을 바라보고 있던 훈구는 별안간,

"헛헛헛허……."

너털웃음을 웃었다. 어이가 없는 듯한, 그러면서도 재미있고 통쾌한 듯한 그런 묘한 웃음이었다.

"쓸개가 뒤집혔나, 웃기는……."

순례는 허옇게 눈을 흘겼다.

훈구는 얼른 대문 밖으로 걸어 나가며 일부러 큰소리로,

"잘 됐어, 잘 됐어, 어차피 잘 됐다니까. 삼십 원짜리 비닐우산이 마음이 편하지 마음 편해."

하고 중얼거렸다.

"뭣이 어째요? 잘 됐어? 아이고 내참! 별꼴을 다 보고 살겠네. 별꼴을……."

순례는 곧장 화가 나고 복장이 터져서 못 견디겠는 모양이었다.

훈구는 골목 밖 가게에서 비닐우산을 하나 사 펴들었다. 그리고 버스정류소를 향해 성큼성큼 걸어가며 곧장 속으로 중얼거렸다.

"잘 됐어, 잘 됐어, 어차피 잘 됐다니까……."

그러나 어쩐지 입맛이 떨떠름했고, 뒷머리는 띵 계속 아프기만 했다.

《문화비평》(1973. 가을)

# 수양일기

1945년, 해방이 되던 해, 우리는 중학교 1학년이었다.

우리 1학년의 학년주임은 우찌야마(內山)라는 일인 선생이었다. 학년주임을 그때는 중대장이라고 했다.

그 무렵은 학교 편성까지가 군대 편제와 마찬가지였던 것이다. 학년은 중대이고, 학급은 소대였다. 그리고 학교 전체는 연대라고 했다. 대대만 없는 셈이었다. 그러니까 교장은 연대장이고, 학년주임은 중대장, 학급담임은 소대장인 것이었다.

그리고 선생을 교관이라고 했다. '선생님' 하고 부르는 게 아니라 '교관님' 하고 부르는 것이었다.

우찌야마 교관은 1중대장인 동시에 우리 학급인 1소대 소대장이기도 했다. 우리의 담임선생인 것이었다.

그는 묘한 구석이 있는 위인이었다. 한마디로 말하면 꽤 괴짜였다. 그러나 재미있고 호감이 가는 그런 괴짜가 아니라, 우중충한 그늘 같은 것을 지니고 있는, 기분 나쁜 괴짜였다.

평소에는 제법 위엄이 느껴지는 편이고, 속도 깊고 넓은 듯했다. 그러나 어떤 날은 어떻게 된 셈인지 종일 이맛살을 찌푸려가지고 곧잘 짜증내고 심술을 부렸다. 공연히 무슨 일에나 빈정거리기도 했다. 마치 오늘은 속에 든 모든 것이 비비 틀리고 배배 꼬여서 못 견디겠다는 듯이.

그런 날이면 으레 우찌야마 교관의 입에서는 '죠센징'이라는 말이 튀어나왔다. 죠센징이란 말할 것도 없이 조선인이라는 말이지만, 그것은 일인들이 흔히 우리 조선 사람들을 멸시해서 하는 말이었다.

'죠센징와 기다나이네'(조선 사람은 더럽단 말이야), '죠센징와 와루가시꼬이'(조선 사람들은 교활해), 혹은 '죠센징와 쇼가나이'(조선 놈들은 할 수 없어), '죠센진또 이누와 다다까나냐 하나시오 기깡'(조선 놈과 개는 두들기지 않으면 말을 안 들어)…….

이런 소리가 명색이 선생이라는 사람의 입에서 서슴없이 튀어나오는 것이었다. 더구나 교실에서 수업 도중에 말이다.

그리고 그럴 때면 으레 또 코가 실룩거렸다. 일부러 그러는지, 아니면 코를 형성하고 있는 근육이 경련을 일으키는지 알 수가 없지만, 좌우간 심술이 동해서 빈정거릴 때는 얄궂게도 코가 실룩실룩 움직이고, 두 개의 콧구멍이 벌름거렸다. 참 우스운 꼴이었다. 그러나 우리 조선 학생들은 아무도 웃질 않았다. '죠센징, 죠센징' 하고 조선 사람들을 욕해대는 판인데, 아무리 코가 실룩거리고 콧구멍이 벌름거린다고는 하지만 웃음이 나올 턱이 없었다.

간혹 웃음을 참지 못해 킥킥거리는 것은 일인 학생들이었다. 그들에게는 '죠센징, 죠센징' 하는 소리는 상관이 없고, 실룩거리는 코만이 기가 막힐 터이니 그럴 수밖에 없었다.

상급생들의 말에 의하면 우찌야마 교관이 그렇게 이따금 신경에 이상이 생긴 사람처럼 되는 것은 지금의 자기 처지가 자신의 학벌에 비해 너무 보잘것없기 때문이라는 것이었다.

그는 동경제국대학 출신이라고 했다. 동경제국대학 출신이라면 누구나 알아주는 판인데, 그런 인재가 겨우 조선의 지방 중학교의 일개 교유(教諭)로 낙착이 되어 있다는 것은 사실 한심스러우면 한심스러웠지, 떳떳한 것은 못 되었다. 그래서 자연히 성격이 비뚤어져 나가게 됐다는 것이다. 말하자면 이따금 자기 딴은 우울증이 발작하는 셈이었다.

그런 우찌야마 교관을 우리는 '네꼬 기도꾸'라고 불렀다. '네꼬 기도꾸'란 고양이 위독(危篤)이라는 말이다. 좀 색다른 별명이 아닐 수 없다. 고양이면 고양이지, '고양이 위독'이라니……."

그 무렵의 학교생활은 공부가 위주가 아니라 근로봉사가 위주였다. 수업은 우천일 때나, 아니면 근로봉사할 일거리가 없을 때에나 있었다.

그리고 우리 1학년생들은 시내에 자택이 있는 사람 외는 전원 기숙사에 수용되어 있었다. 하숙이나 기차통학 같은 것은 허락이 되지 않았다. 말하자면 처음부터 철저하게 틀에 집어넣는 셈이었다.

처음으로 부모 그늘을 떠나 객지의 기숙사에 수용되어 있는 우리는 틈만 있으면 고향 생각이었다.

고향 생각은 배가 고프기 때문에 더 간절했다. 기숙사의 밥이란 주로 옥수수밥인데, 그 양이 정말 형편없었다. 알루미늄 식기에 절반가량밖에 담기지가 않았다. 한참 자랄 나이에 그런 것을 먹고, 학교에 가서 일은 반비례로 엄청나게 해야 하니 견딜 수가 없었다. 고향집의 밥사발 생각이 간절하지 않을 도리가 없었다.

그러나 아무리 고향생각이 나고, 다니러 가고 싶어도 마음대로 갈 수가 없었다. 일요일에 잠시 외출하는 것도 일일이 실장과 사감의 허락을 받아야만 되었다. 그리고 허락 받은 시간 안에 돌아와서 돌아왔다는 신고를 해야 했다. 마치 병영생활과 다름이 없었다. 학교 편성부터가 그런 식이듯 말이다. 이런 판국인데, 고향에 다니러 가다니 어림도 없는 노릇이었다.

그러나 귀성이 전혀 허락되지 않는 것은 아니었다. 고향에서 전보가 왔을 경우 가능했다. 부모가 위독하거나, 조부나 조모가 사망했다거나 할 경우 말이다.

'지찌 기도꾸, 수구 가에레'(부친 위독, 급히 오라)라는 전보를 받고 귀성을 하는 학우를 보고 우리는 얼마나 부러워했는지 모른다. 나는 속으로, 우리 아버지 어머니도 아파서 전보를 쳐주었으면 얼마나 좋을까, 그런 생각까지 했었다.

그런 전보가 와서 한 학우가 집에 다녀온 뒤부터 어찌된 셈인지 심심치 않게 그런 전보가 날아오기 시작했다.

귀성 허락은 중대장의 소관이었다. 그러니까 우리들 1학년의 귀성은 우찌야마 교관에게 달려 있었다. 그런 전보가 와도 우찌야마 교관이 고개를 내저으면 소용이 없었다. 말하자면 우찌야마 교관은 우리들의 염라대왕인 셈이었다.

처음 얼마 동안은 그런 전보가 오면 십중팔구 귀성 허락이 내렸다. 그러나 그런 전보가 이상스럽게도 잦아지자, 사정은 달라졌다.

어느 날, 교실 밖에는 비가 부슬부슬 내리고 있었다. 우리는 고꾸시(국사, 그러니까 그때는 일본사) 교과서를 꺼내 놓고 앉아 교관이 오기를 기다리고 있었다.

그런데 고꾸시 교관이 들어오는 것이 아니라, 요란하게 교실 문을 열고 잔뜩 이맛살을 찌푸린 우찌야마 교관이 들어섰다. 손에는 웬 종이를 구겨 쥐고 있었다.

우리는 모두 바짝 긴장이 되었다. 그 표정이 도무지 심상치가 않았다.

아니나 다를까, 우찌야마 교관은 교단 위에 올라서기가 무섭게 고함을 질렀다.

"코노야로다찌! 교깡오 난또 오모우까?"(이 새끼들! 교관을 뭐로 아는 거야?)

우리는 어리벙벙하지 않을 수 없었다. 교관을 뭐로 알다니……."

"교깡가 손나니 아호니 미에루까?"(교관이 그렇게 등신으로 보이나?)

손에 구겨 쥔 종이가 바르르 떨고 있었다.

전보였던 것이다. 그런데 그날은 전보가 한꺼번에 세 통이나 왔던 것이다. 가뜩이나 비가 내려 기분이 우울한 판인데 말이다. 그래서 뿔이 돋은 우찌야마 교관은 그 세 통의 전보를 구겨 쥐고 1학년 각 교실을 돌아다니며 마치 발작을 한 것처럼 냅다 호통을 쳐대는 것이었다.

교관을 등신으로 아느냐, 너희들의 애비 에미는 무슨 놈의 병이 그렇게 잘 나느냐, 이게 다 거짓 전보인 줄을 모르는 줄 아느냐, 교활한 놈들, 이제부터는 죽었다는 전보가 와도 절대로 믿지 않는다, 절대로 귀성을 허락하지 않는다.

그렇게 한바탕 악을 쓰고 나더니, 우찌야마 교관은 구겨 쥔 전보를 한 장 펴보며,

"힝!"

콧방귀를 팽 뀌었다. 그리고 빈정거림으로 바뀌는 것이었다.

"지찌 기도꾸, 수구 가에레. 힝! 우시 기도꾸가 이이야. 우시 기도꾸!"(부친 위독, 속히 오라. 힝! 소 위독이 좋겠다. 소 위독!)

그리고 또 한 장을 펴본다.

"힝! 이누 기도꾸가 이이야. 이누 기도꾸!"(힝! 개 위독이 좋겠다. 개 위독!)

마지막 한 장을 펴본다.

"힝! 네꼬 기도꾸가 이이야. 네꼬 기도꾸!"(힝! 고양이 위독이 좋겠다. 고양이 위독!)

이렇게 빈정거리고 나서 우찌야마 교관은 코를 실룩거리며 교실을 나갔다. 찰딱 찰딱 슬리퍼 소리도 요란하게 다음 교실로 가는 것이었다.

우찌야마 교관의 모습이 사라지자, 누군가가 냅다,

"힝! 네꼬 기도꾸가 이이야. 네꼬 기도꾸!"

하고 흉내를 내었다.

그러자 웃음이 터지며, 여기저기서 힝! 힝! 콧방귀를 뀌는 소리와 '네꼬 기도꾸! 네꼬 기도꾸!' 하는 소리가 시끌짝하게 일어났다.

그런 일이 있은 뒤로 '고양이 위독'은 유행어처럼 우리들의 입에 오르내렸고, 결국 그것이 우찌야마 교관의 별명이 되고 말았다.

그 무렵 우리는 수양일기라는 것을 쓰고 있었다. 우리 1학년뿐 아니라, 전교생이 모두 썼다. 그것은 일종의 학교의 교육방침인 듯

했다.

그래서 자연히 기숙사의 일과에는 일기 쓰는 시간이 정해져 있었다. 저녁 점호 전의 이십 분 동안이었다.

그 시간에는 모두 제 책상 앞에 반듯하게 앉아 그날 하루의 일을 반성하고, 일기를 적었다. 말하자면 '반성 시간'이라고 할 수 있었다. 수양일기의 주안점도 바로 그 '반성'에 있는 것이었다.

그러나 가만히 그날 하루의 일을 생각해보면 반성할 점은 별로 머리에 떠오르지 않고, 못마땅한 일 투성이었다. 학교에 가서의 일도 그렇지만, 그것보다도 주로 못마땅한 것은 기숙사에 돌아와서의 일이었다.

기숙사 생활이란 못마땅한 것의 연속이라고 할 수가 있었다. 적어도 우리들 1학년생들에게는 그랬다.

우선 무엇보다도 식사부터가 그랬다. 옥수수밥이기는 하지만, 그것이나마 공평하게 배식이 된다면 좋겠는데, 그게 아니었다. 우리 1학년생들의 식기에는 절반가량밖에 안 담기는데, 실장인 5학년생의 식기에는 수북이 고봉으로 담겼다. 그 양을 비교하면 아마 일대 삼은 될 것이다. 물론 5학년생이 우리 1학년생보다 많이 먹어야 된다는 것은 인정한다. 그들은 몸집이 우리보다 크니까. 그러나 일대 삼이란 너무한 것이다. 몸집이 일대 삼이 되는 것도 아닌데 말이다.

부실장인 4학년생 역시 실장보다는 약간 적지만 수북이 담기는 편이었고, 3학년생도 식기에 가득 차는 편이었다. 2학년생은 가득 차지는 안 했지만, 그러나 우리처럼 쑥 밑으로 내려가지는 않았다. 말하자면 학년 차이가 너무 분명한 것이었다.

주식뿐 아니라, 부식 역시 마찬가지였다. 상급학년으로 올라갈수록 하다못해 국 국물이 많아도 많았고, 다꾸왕 한 쪼가리가 커도 컸다.

어쩌면 그게 공평한 일인지도 몰랐다. 그러나 우리들은, 다시 말하면 반 그릇짜리들은 못마땅하지 않을 수 없었다. 사비(舍費)는 똑같이 내는데 말이다.

먹는 것은 그렇게 적게 주면서, 이런 일 저런 일 달갑지 않은 일은 주로 우리에게 안기는 것이었다. 기숙사 내외의 소제는 말할 것도 없고, 사역에 나가 채마밭에 똥물 주기, 취사장의 오물 치우기, 하수구 청소하기 같은 형편없는 일도 주로 우리 차지였다. 그리고 상급생들의 내의 세탁도 해야 했고, 심지어는 그들의 등덜미까지 두들겨 주어야만 했다. 우리가 무슨 안마사이기나 한 것처럼. 그런 일은 정말 못마땅하지 않을 수 없었다.

그러나 우리는 못마땅한 기색을 밖으로 드러낼 수는 없었다. 오히려 웃는 얼굴로, 상급생의 등덜미를 안마한다는 것은 즐거운 일이라는 듯이 톡탁톡탁 톡탁톡탁…… 시원하게 두들겨 주지 않으면 안 되었다. 상급생에게 잘못 보인다는 것은 곧 기합을 의미하는 것이니까 말이다.

기숙사의 규율은 이만저만 엄한 것이 아니었다. 이불 속에서 빠져나오는 순간부터 이불 속으로 기어 들어가는 순간까지, 온통 규율이라는 보이지 않는 사슬에 얽매여 있는 거나 다름이 없었다. 그러니까 트집을 잡기로 들면 얼마든지 잡을 수가 있는 것이었다. 예를 들면, 낭하를 걸어 다닐 때는 반드시 발꿈치를 들고 소리가 안 나게 다니도록 되어 있는데, 발꿈치를 낭하에 댔는지 안 댔는지 남이 어떻게 정확하게 아느냐 말이다.

"야 임마, 너 발꿈치 낭하에 댔지?"

상급생이 트집을 잡을 경우,

"안 댔습니다."

물론 이렇게 대답할 것이다.

"뭐? 안 댔어?"

"예, 안 댔습니다."

"내가 보니 대던데……."

"안 댔습니다."

그러나 안 댔다는 것을 어떻게 증명하느냐 말이다.

"이 짜식, 대 놓고 안 댔다 그래!"

볼때기를 올려붙여도 도리가 없는 것이다.

잘못 보이면 번번이 이런 식이니, 속으로는 아니꼽고 더럽지만 고분고분할 수밖에 없다.

그리고 기합이라는 것도 그저 뺨이나 몇 대 올려붙이거나, 잠시 엎드려뻗쳐를 시킨다거나 하면 모르겠는데, 그게 아니라 별의별 방법을 다 고안해가지고 사람을 마치 무슨 노리개처럼 다루어대는 것이었다. 그중에는 정말 견딜 수 없는 모욕적인 것도 있었다.

예를 들면 이런 것이 있었다.

꿇어앉아서 이마가 바닥에 닿도록 계속 꾸벅꾸벅 절을 하는 기합인데, 그것도 그냥 절만 하는 것이 아니라, 입으로는 나는 멍텅구리입니다라느니, 나는 건방진 놈입니다라느니, 나는 너구립니다 따위의 말을 연신 외쳐대야 하는 것이었다. 혹은 자기 이름을 냅다 외쳐 대기도 했다.

그렇게 남은 마치 절하는 오뚝이처럼 만들어 놓고 좋아서 싱글싱글 웃거나, 아니면 숫제 흥미도 없다는 듯이 자기 할 일이나 하는 그런 상급생들이었다. 말하자면 잔혹 취미를 기르는 셈이라고나 할까. 상급생 가운데서도 가장 아니꼽게 깝죽거리는 것이 2학년생들이었다. 4학년생들이 그런다면 또 승복을 하겠는데, 겨우 한 학년 윗자리들이 거드럭거리니, 정말 더러워서 견딜 수가 없었다.

우리 방의 2학년생 중에서는 미야오까(宮岡)라는 치가 가장 꼴사납게 거드럭거렸다. 이마가 좁고 눈썹이 먹물을 찍어 놓은 듯 새까만가 하면, 두 눈의 꼬리가 아래로 가느다랗게 흘러내린 것이 전형적인 왜놈 같은 상판을 한 치였다.

그러나 미야오까도 3,4,5학년이 있는 앞에서 노상 제멋대로 우리를 기합 먹일 수는 없는 일이었다. 아무리 2학년생이라고는 하지만, 그들은 그들 나름대로 상급생들의 눈치를 보아가며 적당히 잔혹 취미를 즐기는 셈이었다.

그런데 그들 2학년생들에게 때가 왔다. 저희들의 세상이 된 것이다. 3,4,5학년생들이 비행장 닦는 공사에 동원되어 이주일 동안 현장으로 떠난 것이다. 그러니까 학교뿐 아니라 기숙사에도 자연히 2학년생만 남게 되어, 2학년생들의 왕국이 된 것이다.

미야오까의 콧대가 한층 높아진 것은 말할 것도 없다. 3,4,5학년생들의 눈치를 보아가며 적당히 즐기던 잔혹 취미를 이제 마음 놓고 제 입맛대로 만끽할 수 있게 된 것이다.

어느 날, 저녁을 먹고 나서였다.

창문턱에 걸터앉아 두 다리를 건들건들 흔들며,

"우찌노 오야지와 다누끼까 기쯔네, 요루노 요라까니……."(우리

집 아버지는 너구린지 여운시, 어두운 한밤중에……)

어쩌고 하는 잡스러운 노래를 흥얼거리고 있던 미야오까가,

"너희들 한 사람씩 내 앞으로 와!"

우리를 향해 소리를 질렀다.

심심한 모양이었다. 또 무슨 수작인지 알 수가 없었다.

2학년생들의 왕국이 된 뒤로는 규율을 어겼다고 해서 기합을 주는 그런 취미에 그치는 것이 아니라, 숫제 우리들을 노리개처럼 가지고 놀려고 들었다.

한 사람씩 앞으로 나가자, 미야오까는 정말 너무하게도 바지를 벗고 사루마다(팬츠) 속을 내보이라는 것이었다. 팬티 속에 무엇이 들었는지 뻔한 일인데, 굳이 한 사람 한 사람 죄다 좀 구경해야 되겠는 모양이었다. 말하자면 남의 부끄러운 물건을 감상하며 즐기는 외잡 취미인 셈이었다.

별수 없이 모두 바지를 벗고, 사루마다 끈을 풀어, 속의 것을 드러내 보이는 것이었다. 묘하게 이지러진 웃음을 웃으면서.

그러자 미야오까는 매우 재미가 좋다는 듯이 히들히들 혹은 킥킥 웃으면서,

"오끼이네."(크구나.)

또는,

"기미노와 구로이네."(네 것은 검구나.)

"기미노와 도조우 미다이다."(네 것은 미꾸라지 같다.)

이렇게 한마디씩 했다. 감상 결과의 품평인 셈이었다.

그럴 때마다 실내에는 웃음이 터졌다.

그러나 나는 웃지 않았다. 우습기는커녕 몹시 못마땅하고 기분

이 나빴다. 화가 치밀기까지 했다. 도대체 이게 무슨 짓이냐 말이다. 사람을 만만히 보아도 분수가 있지. 마치 무슨 원숭이처럼 취급하는 것이 아닌가.

미야오까에 대한 반감은 말할 것도 없지만, 그 앞에서 시키는 대로 한마디 불평도 없이 순순히 사루마다 속을 드러내 보여주며 이지러진 묘한 웃음을 웃는 친구 녀석들 역시 못마땅하고 밉기만 했다. 그 비굴한 표정들이 못 견디게 싫었다.

내 차례가 왔다. 그러나 나는 얼른 자리에서 일어나질 않았다.

"가와무라!"

미야오까가 나를 쏘아보았다. 가와무라(河村)는 나의 창씨였다.

나는 하는 수 없이 자리에서 일어나 미야오까 앞으로 갔다. 그러나 나는 어금니를 꽉 물고 부동자세로 서 있기만 했다.

"벗어!"

그러나 나는 벗지 않았다.

"벗으라니까!"

"……."

"안 벗을 테야?"

그제야 나는 입을 열었다.

"이게 무슨 짓입니까? 미야오까상."

"뭐?"

"……."

"니가 날 설교하는 거야?"

"설교가 아니라, 이건 너무 하지 않습니까."

"이 짜식!"

냅다 한 대 올려붙이는 것이었다.

"못 벗겠어?"

"못 벗겠습니다."

나는 단호히 대답했다. 차라리 기합을 받으면 받았지, 사루마다 속의 것을 보여주지는 않겠다고 단단히 마음을 먹은 것이다. 나는 묘하게 흥분이 되어 있었다.

"요씨(좋아), 어디 두고 보자. 니가 안 벗고 견디는가."

미야오까는 코언저리에 싸늘한 웃음을 흘리며 걸터앉았던 문턱에서 내려섰다. 그리고 자기 도나다(벽장) 속에서 이불보를 꺼내 오는 것이었다.

"꿇어앉아!"

나는 꿇어앉았다.

꿇어앉은 내 앞에서 미야오까는 이불보를 펴들며,

"후꾸로다다끼 맛을 좀 보여줘야지."

하는 것이었다.

후꾸로다다끼라는 말에 나는 가슴이 덜컥 내려앉았다.

후꾸로다다끼란 보자기 때리기라는 말로, 보자기를 뒤집어씌워 놓고 여러 사람이 달려들어 마구 두들기는 기합이었다. 말하자면 집단구타였다. 기합 중에서 가장 무자비한 기합이었다. 말만 들었지, 아직 한 번도 당해보지는 않은 터였다.

그런데 바로 그 후꾸로다다끼를 당할 운명이 되고 만 것이 아닌가. 얼룩덜룩하고 요란한 일본식 무늬의 이불보가 눈앞에 커다랗게 펼쳐지자, 나는 아찔한 현기증 같은 것을 느꼈다.

"어때? 후꾸로다다끼 맛을 볼 테야, 옷을 벗을 테야?"

이불보로 곧 나를 뒤집어씌울 듯이 하며, 미야오까는 비시그레 웃었다.

나는 참혹한 심정이었다. 이제 와서 벗겠으니 살려달라고 일어설 수도 없고, 그렇다고 후꾸로다다끼 앞에 버틸 수도 없고…… 공포심과 증오심, 그리고 형언할 수 없는 비애감 같은 것에 휩싸여 잠시 정신을 못 차리고 있는데,

"이 짜식 안 되겠군!"

마침내 이불보가 머리 위로 뒤집어씌워졌다.

순간,

"으아!"

눈앞이 온통 얼룩덜룩한 빛깔로 변하는 것을 느끼며 나는 찔끔 눈을 감았다. 그리고 반사적으로 몸을 움츠렸다. 이제 곧 주먹질 발길질이 퍼부어질 참인 것이다. 우리 1학년 친구들까지 강제로 몰아세워 두들기게 할 것이 뻔했다. 그러면 그들은 또 마지못해 죄 없는 친구를 이불보 위로 두들기지 않을 수 없을 것이다. 미안한 표정을 지으면서.

그러나 그때, 참으로 뜻밖의 일이 일어났다. 그것은 나에게 있어서 정말 기적과도 같은 사실이었다. 하늘이 내린 은총이라고 해도 과언이 아니었다.

"나니시데룬다?"(뭘 하고 있는 거야?)

굵은 목소리가 들려온 것이다. 방문 쪽에서 들려왔는데, 틀림없이 우찌야마 교관의 목소리인 것 같았다.

나는 번쩍 눈을 떴다. 그리고 얼른 나에게 덮어씌워진 이불을 걷어붙였다. 틀림없는 그것은 우리의 담임인 우찌야마 교관이었다.

우찌야마 교관이 그날 사감이었는데, 저녁을 먹고 슬슬 숙사 내를 살피고 다녔던 모양이다.

"가와무리꿍, 도오시단다?"(가와무라 군, 뭘 어떻게 했는데?)

우찌야마 교관이 나를 알아보고 방 안으로 걸어 들어오자, 나는 그만 두 눈에 핑 눈물이 고이는 것을 어쩌지 못했다.

모든 시선이 우찌야마 교관에게로 집중되었다. 방 안 공기가 바짝 긴장이 된 것은 말할 것도 없다. 미야오까 역시 바짝 굳어져서 우찌야마 교관의 표정과 내 표정을 힐끗힐끗 살피는 것이었다.

"어째서 후꾸로다다끼를?"

"……."

"응?"

"……."

"말해 봐."

그러나 나는 입을 열지 않았다. 이런 경우 내 입으로 교관에게 일러바친다는 것은 결코 나에게 이로운 일이 아니라는 것을 나는 잘 알고 있었다. 잘못하면 그것으로 미움을 더 사서 미야오까 녀석에게 앞으로 두고두고 어떤 짓궂은 보복을 당할지 모르는 것이다.

그러나 우리 우찌야마 교관이,

"너 이 자식, 아주 나쁜 짓을 했는 모양이구나. 말을 못 하는 걸 보니……."

이렇게 말하는 데는 가만히 있을 수가 없었다.

"아닙니다. 교관님."

"그럼?"

"……."

"왜 얼른 말을 못하나?"

그제야 나는 입에서 나오는 대로 불쑥 대답했다.

"불알을 안 보여준다고……."

"뭐? 불알을."

"예."

그러자 와— 웃음이 터졌다. 우찌야마 교관도 웃고, 미야오까 녀석도 웃고, 모두 웃었다. 나도 그만 킥! 웃음이 나왔다.

"불알을 안 보여주다니?"

"……."

"불알을 안 보여준다고 후꾸로다다끼를?"

"예."

"헛헛헛허……."

우찌야마 교관은 이거 참 재미있다는 듯이 콧구멍을 벌름거리기까지 하며 크게 웃었다. 그리고 미야오까를 향해,

"남의 불알을 봐서 뭐 할려는 거야? 너한테도 불알 있잖아."

했다.

또 웃음이 터졌다. 웃음이 가라앉자, 우찌야마 교관은 이번에는 제법 엄격한 표정을 지으며,

"불알 안 보여준다고 후꾸로다다끼를 하는 놈이 어디 있어! 그런 못된 짓 또 할 거야? 응? 응?"

미야오까의 한쪽 볼때기를 꽉 잡아 당겼다 늦추었다 했다.

미야오까는 볼때기가 몹시 아픈 듯 상판을 찡그려가지고,

"다시는 안 그렇겠습니다. 다시는, 다시는……."

하고 익살스럽게 말했다.

"다시 그런 짓 하면 용서 안 한다, 알겠나?"

"예."

우찌야마 교관은 미야오까의 볼때기를 콱 밀어버리고 돌아서 나갔다. 볼때기를 콱 밀린 미야오까는 비실비실 뒤로 나가넘어졌다.

그때의 내 후련하고 고소한 심정이란 이루 말할 수가 없었다. 그리고 우찌야마 교관이 얼마나 고맙고 미더운지, 마치 어버이 같은 느낌이 들기도 했다.

그날 일기에 나는 그 사실을 그대로 썼다. 그리고 끝에다가,

……고맙고 고마운 우리 교관님! 정말로 훌륭한 인격자이신 우찌야마 교관님! 나는 교관님의 은혜를 길이길이 잊지 않겠습니다.

라고 적었다.

그날 밤 이부자리 속에서 나는 앞으로는 어떠한 일이 있더라도 우찌야마 교관을 '고양이 위독'이라고 부르지 않으리라 마음먹었다. 그처럼 고마운 교관님을 '고양이 위독'이라고 부르다니, 될 말이 아니었다.

그런 일이 있은 뒤부터 나는 수양일기에 그날 상급생들의 비행을 빠뜨리지 않고 꼬박꼬박 적어나갔다. 우찌야마 교관의 엄정하고 미더운 태도에 감명을 받고, 또 힘을 얻었던 것이다. 불의를 보고 그냥 가만히 있어서는 안 되겠다고 생각했던 것이다. 말하자면 상급생들의 독선과 오만과 횡포를 일기 속에 비판하고 고발해나가는 셈이었다. 그러니까 내 일기에 오르내리는 것은 말할 것도 없이 미야오까였다.

우찌야마 교관은 고꾸고(국어, 그러니까 그때는 일본어) 선생이었다. 그래 그런지, 토요일이면 꼭 일기 검사를 하는 것이었다. 한꺼번에

학급, 그러니까 소대 전체 것을 다 하는 것이 아니라, 한 분대(분단을 분대라고 했다)씩만 했다. 한 분대 것을 거두어 가지고 가서 일요일에 집에서 그것을 뒤적이는 모양이었다. 말하자면 철저히 하는 셈이었다.

우리 분대의 일기 검사 때, 나는 일기장을 제출해놓고 속으로 매우 기분이 좋았다. 상급생들의 비행을 이제 모조리 우찌야마 교관이 알게 되었으니 그들에게 불호령이 내릴 게 아닌가 말이다. 미야오까를 비롯해서 몇몇 2학년짜리들이 우찌야마 교관 앞으로 불려가서 벌벌 떠는 장면을 생각하니 가슴이 울렁거리기까지 했다. 약한 자를 괴롭히는 고약한 자가 벌을 받는다는 것은 얼마나 신나는 일인가. 이제 우리 1학년생들도 좀 마음 편히 기숙사생활을 하게 될 게 아닌가.

월요일 오후였다. 종회시간에 일기장을 돌려주는데, 어찌된 셈인지 내 일기장은 돌려주질 않았다. 그리고 나에게만 교무실로 좀 오라는 것이었다.

옳지, 나를 불러서 좀 더 자세히 상급생들의 비행을 물어볼 생각인 게로구나 싶으니 가슴이 설레었다. 나는 유쾌하고 가뿐가뿐한 걸음으로 교무실을 찾아갔다.

그러나 천만뜻밖에도 우찌야마 교관은 나를 보자 대뜸 눈을 부릅뜨며,

"기사마노 닉끼와 난다!"(네놈의 일기는 그게 뭐야!)

이렇게 내뱉는 것이 아닌가. 나는 별안간 한 대 쥐어박힌 것처럼 멍해지고 말았다. 너무나도 의외의 일이었던 것이다.

"세이신죠따이가 낫또랑!"(정신상태가 돼먹지 않았어!)

그러면서 자리에서 벌떡 일어나더니, 따라오라고 하면서 앞장을 서는 것이었다. 교무실 옆에 붙어 있는 훈육실로 가면서 우찌야마 교관은 중얼거렸다.

"소래가 슈교닉끼까? 세이신죠따이오 이레까에데야루."(그게 수양일기야? 정신 상태를 고쳐줄 테다.)

나는 아찔했다. 현기증 같은 것이 눈앞을 노랗게 지나갔다. 그러면서도 나는 내 일기의 어디가 잘못인지, 내 정신상태가 왜 돼먹지 않았는지 도무지 알 수가 없었다.

나는 덜덜 떨면서 훈육실로 따라 들어갔다. 그러면서도 나는 속으로 이놈의 '고양이 위독'은 정말 알 수가 없구나 싶었다.

《소설문예》(1975. 12)

# 후일담

## 1

시인 남궁 씨에게는 한 가지 고질이 있다. 고혈압이라거나 당뇨, 혹은 치질 같은 그런 병이 아니라, 술병이다.

왕왕 술을 정신이 나갈 지경으로 마시고는 실수를 범하기도 하는 것이다. 술이 얼큰해지면 적당히 그만 마셔야 되는 법인데, 그렇게 잘 되지가 않는다. 술이 술을 청해서 결국 술에 먹혀 버리고 마는 것이다.

그런 좋지 못한 버릇을 고쳐 보려고 무척 애도 써 보았으나 허사였다. 그러니 고질이라고 아니할 수가 없다.

일상생활의 다른 일에 있어서는 매사 비교적 절도가 있고, 자제가 되고, 깨끗한 편인데, 어떻게 된 영문인지 그놈의 술만은 도무지 뜻대로 잘 되지가 않는 것이다. 그래서 남궁 씨는 그것도 다 팔자

소관인가 보다고 생각하고 있다.

어느 날 아침이었다. 눈을 뜬 남궁 씨는 어처구니가 없었다. 용케 집이었다. 자기 집 자기 방에 와서 누워 있기는 했다. 그런데 뜻밖에도 옆에 웬 낯선 사람 하나가 누워 있는 것이 아닌가.

도대체 어떻게 된 일인지, 남궁 씨는 어리벙벙하기만 했다. 골은 띵하고, 목은 타는 듯했다.

머리맡에 놓인 냉수를 벌컥벌컥 들이켜고 나서, 남궁 씨는 정신을 좀 가다듬어 옆에 누워 있는 사람을 눈여겨 바라보았다. 역시 알 수 없는 얼굴이었다. 생면부지였다.

스물일곱 여덟 되어 보이는 청년인데, 입으로 푸—푸— 풀무질을 하면서 자고 있었다. 머리는 좀 긴 편이었으나, 크게 장발은 아니었다.

도대체 이 청년이 누굴까. 누구길래 이렇게 남의 방에 와서, 더구나 남의 이불을 함께 덮고 자고 있는 것일까.

남궁 씨는 어이가 없었다. 슬그머니 겁이 나기도 했다. 그래서 이불 속으로 얼굴을 묻으며 지그시 눈을 감았다.

어젯밤 처음 파티는 맥주였다. 친구의 시상(詩賞) 수상식이 끝나고 기념 파티였다. 이차는 정종이었다. 맥주에 정종을 섞으니 취기가 제법이었다. 그것으로 끝났으면 깨끗했을 것이다. 그러나 삼차가 또 있었다. 삼차는 소주였다. 이차에서 샐 사람은 다 새고, 삼차는 어젯밤의 주인공과 남궁 씨와 또 한 사람 소설을 쓰는 친구였다. 셋은 각별히 친하기도 했지만, 말하자면 고래들이었다. 아무리 고래들이라고는 하지만, 맥주에 정종에 소주를 섞었으니 온전할 수가 없었다.

남궁 씨의 기억은 그 후부터 흐려지기 시작했다. 소줏집에서 어떻게 나왔는지 가물가물했다. 택시를 잡으려고 한참 이리 뛰고 저리 뛴 기억이 나고, 택시를 어디서 내렸는지 기분 좋게 소변을 내깔긴 기억이 어렴풋이 난다. 그리고 길가에 서서 혼자 또 해삼에 소주를 마신 생각이 약간 난다. 그다음부터는 도무지 아무것도 생각나는 게 없었다. 머릿속이 마치 필름이 뚝 끊어져 버린 영사막 같다.

남궁 씨는 어디가 아프기라도 한 듯 끙 앓는 소리를 하며 옆으로 돌아누웠다.

그렇다면 해삼에 소주를 마신 다음, 집까지 오는 동안에 이 청년과 함께 된 모양인데, 어디서 어떻게 어울렸는지 전혀 알 수가 없다. 남궁 씨는 등골이 으스스했다. 참 어처구니가 없었다.

잠시 후 남궁 씨는 일어나 머리맡에 남아 있는 냉수를 마저 들이켰다. 그리고 소변이 마려워 밖으로 나갔다.

볼일을 보고 돌아오니 청년은 자리에 번듯이 누운 채 눈을 뜨고 방 안을 둘레둘레 살피고 있었다. 남궁 씨와 시선이 마주치자 청년은 씩 웃었다. 그리고 누운 채 불쑥 입을 열었다.

"이제 술 좀 깼어요?"

남궁 씨는 다시 자리에 들며,

"아이고 골치야. 골치가 왜 이렇게……."

어쩌고 하다가,

"도대체 어떻게 된 셈인지, 전혀 기억이……."

하고 멋쩍게 웃었다.

"어젯밤에 운수 좋았는 줄 아쇼."

"……."

"날 만났기에 말이지, 그렇지 않았더라면……."

"아니, 어떻게 된 일이요? 어디서 만났는지……."

"길가에 앉아 졸고 있더란 말입니다."

"그래요? 허허허……."

"추운 날씨에 술에 취해 길에서 자면 어떻게 되는지 아시죠?"

"큰일날 뻔했군."

"내가 일으켜 세우니까 다리에 힘이 없어서 잘 걷질 못하더라니까요."

"음—"

"그런데 집이 어디냐고 물으니까, 아파트 뒤라고, 집이 어딘 줄은 알던데요."

청년은 히죽 웃었다. 청년의 웃음은 냉소에 가까운 것이었다.

남궁 씨는 정말 그렇게 그랬는지, 아찔한 느낌과 함께 창피한 생각이 들기도 했다.

청년은 벌떡 일어나 앉으며 커다랗게 기지개를 켰다. 조금도 주저하는 빛이 없었다. 마치 친한 친구 집에라도 와서 잔 듯한 태도였다.

"담배 없습니까?"

청년은 거침없이 말했다.

남궁 씨는 부스스 말없이 몸을 일으켜 책상서랍에서 담배와 성냥을 꺼내 청년에게 주었다.

담배를 붙여 무는 청년의 손을 본 남궁 씨는 움찔하지 않을 수 없었다. 오른손의 손가락이 세 개나 잘려나가고 없는 것이 아닌가. 그것도 새끼손가락 쪽이 아니라, 엄지손가락부터 차례로 세 개가 잘려나가고, 약손가락과 새끼손가락만 달랑 붙어 있었다. 아주 잘 드는 칼로 단번에 싹둑 잘라버린 흔적 같았다.

남궁 씨는 끔찍해서 슬그머니 얼굴을 돌려버렸다.

청년은 두 개의 손가락 사이에 담배를 끼우고 조금도 개의하는 빛이 없이 유유히 몇 모금을 빨더니,

"변소에 휴지 있습니까?"

하면서 자리에서 일어났다.

술을 과음한 이튿날 아침은 가뜩이나 속이 쓰리고 머리가 띵해서 죽겠는 판인데, 어디서 무얼 하는 사람인지 생판 낯선 청년까지 묻어 와서 신경을 쓰게 하고 있으니 남궁 씨는 도무지 기분이 찜찜해서 견딜 수가 없었다. 더구나 손가락까지 세 개나 잘려나간 끔찍한 청년이 말이다.

청년은 변소에서 나오더니, 세수를 하는 모양이었다. 부엌에서 아내 경선이 나와 시중을 드는 기척이 나고, 양치질하는 소리와 북북 낯 씻는 소리가 들렸다. 그리고 팽! 코 푸는 소리도 들렸다. 남궁 씨는 참 더러운 아침이라고 생각하면서 입맛을 쩝쩝 다셨다.

청년의 그 끔찍한 손을 보고 경선이 어떤 표정을 지었을까 생각하니 더욱 기분이 이지러지는 느낌이었다. 어디서 하필 이런 사람과 어울려서 술을 마시다가 집에까지 끌고 왔는가 이렇게 생각하며, 경선은 지금 아침밥을 짓고는 있지만, 속이 부글부글 끓어오르고 있을 게 틀림없는 것이다.

"음—"

남궁 씨는 무거운 신음소리를 토했다.

얼굴에 온통 물을 묻혀 가지고 방으로 들어온 청년은 벽에 걸린

수건을 제멋대로 벗겨서 아무렇게나 얼굴을 닦기 시작했다. 콧구멍 속까지 마구 후벼댔다.

남궁 씨는 이 청년이 낯을 닦고 나서 곱게 돌아가 주기를 바랐다.

그러나 청년은 낯을 닦고 나자, 아랫목 따뜻한 곳에 편안히 자리를 잡고 앉아 다시 담배를 피워 물었다. 결코 곱게 돌아갈 사람이 아니었다.

그냥 곱게 돌아갈 사람 같으면 아예 간밤에 취객을 집까지 데려다 주고 돌아갔을 게 아닌가. 굳이 취객과 함께 하룻밤을 지낼 까닭이 있겠는가 말이다. 조금이라도 안면이 있는 사이라면 또 모르지만.

어쨌든 간밤에 청년의 덕을 입은 것만은 사실인 것 같으니, 기분 상하지 않게 잘 대접을 해서, 웃는 낯으로 돌아가도록 하는 수밖에 없다고 생각한 남궁 씨는,

"명수야!"

하고 큰방 쪽을 향해 아들을 불렀다.

"예?"

"가서 맥주 두 병만 사 오너라. 손님하고 해장하게."

"예"

청년은 기분이 좋은 듯 담배 연기를 푸— 크게 내뿜었다.

남궁 씨도 나가 대강 세수를 했다. 세수를 하는 남궁 씨를 향해 경선이 부엌에서 눈을 두어 차례 흘겼다.

잠시 후, 밥상과 함께 맥주 두 병이 왔다.

맥주를 권하자, 청년은 입이 헤벌레 벌어졌다. 그리고 컵에 넘치

는 허연 거품으로 얼른 입을 가져갔다.

남궁 씨도 거품이 넘치는 컵을 들어 단숨에 삼분의 이가량을 마셨다. 속이 시원하게 쑥 내려가며 금세 트림이 끄르륵 올라오는 것이 여간 상쾌하지가 않다. 해장에는 뭐니 뭐니 해도 맥주가 제일인 것이다.

청년도 꽤 술을 좋아하는 듯 두 번째 컵을 조금도 사양하지 않았다. 그리고 그제야,

"아직 인사가 없습니다."

하면서 통성명을 해 오는 것이다.

청년은 최만기라고 했다. 묻지도 않은 나이까지 스물아홉이라고 했다. 직업은 본래 크레인 운전수인데, 손을 이렇게 다친 뒤로 실직이 되어 지금은 놀고 있다면서, 그 손가락 두 개만 남은 끔찍한 손을 새삼스레 보라는 듯이 들어 보였다. 그리고 이 손만 다치지 않았더라면 사우디아라비아에 기술자로 가서 한 밑천 단단히 잡는 것인데, 이제 다 틀렸다면서 히죽 웃었다.

그 웃음이 지금까지의 웃음과는 달리 어쩐지 쓸쓸한 것이 느껴져서 남궁 씨는,

"아, 그래요? 자, 어서 맥주 듭시다."

했다.

"남 형이라 그랬죠?"

거의 열 살이나 아래인 청년이 서슴없이 형 자를 붙였다. 남궁 씨는 기분이 좀 언짢았으나 아무렇지도 않은 듯이 말했다.

"남이 아니라, 남궁입니다. 성이 남궁이요."

"남궁? 남궁이라는 성도 있나요?"

"있죠. 희성이지만……."

"두 자 성은 첨 봤는데……."

"왜요. 남궁, 서문, 선우, 황보…… 두 자 성도 꽤 돼요."

"남궁 형은 직업이 뭡니까?"

"뭐 하는 사람 같이 보이나요?"

"아무래도 학교 선생 같애요. 어젯밤에도 그렇게 생각했죠. 학교 선생이 웬 술을 이렇게 마셨는가 하고…… 핫핫하."

청년은 유쾌한 듯이 웃었다. 그리고,

"학교 선생 맞죠? 책도 이렇게 많은 걸 보니……."

하고 방 안의 책장을 한 번 바라보았다.

"학교 선생이 아니라, 시 쓰는 사람입니다."

"……."

"신문이나 잡지에 시를 발표하고, 잡문도 쓰고, 번역 같은 것도 하고…… 말하자면 글쟁이죠, 허허허……."

"아, 그러세요? 시인이시군요."

청년의 표정이 달라지는 듯했다. 보통 사람이 아니구나 싶은 모양이었다.

맥주지만 해장술이라 주기가 오르는지, 청년은 약간 발그레해진 눈언저리에 별안간 좀 비굴한 웃음을 띠며,

"선생님, 앞으로 잘 좀 부탁합니다."

이렇게 말했다. 칭호가 '형'에서 갑자기 '선생님'으로 바뀐 것이다. 남궁 씨는 결코 기분이 나쁘지가 않았으나, 왠지 히죽 코웃음 같은 것이 나왔다.

"사람이란 다 이렇게 해서 알게 되는 게 아닙니까. 어디 첨부터

아는 사람이 있습니까. 안 그렇습니까? 선생님."

청년은 제법 진지한 표정이었다.

"아, 물론이죠. 나면서부터 아는 사람이 있나요."

"저는 바로 저 철길 건너편에 삽니다. 정말 앞으로 선생님으로 모실 테니 잘 좀 부탁합니다."

"아이, 별말씀을…… 허허허……."

"정말입니다. 웃지 마시고…… 못난 인간 하나 잘 좀 이끌어 주십쇼."

"……."

"신문사 수위라도 좋고, 잡지사 소제부라도 좋으니, 취직자리 하나 좀…… 선생님 부탁합니다."

"내가 무슨 힘이 있어야죠. 집에서 글이나 쓰는 사람이."

"아이, 그러지 마시고…… 선생님 같은 분이야 출입이 넓으시니까, 마음만 먹으시면…… 헤헤헤…… 아무 데라도 좋으니 밥벌이할 자리 하나 좀…… 그게 다 좋은 일 아닙니까. 헤헤헤……."

아까까지의 약간 거칠고 무례하기까지 한 태도와는 달리 청년은 머리까지 굽실거리며 비굴하게 웃었다.

"물론 좋은 일이죠. 그러나 내가 무슨 힘이 있어야……."

남궁 씨는 왠지 술이 왈칵 더 마시고 싶어졌다. 그러나 그만두기로 했다. 아무리 술 앞에는 쓸개가 없다 하더라도 아침부터 낯선 청년과 함께 그럴 수는 없었다.

"자— 좌우간 밥이나 한술 뜹시다. 다 식었어요."

"예, 정말 잊지 마시고……."

그리고 청년은 숟가락을 들며,

"어젯밤에 함께 어깨동무를 하고 비틀거리며 집을 찾아온 것도 다 인연이라면 인연 아니겠습니까. 제가 얼마나 애를 먹었는지…… 핫핫하……."

필요 이상으로 소리를 내어 웃었다.

청년이 돌아간 것은 밥상을 물리고 나서 바로였다. 담배 한 대를 피워 물더니 바로 자리에서 일어나는 것이었다. 그러나 청년은 또 한 번,

"선생님, 부디 잊지 마시고, 부탁드린 것 좀 힘써 주세요."

이렇게 말하는 것을 잊지 않았다.

청년을 보내고 방으로 돌아온 남궁 씨는 일시에 피로가 온몸을 휘감는 것 같아 그만 아랫목에 큰대자로 벌렁 드러누워 버렸다. 그리고 쓰디쓴 입맛을 쩝쩝 다셨다.

## 2

이튿날 오후였다.

번역거리 일을 하다가 하품이 나와서 낮잠이나 한숨 잘까 하고 누워 있는데, 바깥에서 누가 찾는 소리가 났다.

"선생님 남궁 선생님!"

누군가 하고 남궁 씨는 부스스 일어나 밖으로 나갔다.

일전의 그 청년이었다. 그 청년을 보자 남궁 씨는 왠지 가슴이 철렁 내려앉는 듯한 느낌이었다.

"집에 계셨군요."

청년은 마치 이삼 년 지기는 되는 것처럼 싱글벙글 웃으면서 대문을 들어서는 것이었다. 들어오라는 소리를 하기도 전에 말이다.

그런데 청년은 웬 술병을 하나 들고 있었다. 한 되들이 정종 병이었다. 그러나 빛깔이 뿌연 것이 막걸리인 모양이었다. 청년은 술병을 들고 방으로 들어서며,

"글 쓰시는 군요. 방해가 돼서 미안합니다."

했다.

"아니요. 괜찮아요."

남궁 씨는 이렇게 말하는 수밖에 없었다.

"선생님하고 한잔 할까 하고…… 선생님은 요전 날 맥주를 사셨는데, 전 돈이 없어서 막걸리를 사가지고 왔습니다. 용서하세요."

"아이, 별말씀을 다…… 뭐할려고 술을……."

"얻어먹기만 해서야 되겠어요. 쪽제비도 낯짝이 있지. 선생님, 막걸리 자실 줄 아는지 모르겠습니다."

"먹고말고요. 막걸리 못 먹는 사람이 어디 있나요."

"그럼 됐습니다. 한잔 합시다."

"아, 예."

남궁 씨는 별로 달갑지 않았으나, 도리 없이 부엌으로 나가 손수 대강 술상을 차려 가지고 왔다. 마침 아내가 이웃에 가고 없었던 것이다.

막걸리지만 낮술이라 그런지 취기가 제법이었다.

훈훈해지니 남궁 씨는 좀 기분이 풀리는 듯했다.

눈언저리가 불그레해진 청년은 거의 자기 혼자만 지껄이고 있었다. 자기가 지금까지 살아온 너절한 이야기였다. 남궁 씨는 그저

건성으로 듣고 있었다. 이따금 고개를 끄덕끄덕하면서.

그런 이야기는 고생을 하며 살아온 당자로서는 일종의 배설작용이 되어 기분이 좋을지 모르지만, 듣는 쪽은 도무지 고역인 것이다. 남궁 씨는 특히 그런 이야기는 흥미가 없었다. 소설을 쓰는 터이라면 혹시 소재 거리라도 될지 모르지만, 시와 그런 것과는 거리가 멀다면 먼 것이다.

그렇다고 듣기 싫으니 그만두라고 할 수는 없는 노릇이었다. 고역이지만 건성으로라도 들으며, 고개라도 이따금 끄덕거려 줄 수밖에. 남궁 씨는 속으로 오늘 또 재수 더럽구나, 정말 술이 원수로구나 싶었다.

"그래서 결국 요즘은 끼니를 잇기도 어려운 형편입니다. 애새끼가 벌써 둘입니다. 늙은 어머니까지 그러니까 모두 다섯 식구죠."

살아온 과거 이야기는 자연히 지금 현재 처지에 와닿는 것이었다. 과거 이야기를 끄집어낸 까닭도 실은 거기에 있었던 것이다.

"선생님, 아무쪼록 일자리 하나 구해 주세요. 다섯 식구 밥만 먹을 수 있으면 어떤 일이든지 좋습니다. 제 힘껏 책임 완수를 다할 테니까요."

청년의 얼굴은 벌겋게 상기되어 있었다. 비단 주기 탓만은 아닌 듯했다.

남궁 씨는 막걸리 잔을 쭉 비웠다. 그리고 그것을 청년에게 권했다. 가슴이 약간 얼얼한 느낌이었다.

'책임 완수를 다한다'는 어법에 좀 어긋나는 그 말이 어쩐지 청년에게는 어울리는 것 같고, 또 '책임 완수를 한다'는 어법에 맞는 말보다 더 절실하게 다가오는 것이 있는 듯했다. 남궁 씨는,

"한 번 힘껏 알아보죠."

이렇게 말했다. 주기 탓인지 모르지만, 사실 스물아홉에 다섯 식구의 가장이라면 정말 안됐다는 생각이 뭉클하게 솟았던 것이다.

청년이 돌아간 것은 거의 해가 다 되어서였다. 술을 남궁 씨가 두 되 더 사서, 한 사람 앞에 되 반 꼴로 치우고서였다.

## 3

청년이 다시 찾아온 것은 그로부터 나흘인가 닷새 뒤의 일이었다. 이번에는 초저녁이었다.

막 저녁을 먹고 나서 담배를 피우고 있는데,

"선생님 계십니까?"

하고 청년이 대문을 밀고 들어서는 것이었다. 그런데 이번에는 혼자가 아니라, 누군지 한 사람 달고서였다.

"어서 오시오."

남궁 씨는 이렇게 말하기는 했으나, 내심 매우 달갑지가 않았다. 혼자라면 모르지만, 사람까지 하나 달고서 나타나다니 불쾌하기까지 했다. 게다가 두 사람 다 술기까지 있는 게 아닌가.

이거 참 더럽구나 싶었으나, 그렇다고 찾아온 사람을 마당에 세워 놓고 이야길 할 수도 없는 노릇이었다.

방에 들어와 앉자, 청년은 자기와 함께 온 사람을 소개했다. 자기와 가장 친한 친군데, 보일러 기술자라고 했다.

그러자 그 보일러 기술자는,

"이 친구한테 말씀 잘 들었습니다. 저는 박 삼수라고 합니다."
하고 머리를 깊이 숙였다. 어딘지 모르게 착실한 사람이라는 인상이었다. 비록 얼굴에는 술기가 좀 있기는 했지만.

"이 친구의 취직을 힘써 주신다니 저로서는 정말 고맙습니다. 좋은 친굽니다. 잘 좀 도와주십쇼. 그래서 이렇게 실례를 무릅쓰고 찾아왔습니다."

말하는 품도 어딘지 모르게 공손했다. 그러자 청년은,

"선생님, 어디 좀 알아 보셨습니까?"
하고 불쑥 물었다.

남궁 씨는 약간 난처하고, 기분도 별로 좋지 않아서,

"나갑시다. 나가서 술이나 한잔하면서 얘기합시다."
하고 성큼 일어섰다.

도저히 아내에게 술상을 차리라고 할 용기도 나지 않았고, 집에서 시작하면 길어질 것도 같았던 것이다.

집 근처에 있는 대폿집으로 가서 소주를 마시며 남궁 씨는,

"몇 군데 알아보았는데……."
하고 입을 열었다. 이미 허두가 시원찮다 싶은 듯 청년의 미간엔 주름이 접히고 있었다. 보일러 기술자 역시 약간 실망이 되는 눈치였다.

"어디 비어 있는 자리가 있어야 말이죠. 비기가 무섭게 재깍 메워지는 판이니……."

"……."

"쉬운 일이 아니더군요."

"……."

"자, 술이나 듭시다."

그러자 청년은 실망의 빛이 역력한 얼굴로 소주 컵을 단숨에 꿀꺽 비우고 나서 큰소리로 카— 했다. 일부러 그러는 것 같았다. 그리고,

"그럴 거요. 나 같은 놈 받아줄 자리가 어디 있겠소."

마치 빈정거리듯, 혹은 누구를 원망하는 것처럼 말했다. 일자리를 알아보지도 않고 말만 그런다는 듯이.

남궁 씨는 이거 참 재수 더럽다고 생각했다. 남궁 씨는 남에게 일자리 같은 것 알아보는 일은 딱 질색이었다. 그러나 이번에는 실지로 두어 군데 이야기를 꺼낼 만한 자리에 부탁을 해 보았던 것이다. 그렇다고 뭐 몸이 달아가지고 덤빈 것은 아니고, 되면 좋고, 안 돼도 그만이라는 식이긴 했지만. 어쨌든 자기로서는 선심을 쓴 셈인데 이런 소리를 듣다니 더럽지 않을 수 없었다.

그런 남궁 씨의 눈치를 채고 재빨리 보일러 기술자가 입을 열었다.

"정말 일자리 얻기가 여간 힘들지 않아요. 더구나 기술이 없어 가지고는. 이 친구는 좋은 기술을 가지고 있는데 손을 다치는 바람에 그만……."

"……."

"수고스럽지만 계속 좀 알아봐 주십쇼. 이 친구 형편이 정말 말이 아닙니다."

"예, 알아보기는 하겠습니다만……."

남궁 씨는 말끝을 흐려버렸다. 그리고 얼른 큰 소리로,

"아주머니, 여기 술 한 병 더 주쇼. 돼지갈비도 몇 대 더 주시

고…….”

했다.

4

그리고 며칠 뒤의 일이었다. 번역한 원고를 가지고 나갔다가 돌아오니 웬일인지 경선이 몹시 저기압이 되어 있었다. 사람이 돌아와도 본체만체했다. 그럴 까닭이 아무것도 없는데 이상했다. 아침에 나갈 때는 나긋나긋하더니 말이다. 더구나 오늘은 술 한잔 안 마시고, 해가 있을 때 들어왔는데.

남궁 씨는 안 포켓에서 번역 원고료 받은 것을 꺼내 말없이 아내에게 내밀었다. 그러자 경선은 그것을 받으며,

“뭐 그런 사람이 다 있어요?”

하는 것이었다.

“왜? 누가?”

남궁 씨는 약간 눈이 휘둥그레지지 않을 수 없었다.

“누군 누구예요. 당신 요즘 제일 친한 친구 말이죠.”

“요즘 제일 친한 친구라니?”

남궁 씨는 웃음이 나오려는 것을 참았다.

“요새 갑자기 사귄, 당신이 제일 좋아하는 친구 말이에요. 한 이불 속에서 자기도 하고…….”

“헛헛허…….”

남궁 씨는 결국 웃음을 터뜨렸다.

"그래, 그 청년이 또 왔었소?"

"글쎄, 와서는 돈을 달라잖아요."

"돈을 달래? 얼마를?"

"만 원을요."

"만 원?"

"예, 꼭 쓸 데가 있어서 그렇다면서. 곧 갚아준다고 만 원을 꾸어 달라는 거예요."

"음— 그래 어떻게 했소?"

"어떻게 하긴…… 없다고 딱 잘라버렸죠."

"그러니까?"

"그래도 글쎄 가질 않고, 마루에 걸터앉아 근 삼십 분이나 버티잖아요. 혼났어요."

"음—."

"난 모르니, 나중에 당신한테 얘기해 보라고 했죠. 난 돈 가진 거 하나도 없다고요. 그제사 가더군요."

"미친 자식!"

남궁 씨는 내뱉었다. 그리고,

"줘서 보내버리지 그랬소."

했다.

"뭐요? 아니, 주어서 보내다니요?"

너무나 뜻밖의 말에 경선은 어처구니가 없는 모양이었다. 눈이 휘둥그레졌다.

"떼 버릴려고 그러는 거야. 자꾸 찾아와서 귀찮아 죽겠어."

"그렇다고 돈을 줘요? 만 원이나?"

"그러면 설마 다시는 안 찾아올 게 아냐."

"아니, 당신 그 사람한테 무슨 그럴 일이 있나요? 무슨 잘못한 일이라도?"

경선은 몹시 의아스러운 일이라는 듯 긴 속눈썹을 대구 깜짝거렸다.

"그 자식, 그날 밤 내가 술이 취한 걸 집까지 데려다 줬다고 그러는 거야."

"그날 밤 그 사람이 당신을 데리고 온 건가요?"

"몰라. 자기 말로 그랬다니까."

"난 당신이 그 사람을 데리고 온 줄 알았죠. 술김에 전혀 모르는 사람을…… 그 사람도 술이 많이 됐던데요."

"모르겠어. 어떻게 된 일인지."

"아, 그렇게 됐군요."

경선은 고개를 끄덕거렸다. 그런 줄은 또 몰랐던 것이다. 그렇다면 좀 납득이 가는 이야기였다.

"아마 오늘 내일 또 찾아올 거예요. 그렇담 까짓것 몇천 원 줘버리세요. 만 원은 말도 아니고, 한 오천 원…… 아니에요. 오천 원도 많아요. 삼천 원이나 이천 원이면 충분해요."

"나 참 더러워서……."

남궁 씨는 입맛을 쩝쩝 다셨다. 더러우면서도 어쩐지 속이 조금 후련해지는 느낌이었다.

그러나 그날도 그 이튿날도 청년은 찾아오지 않았다. 어찌 된 셈인지 그 길로 청년은 영영 소식이 없었다.

소식이 없다고 뭐 조금도 섭섭할 게 없고, 오히려 썩 잘된 일이어서 개운하기만 했다. 자연히 남궁 씨는 그 청년의 일을 잊어버리고 말았다. 물론 경선은 남궁 씨보다 훨씬 더 쉬 잊어버렸다.

## 5

그해 늦은 가을이었다.

어느 날, 남궁 씨와 경선은 춘천행 열차에 나란히 몸을 싣고 있었다. 춘천에 있는 숙부의 회갑 잔치에 가는 길이었다. 회갑잔치에 갔다가 소양호를 구경하고 올 생각이었다. 말하자면 부부동반 가을 여행인 셈이었다. 차창 밖으로 가을 풍경을 내다보고 있던 경선이 무슨 생각이 떠올랐는지,

"여보."

하고 남편을 돌아보았다.

"응?"

"당신 회갑잔치에 가서는 너무 술 많이 잡숫지 마세요."

"난 또 무슨 말을 한다고……."

"그런 데서 너무 얼굴이 벌게 가지고 비틀거리는 거 싫어요."

"허허허…… 어때, 기차 안에서 마시는 건?"

"그야 물론 좋죠, 맥주 한 병쯤은……."

"강생회 빨리 안 오나?"

남궁 씨는 마치 즐거운 소년처럼 얼른 엉거주춤 궁둥이를 들고 앞뒤를 둘러보았다.

"앉아요, 곧 오겠죠."

경선은 힉 웃었다.

서울을 떠난 지 아직 얼마 안 됐는데, 벌써 술 생각이 날 턱이 없었다. 남궁 씨도 창밖으로 시선을 돌렸다.

추수를 하고 난 들녘 풍경은 좀 황량하게 느껴졌다. 그러나 그런 황량한 풍경도 이렇게 달리는 차창 밖으로 비스듬히 기대앉아 내다보니 괜찮았다. 황량한데도 음미할 맛이 있는 듯했다.

그런 황량한 풍경 속에서 이따금 선연한 빛을 발하는 것은 잘 정돈된 마을의 지붕 위에 널려 있는 고추였다. 빨간 고추가 햇빛을 받아 타는 듯 고왔다.

남궁 씨는 어릴 적 고향 생각을 하고 있었다. 그리고 절로 어떤 시상(詩想)에 빠져들고 있었다.

그렇게 가라앉아 여념이 없는데,

"여보, 강생회 오는군요."

경선이 집적했다*(건드렸다).

"응? 그래? 맥주를 사야지."

시선을 강생회 판매원 쪽으로 돌린 남궁 씨는 잠시 후,

"아니?"

약간 놀라는 기색이었다.

"왜요?"

"저 사람……."

"……?"

"틀림없는데……."

그러자 경선도,

"아니, 그 사람이군요. 우리집에 오던 청년."

하고 깜짝 놀라는 것이었다. 너무나 뜻밖의 일이라는 듯이 두 부부는 시선을 마주쳤다.

그것은 틀림없는 바로 그 청년이었다. 그 뒤 영영 소식이 없더니, 어떻게 용케 강생회 판매원이 되어 있는 것이 아닌가. 판매원 모자를 꾹 눌러쓴 모습이 전보다는 훨씬 건강해 보였다.

"자— 왔습니다, 왔습니다— 강생회가 왔습니다— 미르크*('밀크'인 것으로 보인다), 초콜렛, 비스킷이 왔습니다— 사이다에 쥬스, 콜라가 왔습니다—"

청년은 이렇게 소리를 지르며 저만큼 다가오고 있었다. 여느 판매원은 통로가 비좁으면 비키라는 소리나 할 뿐, 그저 벙어리처럼 지나가며 팔기가 일쑤인데 말이다.

"자— 맛 좋고 배부른 식사대용 빵도 왔습니다— 카스텔라도 왔어요—"

청년이 가까이 오자, 남궁 씨는 왠지 가슴이 약간 뛰었다. 알은체를 하고 맥주를 사야 할지, 그냥 가만히 모르는 체하고 앉아 있는 것이 좋을지 알 수가 없었다. 묘하게 조금 긴장이 되기도 했다.

경선 역시 비슷한 상태인 듯 곧장 남편의 얼굴과 청년의 얼굴을 힐끗힐끗 번갈아 바라보기만 했다.

결국 청년이 지나가다가 남궁 씨를 발견하고,

"아! 이거 남궁 선생님 아닙니까?"

깜짝 놀라면서 커다란 소리를 질렀다.

그제야 남궁 씨도,

"아이고, 이거 오래간만이군요."

했다.

"아니, 사모님도…… 함께 어딜 이렇게 가시는 길입니까?"

청년은 정말 뜻밖이고, 반가운 모양이었다. 통로에 그만 물건 광주리를 내려놓아 버리는 것이었다.

"춘천까지 볼일이 좀 있어서요."

"아, 그러십니까. 전 이렇게 매일 춘천까지 왔다 갔다 합니다."

"좋지요, 언제 강생회에 들어가셨나요?"

"그때 바로죠, 그때 선생님 댁에 돈을 꾸러 간 것은 여기 취직할려고 그랬어요. 마침 뚫고 들어갈 구멍이 생겼는데, 돈이 있어야 말이죠. 그냥 맨손으론 어디 잘 됩니까. 술이라도 한잔 사야지. 하하하……."

"……."

"환장하겠더군요. 그래서 염치 불구하고 선생님 댁에 가서 돈 얘길 했던 거죠. 정말 그땐 미안하게 됐습니다. 제 정신이 아니었어요."

청년은 경선을 보고 사과를 하듯 고개까지 숙이는 것이 아닌가.

"아이, 별 말씀을…… 오히려 꾸어드리지 못한 내가 더 미안하죠. 그땐 정말 딱했어요. 마침 집에 돈이 한 푼도 없었지 뭐예요."

경선은 이렇게 말했다. 그리고,

"그날 저녁에 왜 안 오셨어요. 오셨더라면 됐을 텐데……."

했다. 그 말에 남궁 씨도 자기도 모르게 맞장구를 쳤다.

"그날 밤 기다렸었죠."

"아이, 고맙습니다. 마침 보일러 기술자인 그 친구를 만나 어떻게든 변통을 했었죠."

"……."

"그 뒤 한 번 놀러 간다는 게 어디 돼야 말이죠. 이렇게 매인 몸이 되고 보니……."

청년은 벙글 소리 없이 웃었다. 그리고 너무 오래 머물러 있었다는 듯이,

"그럼 선생님, 앉아 말씀하세요. 또 오겠습니다."
하고 번쩍 광주리를 들어올렸다.

한 손은 손가락이 두 개뿐이지만, 여느 판매원보다 광주리를 들어 올리는 것도 힘이 있어 보였다.

"가만, 맥주 두 병 주쇼."

남궁 씨는 맥주를 두 병 샀다. 청년은 고맙다는 듯이 웃고는, 다시 큰 소리로 외치며 걸음을 옮기기 시작했다.

"자— 왔습니다, 왔습니다— 맥주가 왔습니다. 사이다에 쥬스, 콜라가 왔습니다— 자— 식사대용에 맛 좋고 배부른 빵도 왔습니다— 카스텔라도 왔습니다—"

말하자면 청년은 '책임 완수를 다하고' 있는 셈이었다. 그리고 그 외치는 소리는 다섯 식구의 가장으로서의 기쁨의 소리에 틀림없었다.

남궁 씨는 가슴이 먹먹해져 있었다. 어쩐지 좀 부끄러운 듯한 그런 느낌이기도 했다. 정말 청년이 그렇게 반가와할 줄은 몰랐던 것이다.

남궁 씨는 슬그머니 아내의 표정을 돌아보았다.

약간 착잡한 듯한 기색이었다. 그러나 경선은 곧 창 쪽으로 살짝 돌아앉으며 핸드백을 열었다. 그리고 조그마한 거울을 꺼내 들여다보며 분첩으로 토닥토닥 콧등을 두들기기 시작했다.

《시문학》(1977. 5)

# 장사(葬事)

학교가 끝나고 집으로 돌아가면서 효순이는 조금 즐거운 기분으로 친구들에게,

"우리집 곧 떡 한다 아나?"

하고 말했다.

그러자 한 아이가,

"떡? 언제?"

부러운 듯이 묻는다.

"우리 할매 돌아가시면……."

"뭐? 너거 할매 돌아가시면?"

"그래, 우리 할매 아파서 곧 돌아가시게 됐어. 우리 할매 돌아가시면 인절미도 만들고, 시루떡도 만든다 아나?"

"그래 가지고 장사 지내제?"

"그래."

국민학교 2학년짜리들이다.

어디선지 철 이른 뻐꾹새가 운다.

냇가 아카시아 그늘에 이르자, 아이들은 약속이라도 한 듯이 그 자리에 앉는다. 앉아서 공기받기를 시작하는 것이다.

잠시 편을 짜서 공기받기놀이를 하다가 효순이가,

"난 그만 할래."

하면서 치마를 털고 일어선다.

"와? 벌써?"

한 아이가 더 하자는 투로 쳐다본다.

여느 때 같으면 아직 멀은*('이른'의 영천말) 것이다. 싫증이 나도록 앉아 논 다음에야 일어선다. 그런데 오늘은 효순이가 벌써 털고 일어나다니…….

"더하자 와!"

효순이와 한 짝이던 아이가 불만스럽게 내뱉는다.

"나 집에 가 봐야 된다. 우리 할매 돌아가셨는지도 모른단 말이다. 나 간다!"

그리고 효순이는 쪼르르 냅다 뛰어간다.

"떡 하거든 좀 도개이*('다오'의 영천말)!"

"나도 좀 도개이!"

달려가는 효순이의 뒤통수를 향해 아이들이 소리친다. 그리고 재미있다는 듯이 헤헤헤 히히히…… 웃는다.

집 앞 감나무 밑에서 현이가 강아지를 만지작거리며 혼자 앉아 놀고 있다. 효순이는 현이에게 얼른 다가가서 묻는다.

"할매 우째 됐노? 돌아가셨나?"

"아니."

"……."

효순이는 약간 기대에 어긋난 듯한 표정이 된다.

그런 누나를 향해 현이는,

"서울 고모 왔다 아나?"

자랑스럽게 말한다. 일곱 살짜리다.

"그래? 햐—"

효순이는 신난다는 듯이 후닥닥 마당으로 뛰어든다.

할머니 방 앞에 신이 몇 켤레나 놓여 있는 것을 보자, 효순이는 얼른 가서 그 방문을 연다. 그리고 납죽 단발머리를 숙이며,

"고모 오셨어예?"

인사를 한다.

"그래, 효순이가? 학교 갔다 오는구나."

서울 고모는 무표정한 얼굴로 힐끗 한 번 돌아볼 뿐이다.

그런 고모가 효순이는 어쩐지 좀 섭섭하다. 다른 때 같으면 얼굴에 활짝 웃음을 띠며 효순아, 학교 갔다 오나, 몇 시간 했노, 공부 잘 하제…… 이런 식으로 여러 가지를 물으며 반길 터인데 말이다.

고모의 두 눈이 약간 충혈되어 있는 것 같고, 눈언저리가 어찌 좀 젖은 것처럼 보인다. 운 모양이다.

방 안에는 고모와 함께 엄마도 앉아 있고 건넛마을 당숙 아지매*('아주머니'의 방언)도 앉아 있다. 앉아서 할머니를 지켜보고 있을 뿐, 아무도 말이 없다.

할머니는 이불에 약간 기대어 비스듬히 누워서 가쁜 숨을 몰아쉰다. 할머니의 헐헐거리는 숨소리가 듣기에도 답답하고 안타깝다.

효순이는 할머니의 두 눈을 보자 찔끔 놀란다. 멀겋게 두 눈을 뜨고 있을 뿐, 무엇을 보고 있는 것 같지가 않다. 안개가 흐릿하게 서린 것 같은, 초점을 잃은 두 눈은 어쩐지 섬찍하다.

효순이는 방문을 그대로 둔 채 후닥닥 돌아서려 한다.

"문 닫아라!"

엄마의 목소리다.

효순이는 얼른 문을 닫는다. 그리고는 큰방 쪽으로 가며 후유 조금 큰 숨을 내쉰다. 왠지 가슴도 조금 두근거린다.

밤이 꽤 깊었는데도 효순이는 잠이 오질 않는다. 현이는 옆에서 새근새근 잘도 잔다.

엄마랑 아버지는 할머니 방에서 아직 자러 오질 않는다.

방문 절반가량이 달빛으로 훤하다.

효순이는 달빛이 비치고 있는 방문 아래쪽을 누워서 말똥말똥 바라보다가 할머니 방에 한 번 가볼까 생각한다. 그러나 효순이는 곧 이불 속으로 푹 묻혀버린다. 낮에 본 할머니의 눈이 떠올랐던 것이다.

안개가 흐릿하게 서린 것 같은 두 눈, 무엇을 보고 있는 것 같지도 않던 그 멀겋게 뜬 힘없는 눈— 효순이는 이불 속인데도 숨이 제대로 쉬어지지가 않는다.

돌아가실 때가 되면 눈이 그렇게 멀겋게 되는 모양이지 싶으며 효순이는 더욱 오그라든다.

잠시 후, 효순이는 얼굴을 이불 밖으로 내놓는다. 답답하고, 이마에 조금 땀이 내뱄던 것이다.

손등으로 이마를 닦으며 효순이는 할머니가 돌아가시지 않으면 좋겠다고 생각한다. 할머니가 들려주던 옛날 옛적 이바구가 생각난다. 할머니는 이야기를 '이바구'라고 했다.

심심하면 할머니는,

"너거 이바구 한 자락 해줄까?"

곧잘 이렇게 효순이와 현이를 불러 앉혀 놓고 이바구를 해주었다.

"할무이, 이바구 한 자리 해도고."

"할무이, 이바구 한 자리 안 해줄래?"

효순이와 현이 쪽에서 먼저 할머니 앞으로 다가앉기도 했다.

할머니의 옛날 옛적 이바구는 언제 들어도 구수하고 재미있었다. 그리고 할머니는 아주 커다란 이바구 주머니를 차고 있는 듯해도 해도 또 새 이바구가 쏟아져 나왔다.

묵 팔러 간 어머니를 기다리던 두 남매가 호랑이에게 속아서 방문을 열어주는 이바구. '돈 나와라 뚝딱' 하면 돈이 나오고, '쌀 나와라 뚝딱' 하면 쌀이 나오는 신비한 방망이 이바구. 나무꾼들을 잡아먹은 천년 묵은 여우 이바구. 방귀 잘 뀌는 며느리 이바구. 호랑이와 곶감 이바구. 꼬부랑 할머니 이바구…….

재미있고 구수한 이런 이바구들을 할머니가 돌아가시고 나면 이제 들을 수가 없는 것이다.

할머니는 이바구를 할 때 그냥 말로만 하는 것이 아니라, 이따금 얼굴과 손짓으로 흉내를 내기도 했다.

열 손톱으로 할퀼 듯한 시늉을 하며,

"어흥!"

하고 이가 숭숭 빠진 입을 크게 벌려 호랑이 흉내를 내기도 했고,

"뿡! 뿡!"

하고 며느리가 방귀 뀌는 흉내를 내며 웃기도 했고, 꼬부랑 할머니가 꼬부랑꼬부랑 걸어가는 시늉을 앉아서 하기도 했다.

그런 흉내도 재미가 좋았지만, 그것보다 가장 좋은 것은 할머니가 우렁이에서 나온 색시 이바구를 할 때,

"이 팥밭을 뚸져*('일구다'의 방언) 갖고 누캉 묵고 살꼬— 나캉 묵고 살지—"

하고 흥얼거리듯 내뿜는 구성지면서도 조금 청승스럽기도 하고, 구슬프기도 한 그 목소리였다.

우렁이에서 나온 색시 이바구의 처음 대목에서 혼자 사는 가난한 노총각이 밭을 일구면서 처량하게,

"이 팥밭을 뚸져 갖고 누캉 묵고 살꼬—"

하고 신세타령을 하면, 어디선지,

"나캉 묵고 살지—"

하고 대답하는 여자의 목소리가 들려오는 것이다.

그 노총각과 여자의 목소리를 할머니는 구슬프면서도 구성지게 흥얼거리듯 내뿜곤 했는데, 그 가락이 효순이는 그렇게 좋을 수가 없었다. 들어도 들어도 또 듣고 싶었다.

그래서 그런지 이바구도 그 이바구가 제일 재미있는 듯했다. '나캉 묵고 살지' 하고 대답한 것은 우렁이였는데, 그 우렁이 속에서 나온 색시가 노총각을 위해서 하얀 쌀밥을 짓는 대목 같은 것은 정말 신기하고 기가 막혔다.

할머니가 돌아가시고 나면 그 재미있는 이바구도, 그 구성지고

구슬픈 목소리도 들을 수가 없게 되고, 호랑이 흉내, 꼬부랑 할머니 흉내 같은 것도 이제 볼 수가 없게 되는 것이다.

"우리 할매, 우리 할매 돌아가시지 마이소. 돌아가시지 말도록 해주이소 예? 정말입니더 예?"

효순이는 어둠 속에서 가만히 눈을 감고 누구에게랄 것도 없이 이렇게 소곤소곤 빈다.

그러고 있는데 덜커덩 방문이 열린다. 아버지다.

효순이는 얼른 입을 꼭 다물고 자는 체한다. 안 자고 있으면 아직 안 자느냐고 어쩌면 꾸지람을 들을지도 모르는 것이다.

잠시 후, 엄마도 자러 왔다. 어느새 아버지는 드르릉 코를 골고 있다. 엄마가 자리에 눕자 효순이는 엄마 쪽으로 가만히 돌아누우며,

"엄마."

나직한 목소리로 부른다.

"아직 안 자나?"

"응, 엄마, 할무이 우째 됐노?"

"……."

"돌아가셨나? 안 돌아가셨제?"

"그래, 자거라."

조금 있다가 효순이는 또,

"엄마, 할무이 돌아가실 것 같더나, 어떻더노?"

하고 묻는다.

엄마는 대답이 없다.

"응? 엄마."

"몰라, 자라니까!"

엄마는 귀찮은 듯 효순이의 옆구리를 한 번 쿡 질러준다. 그리고 하품을 한다.

"치!"

하고 효순이는 엄마 반대쪽으로 돌아누워 버린다.

이튿날 아침, 효순이는 무슨 시끌짝한 울음소리에 잠이 깨었다. 눈을 비비며 일어나 앉은 효순이는 그것이 할머니 방에서 들려오는 울음소리라는 것을 알자 깜짝 놀란다.

"우야꼬! 할매가 돌아가셨는 모양이제……."

두 눈을 곧장 깜작거리며 가만히 앉은 채 울음소리에 귀를 기울이고 있는데, 현이가 와서 방문을 열고,

"누부야, 할무이 돌아가셨다 아나?"

한다.

오늘 아침엔 웬일로 현이가 벌써 일어났다. 여느 날 같으면 아직 천지를 모르고 자고 있을 잠꾸러기가 말이다.

"누부야, 빨리 나와 봐. 엄마도 울고, 아부지도 울고, 서울 고모도 운다 아나?"

"나도 알아."

하면서 효순이는 일어나 밖으로 나간다.

할머니 방 쪽으로 가만가만 다가가서 효순이는 숨을 죽이고 안을 기웃거린다. 방문이 조금 열려 있어 안을 엿볼 수가 있다.

엄마도 울고, 아버지도 울고, 서울 고모도 운다. 그리고 당숙 아지매도 울고 있다. 조그마한 방 안이 온통 울음소리로 터질 듯하

다.

그중에서 서울 고모 우는 소리가 제일 크다.

"아이고 아이고— 엄마아— 아이고오오 으흐흑 으으으 아이고오오—"

정말 복받치는 설움을 견디지 못해 몸부림치는 그런 울음소리다.

효순이는 저도 그만 찔끔 눈물이 나온다.

누나 곁에 와 서서 손가락 한 개를 입에 물고 있는 현이의 눈에도 눈물이 글썽거린다.

잠시 후, 방문을 활짝 열어붙이며 두 눈이 벌겋게 축축해진 아버지가 마치 조금 화라도 난 것 같은 표정을 하고 흐느끼며 나온다.

그런 아버지를 보자 효순이는 어쩐지 조금 무서운 것 같기도 하고, 어색해서 얼른 저쪽으로 피해버린다.

현이도 그런 아버지를 처음 보는 터이라 이상한 듯 힐끗힐끗 눈치를 보다가 괜히,

"아부지."

하고 한 번 살짝 불러본다.

아버지가 그냥 무뚝뚝한 표정으로 아무 대답 없이 빈소로 향하자, 현이는 좀 무안한 듯 슬금슬금 누나 쪽으로 간다.

샘가에서 낯을 씻으면서 현이는 누나에게 새삼스럽게,

"누나, 할매 돌아가셨제?

하고 묻는다.

"그래."

"돌아가시는 기 뭐고?"

"죽는 거 앙이가."

"죽으면 어디로 돌아가능공?"

"……."

"응?"

"몰라. 그걸 내가 우째 아노."

"학교에서 안 배우나?"

"하하하…… 학교에서 그런 거 배우는 줄 아나? 학교에서는 이이는 사, 이삼은 육, 그러는 거 배우는 기라."

"……."

"벌써 다 식겄나*(씻었나)? 모가지도 좀 식거."

할머니 방에서는 이제 서울 고모 혼자 우는 소리만 들린다.

낯을 닦고 나서 효순이는 부엌에서 아침밥을 안치고 있는 엄마에게 가서 묻는다.

"엄마, 나 오늘 학교 가나?"

"가야지, 와?"

"할무이 돌아가셨는데, 학교 가나?"

"선생님한테 말하고 일찍 오라마."

"응, 조퇴해서 오께."

효순이는 야, 신나는 표정이다.

등교를 하면서도 효순이는 만나는 친구에게마다,

"우리 할매 돌아가셨다 아나? 나 오늘 조퇴한다."

혹은,

"나 오늘 조퇴할 끼다 아나? 우리 할매 돌아가셨단 말이다."

하고 마치 무슨 자랑이라도 되는 듯이 말하곤 했다.

학교에 가서도 마찬가지였다.

어제 함께 하교를 하다가 냇가 아카시아 그늘에서 공기받기를 했던 친구들은 그 말을 듣고,

"정말 돌아가셨나? 그럼 인제 떡 하겠네."

"떡 하면 쫌 조야 된대이."

"나도 쫌 도개이."

"나도……."

하고 떠들어댔다.

한 시간을 마치고 효순이는 선생님에게 허락을 맡고 조퇴를 했다. 다른 아이들은 모두 아직 학교에서 공부를 하는데 저만 혼자 책가방을 들고 교문을 나서니 기분이 묘하게 좋았다. 전에 한 번 다른 아이가 조퇴를 할 때, 이상스럽게 그 아이가 부럽기만 했었는데, 이제 하나도 부러울 게 없게 되었다.

집까지 가는 길을 혼자 걸어도 조금도 심심하거나 지루하지가 않고, 맥없이 즐거운 듯 좋기만 했다. 할머니가 돌아가셔서 큰일났제…… 싶으면서도.

집 마당에는 차일이 처져 있었다. 그리고 사람들이 들락날락했다.

마당에 처진 차일을 보자, 효순이는 어쩐지 더 기분이 들뜨는 듯했다. 야, 신난다는 느낌이었다.

그러나 정말 신나는 것은 또 따로 있었다. 떡쌀이었다.

부엌 안에서랑 밖에서 엄마랑 마을 아낙네들이 음식을 만드느라 분주히 움직이고 있는데, 한쪽에 커다란 자배기가 놓여 있었다. 그런데 그 자배기에 가득 쌀이 담겨 물에 붇고 있는 것이 아닌가.

그 엄청나게 많은 허연 쌀을 보자, 효순이는 눈이 번쩍 뜨이는 듯 절로,

"햐—"

소리가 나왔다. 그리고,

"엄마 이거 떡 할 끼제?"

큰소리로 묻는다.

엄마는 듣고도 대답이 없다. 콧등에 땀방울이 맺힌 것이 여간 바쁘지가 않는 모양이다.

"응? 엄마."

그러자 다른 아낙네가 대신,

"그래, 맞다."

하고 대답해준다.

효순이는 그 떡쌀 앞에 쪼그리고 앉는다.

어디서 놀다가 현이가 쫓아온다. 현이도 누나 곁에 나란히 쪼그리고 앉으며,

"떡 할 끼다 아나?"

자랑스럽게 말한다.

"나도 알아."

"많제? 이거 다 떡 하면 억씨기(대단히) 많겠제?"

"응."

"할매 돌아가셨는데 떡을 와 이렇게 많이 하제?'

"……."

"응? 누부야."

"할매 산에 가서 묻을 때 사람들 묵으라고 많이 안 하나."

"이거 다 묵으면 억씨기 배부르겠다 그제."

"그래, 하하하……."

"맛 좋겠다."

현이는 벌써부터 꼴칵 침을 삼키며 한 손으로 물에 잠긴 떡쌀을 한 움큼 떠올려본다.

"그라지 마라."

한 아낙네가 나무란다.

그러자 엄마가 보고,

"너거 저리 안 가나? 효순이는 괜히 조퇴해가지고 말썽이네. 저리 가!"

냅다 고함을 지른다.

효순이는 일어나 떡쌀 곁을 떠나며 투덜거린다.

"괜히 나한테 야단이네. 엄마 지가 조퇴해 오라 캐놓고……."

그리고,

"이 자식아, 와 떡쌀을 손으로 만지노."

현이의 대갈빼기를 한 대 콱 쥐어박아 준다.

"아이과야! 와 때리노?"

현이는 누나를 째려본다.

발인 날 아침, 효순이는 돌아가신 할머니를 오늘 산에 갖다가 묻는다고 생각하니 기분이 얄궂었다. 그러면서도 어쩐지 가슴이 부풀기도 했다. 산에다가 어떻게 묻는 것인지, 묘를 어떻게 만드는 것인지, 생각할수록 호기심이 동하고, 기대가 컸다.

그리고 또 가슴을 울렁거리게 하는 것은 영구차였다. 상여 대신 읍에서 영구차가 와서 할머니를 산으로 실어간다는 것이었다.

영구차라는 말을 처음 들었을 때, 효순이는 그게 무슨 말인지 알

수가 없어,

"영구차가 뭐고? 엄마."

하고 엄마에게 물었다.

"죽은 사람 싣고 가는 차를 영구차라 안 카나."

"죽은 사람 싣고 가는 차도 있나?"

"그래."

죽은 사람을 싣고 가는 차라는 말에 효순이는 야, 그런 차도 다 있구나 싶었다.

죽은 사람을 싣고 가는 차는 도대체 어떻게 생겼을까…… 빨리 좀 그 차가 와봤으면 좋겠다고 효순이는 몇 번이나 사립 밖으로 나가 멀리 읍에서 오는 길을 바라보곤 했다.

영구차가 도착한 것은 아침을 먹고 얼마 안 되어서였다.

영구차를 본 효순이는 약간 기대에 어긋나는 듯한 느낌이었다. 죽은 사람을 싣고 가는 차라면 보통 자동차와는 아주 다르게 생겼을 줄 알았는데, 그게 아니니 말이다. 그저 여느 버스보다 조금 작고, 겉에다가 검정빛 칠을 많이 해놓았을 뿐, 별로 다를 게 없는 것이 아닌가.

그러나 효순이는 공연히 즐거워서 영구차 주위를 맴돌았다.

"이거 우리 할매 싣고 갈 차다 아나?"

아이들에게 자랑을 하면서.

물론 현이도 좋아서 곧장 조그마한 손바닥으로 차체를 어루만지곤 했다.

영구차가 도착하자, 잠시 후에 할머니의 관이 방에서 운반되어 나왔다.

여러 사람에게 들려나오는 할머니의 허연 구의(柩衣)에 싸인 관을 본 효순이는 절로 목이 찔끔 움츠러드는 느낌이었다. 저 속에 할머니가 들어 있다고 생각하니 어쩐지 그만 울고 싶었다.

"저 안에 할매 들었제?"

현이가 묻자, 효순이는 마치 화라도 난 것처럼,

"이 자식아!"

하고 현이의 등덜미를 콱 쥐어박아준다.

"아야, 와 때리노? 가시나야!"

현이는 까닭 없이 한 대 얻어맞고 가만히 있을 수가 없다는 듯이 저도 조그마한 주먹으로 누나의 옆구리를 한 대 질러준다.

영구차의 뒤꽁무니가 쑥 빠져나오고, 그 빠져나온 큰 서랍 같은 궤짝 속에 관이 담겨 안으로 들이밀어졌다.

효순이는 야, 역시 희한하다구 싶었다. 감쪽같이 할머니의 관을 삼켜버린 것이 아닌가 말이다.

영구차에 관을 싣고 나자, 곧 발인제가 거행되었다.

영구차를 향해 제상이 마련되고, 그 앞에서 호상인 어떤 노인이 축문을 읽고 나자 상주인 아버지를 비롯해서 일가친척들이 곡을 하고, 재배를 했다.

아이고 아이고…… 어이 어이…… 하고 곡들을 하는데, 유독 서울 고모는 목을 놓아 울어대는 것이었다. 눈물까지 줄줄 흘러내렸다.

서울 고모를 비롯해서 엄마랑 아지매들이 우는 것을 보자 효순이는 그만 저도 지르르 눈물이 흘러나왔다. 그래서 훌쩍훌쩍 코를 들이마셨다.

친척 가운데 염주를 자그락거리며 곡 대신 중얼중얼 혼자서 염불을 외우고 있는 사람이 하나 있었다. 먹실 할배였다.

먹실 할배는 오십이 조금 넘은 중늙은이인데, 돌아가신 할머니의 동생이었다. 그러나 친동생이 아니라, 배다른 동생이라는 것이었다.

배다른 동생이라는 것이 어떤 동생을 말하는 것인지 효순이는 알 수가 없었다. 그래서 한 번은 할머니에게 물어보았다. 그러자 할머니는 그런 거 너는 몰라도 된다고, 나중에 크면 저절로 알게 된다고 웃는 것이었다.

나중에 크면 저절로 알게 되다니…… 효순이는 못마땅해서,

"나중에 큰다고 저절로 어떻게 알게 되노? 안 가르쳐주면……."

하고 살짝 눈을 흘겼다. 그리고 끝내 궁금한 듯,

"배다른 동생이 뭔공? 그럼 현이도 내 배다른 동생이가?"

이렇게 또 물었다.

그러자 할머니는,

"아이고 이것아—"

하면서 재미있다는 듯이 히히히…… 자꾸 웃어댔다.

결국 효순이는 배다른 동생이란, 어머니가 다른 동생이라는 것을 알게 되었다. 그러나 어머니가 다른 동생이 있는 것인지…… 그렇다면 어머니가 둘이라는 말인지…… 도무지 그 대목을 잘 이해할 수가 없었다.

아무튼 먹실 할배는 허름한 차림으로 일 년에 한두 번 집엘 찾아왔다. 차림은 허름했으나, 으레 몸에 염주를 지니고 있었다.

옛날 먹실이라는 곳에 살았기 때문에 먹실 할배라고 부르는데, 정처 없이 이 절 저 절을 떠돌아다니는, 처자도 없는 몸이었다. 말

하자면 저사(處士)였다.

발인제가 끝나자, 남자들은 모두 영구차에 올랐다. 그러나 엄마랑 서울 고모랑 여러 아지매들은 차에 오르질 않자, 효순이는 이상해서 서울 고모에게 물었다.

"고모, 여자들은 안 갑니꼬?"

"그래, 여자들은 내일 모레 간다."

"와예?"

"내일 모레가 삼우제 앙이가. 여자들은 그때 산소에 간다."

그 말에 효순이는 그만 낯빛이 달라졌다. 그렇다면 저도 여자니까 오늘 못 따라가는 게 아닌가. 오늘 산에 따라가서 할머니 묘 만드는 것을 구경하려고 아침부터 얼마나 호기심과 기대에 차 있었는데 말이다. 곧 울고 싶었다.

그런 표정으로,

"그럼, 나도 가면 안 돼예?"

하고 묻자, 고모는,

"내일 모레 같이 가자 뭐."

예사로 대답한다. 현이는 어느새 차에 올라 밖을 내다보며 헤— 웃고 있다.

효순이는 더욱 약이 오른다. 그러자 먹실 할배가,

"효순아, 너도 어서 타라. 괜찮다. 할매가 가시는데 같이 가 봐야지."

한다.

그 말이 떨어지자, 효순이는 이거 살았다는 듯이 재빨리 차에 뛰어오른다.

곧 차는 출발했다.

영구차가 마을을 빠져나가 도로를 달리기 시작하자, 그제야 효순이는 마음이 좀 가라앉는 듯,

'먹실 할배 아니었더라면 우짤 뻔했노. 먹실 할배 참 고맙다.'

하고 속으로 중얼거리며, 저만큼 창가에 앉아 바깥을 내다보고 있는 먹실 할배를 가만히 바라본다.

차를 탄다는 것은 정말 즐거운 일이다. 효순이는 마치 차를 타고 어디 소풍이라도 가는 듯 재미가 좋기만 하다.

차 안의 다른 사람들도 이제 뭐 별로 슬픈 것 같지가 않다. 효순이는 힐끗 아버지의 표정을 본다. 아버지 역시 이제 그저 덤덤하고 조용한 얼굴이다.

삼십 분가량 달려서 영구차는 멎었다. 어느 호젓한 산모롱이였다.

차 안에서 내려 보니 저만큼 산기슭에 일하고 있는 대여섯 사람의 모습이 보였다. 미리 와서 장지를 마련하고 있는 인부들이었다.

효순이는 조금 신기한 듯이 그 일하고 있는 인부들을 바라보았다.

곧 영구차에서 할머니의 관이 내려지고, 차에 함께 타고 온 상두꾼들이 그것을 들고 장지를 향했다. 그 뒤를 진홍빛 명정이 따르고, 이어서 상주인 아버지를 비롯해서 일행이 따랐다. 효순이는 현이의 손을 잡고 먹실 할배의 뒤를 바짝 따르면서 힐끗힐끗 그 진홍빛 명정을 바라보곤 했다. 이따금 바람에 펄럭 나부끼는 그 명정은 어쩐지 으스스하고 이상한 느낌을 주었다. 진홍빛 천에다가 시커먼 먹 글씨를 썼기 때문에 그런지도 몰랐다.

장지에 도착하니 이미 할머니의 관이 들어갈 구덩이가 빼끔하게 입을 벌리고 있었다.

그 빼끔한 구덩이를 보자, 효순이는 찔끔 목이 움츠러드는 듯했다. 그 속에 할머니가 묻힌다고 생각하니 정말 어이가 없고, 덜컥 겁이 났다. 그러나 현이는,

"야, 깊으다."

하면서 예사로 들여다보고 있다.

묫자리 바로 아래 제상이 마련되고, 잠시 후 하관이었다.

곡성이 울려 퍼지는 가운데 상두꾼들이 구의를 벗긴 관을 들어다가 조심스레 구덩이 속에 넣자, 효순이는 그만 두 손으로 얼른 눈을 가리며 돌아서버린다.

그렇게 눈을 가리고 잠시 섰다가 살그머니 손을 떼고 구덩이를 돌아본다. 관의 위치가 바로잡힌 듯 좌르르좌르르…… 막 흙이 쏟아져 들어가기 시작한다. 인부들이 삽으로 흙을 마구 퍼 넣어대는 것이다.

"우야꼬! 엄마—"

그만 효순이는 냅다 소리를 지르며 얼른 다시 두 손으로 얼굴을 가리고 그 자리에 주저앉아버린다. 그리고 목을 놓아 엉엉 울기 시작한다.

그러나 현이는 손가락 한 개를 입에 문 채 두 눈을 말똥하게 뜨고 흙에 묻혀가고 있는 할머니의 관과 울고 있는 누나를 번갈아 바라보곤 한다.

"나무아미타불 관세음보살— 나무아미타불 관세음보살—"

먹실 할배는 멀뚱히 서서 지그시 눈을 감기도 하며 염주를 자그락거린다.

관이 완전히 흙 속에 자취를 감추고, 차츰 흙이 구덩이에 차오르

기 시작하자, 곡성도 멎고, 효순이의 울음소리도 그쳤다.

인부들은 이제 봉분 만들기에 여념이 없다.

해가 어느덧 중천에 와 있다. 볕이 제법 따갑다.

둘러서서 차츰 두두룩해지는 봉분을 구경하고 있던 사람들은 햇볕을 피해 하나둘 나무그늘을 찾아간다.

먹실 할배도 저만큼 떨어진 소나무 그늘을 찾아가 앉는다.

효순이는 오줌이 마려워서 한쪽 외진 곳으로 가서 덤불 그늘에 앉아 자르르…… 볼일을 본다. 그리고 일어나 먹실 할배가 혼자 앉아 있는 곳으로 간다. 오늘따라 효순이는 먹실 할배가 좋기만 하다. 먹실 할배 아니었더라면 여기까지 따라오지 못할 뻔했으니 그럴 수밖에.

효순이가 가까이 가자 먹실 할배는,

"이리 와 앉아라."

하면서 싱글 웃는다. 효순이가 곁에 가 앉자, 단발머리를 두어 번 쓰다듬어주며,

"효순아, 와 울었노? 슬프더나?"

하고 묻는다.

효순이는 조금 부끄러운 듯 힉 웃으며 고개를 살짝 숙인다.

"할매가 돌아가셨으니 슬프지. 슬플 수밖에…… 그렇지만 도리가 없는 기라. 늙으면 다 가는 기라."

먹실 할배는 혼자 중얼거리듯 말한다.

효순이는 살짝 숙였던 고개를 들고 먹실 할배의 표정을 멀뚱히 바라본다.

그때, 봉분을 만들어가고 있던 인부들이 일손을 멈추었다. 그리

고 절반가량 쌓아올려진 흙더미 위에 웬 대나무를 한 개 갖다가 꽂는다. 새끼를 한 가닥 기다랗게 늘어뜨린 대나무다. 마치 큰 팽이채 같다.

인부 한 사람이 그 꽂아놓은 대나무를 한 손으로 잡고 서서 어깨랑 다리를 우쭐거리며 소리를 내뽑기 시작한다.

"우훠넘차 우허야— 슬프다 사자님네 내 말 좀 들어보소—"

어쩐지 듣기만 해도 구슬픈 가락이다.

"저승길이 멀다는데— 노자 한 푼 가져가소— 노자 없이 어찌 가오— 우훠넘차 우허야—"

그러자 서울 고모부가 천 원짜리 몇 장을 그 소리하는 인부에게 갖다 준다. 인부는 그것을 받아서 대나무에 늘어뜨려진 새끼의 맨 위쪽에 갖다가 꽂아놓는다.

그리고 다시 구슬픈 가락을 내뽑는다.

"인제 가면 언제 오나— 우훠넘차 우허야— 일가친척 많다 한들 어느 뉘가 대신 가며, 친구 자식 많다 한들 어느 뉘가 대신 가리— 우훠넘차 우허야—"

이번에는 울산 아저씨와 경주 아저씨가 돈을 갖다 준다.

소리는 계속되고, 새끼에 지폐는 자꾸 꽂혀 내려온다. 마치 마른 고기를 새끼에 엮어 내려오는 것 같다.

효순이는 그 희한한 광경에 넋을 잃고 있다.

잠시 후, 효순이는 먹실 할배에게 묻는다.

"먹실 할부지, 돈을 와 저렇게 새끼에 꽂아놓아예?"

"저승 가는 노자 앙이가."

"저승 가는 노자가 뭔데예?"

"저승을 갈라면 노자가 있어야 안 되나. 노자 없이는 저승에도 못 가는 기라. 말하자면 차빈기라."

"저승이라니예?"

"사람이 죽어서 가는 데를 저승이라 안 카나."

효순이는 잠시 무엇을 생각하는 듯 말이 없다가,

"죽어서 저승에 가면 어떻게 돼예?"

궁금한 듯이 묻는다.

"이 세상에서 좋은 일을 많이 한 사람은 극락으로 가고, 나쁜 일을 한 사람은 지옥으로 떨어지지."

"지옥은 캄캄한 데지예?"

"그렇지, 허허허…… 극락으로 간 사람은 나중에 다시 사람으로 환생을 하고……."

"환생이 뭔데예?"

"다시 태어나는 걸 환생이라 카는 기라."

"……."

"지옥으로 떨어진 사람은 뱀이 되어 다시 이승으로 돌아오지."

"이승이 뭐예?"

"이 세상을 이승이라 안 카나."

"정말로 뱀이 되어 돌아와예? 나쁜 일을 한 사람은……."

"그래, 정말이고말고."

먹실 할배는 좀 묘한 미소를 짓는다.

효순이는 어쩐지 어스스하다.

"그럼 우리 할무이는 뭐가 돼서 돌아와예?"

"너거 할무이는 인심이 좋아서 좋은 일을 많이 하셨으니까 틀림없이 환생을 하지. 다시 사람이 되어 돌아오시는 기라."

"언제 돌아오시는데예?"

"글쎄…… 허허허……."

"내가 3학년이 되면 돌아옵니꼬? 내년에 3학년 되는데예."

"허허허…… 글쎄……."

"우리 할무이 빨리 돌아오시면 좋겠다."

그러면서 효순이는 먹실 할배의 한쪽 손목에 감겨 있는 염주를 자그락자그락 만져본다.

그러고 있는데, 현이가 뛰어오면서,

"누부야, 이거 잡았다, 아나?"

좋아서 소리를 지른다.

다가와서,

"이기 뭐고?"

하면서 한쪽 손바닥을 조금 펼치는데 보니 새끼 도마뱀 한 마리가 곰실거리고 있다.

"우야꼬! 도마뱀 새끼 앙이가."

"도마뱀 새끼가?"

"그래, 아이 징그러! 빨리 내뻬려!"

"싫어."

"안 내삐릴 끼가?"

"그래, 갖고 놀 끼다 와."

현이는 새끼 도마뱀이 든 주먹을 얼른 뒤로 감춘다.

그러자 효순이는 먹실 할배에게 묻는다.

"도마뱀도 뱀이지예?"

"뱀은 아니지만, 뱀에 가깝지."

"그러니까 도마뱀도 나쁜 사람의 죽은 혼이지예? 맞지예?"

"그럴지도 모르지. 허허허……."

효순이는 이번에는 현이에게 무슨 큰일이라도 난 듯이,

"봐라, 도마뱀도 나쁜 사람 죽은 혼인 기라. 빨리 내삐려! 빨리!"
하고 성화다.

"헤헤헤……."

"자식 웃기는…… 나쁜 사람이 죽으면 뱀이 되는 기라, 아나? 도마뱀도 뱀이니까 나쁜 사람 죽은 혼인 기라, 아나?"

그러자 현이는,

"공갈 마!"
하고는 곧장 헤헤헤…… 웃으며 냅다 도망을 친다.

이제 저승으로 가는 노자라는 돈이 새끼에 엮어지며 내려오던 대나무는 치워지고, 인부들이 모두 흙더미 위에 올라서서 지신을 밟듯 흙을 다진다. 한 사람이 소리를 매기면 모두가 후렴으로 '우휘넘차 우허야'를 외쳐대면서.

"아침나절 성턴 몸이……."

"우화넘차 우허야—"

"저녁나절 병이 들어……."

"우화넘차 우허야—"

……

저쪽 맞은바라기 산 중턱에서 뻐꾹새가 운다.

《한국문학》(1977. 12)

# 성묘행

한가위를 며칠 지나서 순혜는 친정어머니 백 보살(白菩薩)과 함께 고향으로 성묘를 하러 서울을 떠났다. 오래간만에 찾는 고향이었다. 오 년인가 육 년 만이었다.

몇 해 전부터 동대문 쪽 시장에서 장사를 하고 있는 순혜는 다만 이삼 일도 틈을 내기가 여간 어렵지 않다. 이번에도 자기 형편으로는 도저히 서울을 떠날 수가 없었다. 명절 끝이라고는 하지만, 장사하는 사람이 가게 문을 닫아놓고 한가로이 고향을 찾을 수는 없는 노릇이었다. 무슨 요긴한 볼일이 있는 것도 아니고, 그저 고향의 선영에 성묘를 하러 가는 일로 말이다. 더구나 출가외인이 아닌가.

그러나 친정어머니의 청을 거역할 수가 없었다. 여느 해와는 달리 금년에는 추석이 되기 훨씬 전부터, 아직 가을바람도 불기 전인 여름철부터 무슨 생각에선지 "올 추석에는 고향에 한 번 가 봐야겠다", "너거 아부지 산소를 꼭 찾아 봐야겠다", "고향에 안 가본 지가 벌써 몇 년 째고……" 하고 만날 때마다 입버릇처럼 뇌었다.

그럴 때마다 순혜는 어머니가 올해는 좀 이상하구나 싶었다. 별안간 무척 외로워진 것일까, 아니면 무슨 불길한 예감이라도…… 슬그머니 그런 생각이 들기도 했다. 그러나 그녀는 그저 예사로 "가보지예" 하고 대답하곤 했다. 건성으로 그렇게 받아넘겼던 것이다.

막상 추석이 다가와서 어머니가 다그쳤을 때, 순혜는 약간 당황했다.

"메칟날 갈래? 추석날 갈래, 담날 갈래."

순혜는 얼른 대답이 나오질 않았다.

지금까지 어머니가 고향에 한 번 가 봐야겠다고 했을 때는 반드시 자기와 동행을 하자는 뜻으로 받아들이지 않았던 것이다. 그저 어머니 혼자든 누구하고 함께 한 번 가보고 와야겠다는 정도로만 생각했었다.

"응? 추석날은 복잡할 끼고, 담날 가자."

"……."

"응? 야야, 메칟날 갈라 카노?"

그제야 순혜는 불쑥 대답했다.

"가겔 안 보고 우예 가능교."

그러자 백 보살은,

"뭐?"

뜻밖의 대답이라는 듯이 약간 눈이 휘둥그레졌다.

잠시 가만히 딸의 표정을 바라보고 있던 백 보살은 쪼글쪼글 주름이 진 눈꺼풀을 가늘게 떨었다.

"같이 간다 해놓고 인제 와서 무신 소리고."

"언제 같이 간다 캤능교."

"안 캤나?"

"언제에? 그저 가보시라고 캤지. 장살 하는 사람이 가게 문을 닫아놓고 우예 가능교. 안 그렁교?"

"……."

"어무이 혼자 못 가시겠거든 오빠한테 같이 가자 캐보지 와예."

"너거 오빠가 같이 갈 성싶으냐? 그리고 직장 때문에 갈 수도 없고……."

"이번 추석은 토요일이니까, 추석날 갔다가 이튿날 돌아오면 됩니더. 오빠한테 같이 가자 캐 보이소. 오빠는 당연히 가 봐야 안 됩니꼬."

순혜는 출가외인답게 말했다.

퍽 낙심이 되는 듯한 표정으로 힘없이 앉아 있던 백 보살은

"관셈보살—"

하였다. 그리고 혼잣말처럼 중얼거렸다.

"고향에 가보는 것도 이번이 마지막일 것 같은데…… 너거 아부지 산소가 우예 됐는동 꼭 가보고 싶은데……."

그 말에 순혜는 어쩐지 가슴이 철렁 하는 느낌이었다.

백 보살은 약간 야속한 듯한 눈길로 딸을 바라보며

"마지막으로 니하고 한 번 가볼까 했더니……."

하고 힘없이 한숨을 쉬었다.

순혜는 잠시 입을 꼭 다물고 있었다. 그러나 가슴 속은 도무지

조용하지가 않았다. 뭉클한 느낌이기도 했다. 그녀는 좀 떨리는 듯한 목소리로 말했다.

"어무이, 형편을 보입시더. 가게 일이 어떨랑강……."

그 말에 백 보살의 얼굴빛은 확 풀리는 듯했다.

추석 다음 날, 백 보살은 아예 고향에 다니러 갈 채비를 다 해가지고 나타났다.

"야야, 가자."

"……."

"응?"

"예."

순혜는 도리가 없었다.

그러나 가게의 금전거래 형편 때문에 며칠 뒤에야 모녀는 고향을 향해 떠날 수가 있었다.

고속버스가 서울을 벗어나 시원하게 뻗은 길을 신나게 내닫자 순혜는 그제야 잘 나섰다는 생각이 들었다. 기분이 마냥 후련했다. 이렇게 억지로라도 나서지 않으면 좀처럼 서울을 벗어나 볼 기회가 없는 것이다.

차창 쪽에 앉은 백 보살은 마치 무슨 대단한 소원 성취라도 한 듯 은은한 미소를 띤 얼굴로 바깥 풍경을 내다보고 있다. 자그락자그락 손으로 염주를 헤아리면서…….

백 보살은 독실한 신도였다. 절에 다니는 것을 낙으로 여생을 살아가고 있었다. 아침저녁으로는 물론이고, 틈만 있으면 염주를 헤아리며 염불을 외웠다. '백연화 보살'(白蓮花普薩)이 불명(佛名)이었으나, 흔히 그저 '백 보살'이라고 부른다.

"야야, 지 지붕 좀 보래."

백 보살은 활짝 어린애 같은 표정을 지으며 말한다.

황금빛으로 물들어가는 들녘에 빨강, 파랑, 노랑, 초록…… 가지가지 페인트칠을 한 마을의 지붕들이 눈에 띈 것이다.

"새마을인 모양이지예."

순혜도 속눈썹을 반짝 치세우며 내다본다.

"아이고 얄궂에라. 저기 새마을이구나."

새마을이라는 말은 늘 들어오는 터지만, 직접 눈으로 보는 것은 처음이어서 백 보살은 마냥 신기하기만 한 모양이다.

"초가집은 하나도 안 보인대이."

"글씨예."

"얄궂에라…… 관셈보살—"

한참 달리다가 이번에는 언덕 기슭에 새로 지은 똑같은 규모의 주택이 나란히 수없이 늘어서 있고, 굴뚝이 우뚝 솟은 덩실덩실한 새 건물들이 나타나자 백 보살은 또,

"야야, 저건 뭐고?"

눈이 번쩍 뜨인다.

"저건 공장이네예."

"무슨 공장인공?"

"글씨예……."

"아이고, 집도 많대이, 저 보래. 똑같은 집이 저렇게 많이……."

"사택인 모양이지예, 공장 직원들의……."

"공장 직원들의 사택이라? 얄궂에라, 얄궂에라……."

잠시 백 보살은 염주 헤아리는 것을 잊고 입을 발름히 벌린 채

넋이 나간 사람처럼 내다보고 있다. 과연 세상은 많이 달라졌구나 싶은 것이다. 서울이라는 우물 안에 갇혀 있다가 홀연히 바깥세상으로 나온 듯한 느낌이다.

순혜 역시 비슷한 느낌이었다. 정말 세상은 발전해 가고 있구나 하는 실감이 차창을 통해 스며드는 듯했다.

그러나 그런 경이감도 얼마 가지 않아서 시들해지고, 순혜는 슬그머니 걱정이 머리를 쳐들기 시작했다. 시장의 장사가 앞으로 어떻게 될지 꽤 마음이 쓰이는 것이었다. 추석 대목에 좀 재미를 볼 줄 알았는데, 예상 외로 매상이 신통치 않았던 것이다.

다음 달이면 점포 임대기간이 만료되어 다시 계약을 해야 하는데, 아무래도 보증금을 더 요구할 것 같고, 월세도 올릴 게 뻔한 것이다. 그리고 세금도 전보다 많이 나오는 판이고…… 자금만 넉넉하다면 별 문제가 아니겠는데, 짧은 밑천이고 보니 앞으로 어떻게 헤쳐 나가야 될지 걱정이 안 될 도리가 없다. 별수 없이 또 빚을 좀 짊어져야 될 것 같은데, 그렇게 해서 과연 채산을 맞추어 나갈 수가 있는 것인지…… 아직 장사에 이골이 나지 않아서 그런지 불안하기만 하다.

그러나 잠시 후 순혜는,

"아으—"

크게 하품이 나왔다. 간밤에 잠을 좀 설쳤던 것이다. 오륙 년 만에 고향을 찾게 된다는 설렘도 약간 있었고, 이것저것 성묘에 따른 채비를 하느라 자정이 훨씬 넘어서야 잠자리에 들었던 것이다. 그리고 아침에는 또 날이 새기 전에 잠이 깨였었다.

순혜는 좌석을 뒤로 조금 젖히고 비스듬히 기대어 눈을 감는다.

잠을 좀 살 생각이나.

백 보살은 여전히 염주를 자그락거리며 바깥세상 구경에 여념이 없다.

D시에 도착한 것은 점심때가 꽤 지나서였다.

터미널에 내린 모녀는 얼떨떨하기만 했다. 어쩐지 생소한 도시에 내려선 것 같았다. 오륙 년 전의 그 정류소가 아닐 뿐 아니라, 주변의 시가지가 D시라는 느낌이 전혀 들지가 않았다. D시라고 하면 지저분하고 먼지와 자전거가 많기로 이름이 난 곳인데, 이건 어떻게 된 셈인지 깨끗하고 반듯반듯한 거리가 되어 있지 않는가.

"여기가 어디고? 야야."

백 보살이 이렇게 말한 것도 무리가 아니다.

과연 세상은 많이 달라져 있었다.

고속버스 터미널에서 일반버스 정류소까지는 시내버스로 두 정류장 거리였다. 일반버스 정류소 역시 옛날의 그 구질구질한 정류소는 아니었다.

식당에 들어가 간단히 점심을 먹고, 고향 쪽으로 가는 완행버스에 몸을 실었다.

완행버스에 자리를 잡고 앉은 순혜는 비로소 시골에 왔구나, 고향이 가까워졌구나 하는 생각이 들었다. 고속버스 속에서는 느낄 수 없던 그런 분위기였던 것이다.

고속버스 속은 그대로 서울의 연장인 듯한 느낌이었으나, 이건 전혀 달랐다. 우선 주고받는 말씨부터가 달랐다. "아지매요 여기 자리 있구마. 이리 오이소" 혹은 "아이구 이 문딩이, 여기서 또 만났대이" 어쩌고 하면서 "흐흐흐" 웃는 웃음까지 투박하기만 했다.

순혜 자기의 말씨도 같은 사투리지만, 어쩐지 훨씬 짙은 원형(原型)을 대하는 듯 정다웠다. 그리고 사람들의 손마디가 눈에 띄게 굵직굵직했고, 얼굴도 거무티티*('거무튀튀'의 방언)했다. 옷매무새들도 어딘지 모르게 좀 헐렁해 보였다.

물씬하게 풍기는 고향 냄새 같은 것을 느끼며 순혜는 자기가 무척 오래 서울 생활을 했구나 하는 생각이 새삼스러웠다.

그러니까 고향을 떠나 서울로 간 지도 어느덧 십오륙 년이 된다. 고향에 있는 국민학교에서 몇 해 교편을 잡다가 결혼을 하여 남편을 따라 서울로 가서 살림을 시작했던 것이다. 아버지가 고향에서 농사를 짓고 있을 동안은 한 해에 한 번 정도는 고향을 찾았었다. 그러다가 아버지가 돌아가시자, 하나뿐인 오빠도 농토를 정리하고 서울로 올라왔던 것이다. 동생 하나도 서울에 와서 출가를 했고. 그러니까 이제는 형제가 모두 서울에 모여 사는 형편이어서 실상 고향은 비어버린 거나 마찬가지였다. 여전히 종가가 있고, 일가친척들이 모여 살고 있긴 하지만.

순혜가 오륙 년 만에 고향을 찾게 된 것도 무리가 아니다.

완행버스 차창으로 내다보이는 풍경도 오륙 년 전과는 꽤나 다른 듯했다. 물론 황금빛으로 물결치는 들, 먼 산, 산 위에 머흘거리는*(구름이 매우 무서운 형세로 움직이는 모양) 구름 같은 것은 예나 이제나 다름이 없지만, 울긋불긋 채색을 한 마을들이 얼른 보아도 깨끗해진 것 같고 초가가 거의 눈에 띄지 않았으며 창고 같기도 하고 무슨 공장 같기도 한 그런 덩실한 건물이 곧잘 시야에 들어오기도 했다.

들길을 걷고 있는 아이들의 입성도 옛날과는 달랐다. 옛날 시골 아이들의 옷이란 검정색 아니면 흰색 혹은 회색 같은 단조롭고 우중충한 것이었는데, 이젠 가지가지 다채로운 색조였다.

그러나 그런 변화보다도 순혜의 가슴에 다가온 것은 가로수였다. D시에서 Y읍까지 가는 길은 그전부터 아스팔트로 되어 있고, 가로수도 잘 심어져 있었다. 그런데 그 가로수들이 오륙 년 전보다 눈에 띄게 무성해진 것이 아닌가. 그전에도 꽤 볼 만한 나무들이었는데, 이제 그 둥치들이 어찌나 굵직굵직한지 고목 같은 느낌이 들고, 온통 가지와 잎새가 길 위의 하늘을 뒤덮고 있었다. 마치 나무의 터널 속을 버스가 달리는 듯했다. 흘러간 오륙 년이라는 세월이 피부에 와닿는 듯한 느낌이었다.

"나무도 나무도…… 억씨기 컸제? 관셈보살—"

백 보살도 나직이 감탄을 하고 있었다.

Y읍도 옛날과는 많이 달랐다. 버스 정류소도 딴 곳으로 이전이 되어 제법 그럴듯하게 지어져 있었고, 냇물에 다리도 하나 새로 크게 놓여 있었다.

그 새 다리를 지나 잠시 가다가 버스는 이제 포장이 안 된 도로로 접어들었다. 털거덕털거덕 버스의 진동이 심해지고, 차츰 차내에까지 먼지가 스며들기 시작하자, 순혜는 비로소 진짜 시골에 온 것 같은 기분이었다. 결코 싫지가 않았다. 정말 오래간만에 털거덕거리는 버스에 앉아 이따금 훌떡훌떡 뛰어보는 것도 괜찮았다.

그리고 재미있는 것은 정류소가 따로 없는 것이었다. 물론 일정한 정류소가 없을 리야 있겠는가마는 좌우간 어디서나 손을 들기만 하면 차를 세워서 손님을 태웠고 또 승객이 "세워 주이소" 하며는 멈추어서 내려주곤 했다.

한 번은 그렇게 멈추어 서서 승객을 내려주고 있는데, 저만큼 논길을 "수돕! 수돕!" 하면서 한 바지저고리를 입은 손님이 헐레벌떡 달려오기 시작했다. 그러자 차가 한참 동안 출발을 안 하고 그 손님을 기다리고 있는 것이 아닌가. 차장이 그쪽을 내다보며,

"빨리 오이소! 빨리!"

고함을 지르기도 했다.

순혜는 절로,

"호호호……."

웃음이 나왔다. 그 정신없이 달려오는 바지저고리를 입은 손님의 모습이 우습기도 했지만 정말 흐뭇했던 것이다. 대조적으로 서울의 아침저녁 버스 생각이 나기도 했다.

백 보살도,

"하하하…… 저 사람 잘못하면 바지가 흘러내리겠네."

하고 즐거워했다.

버스가 국민학교 앞을 지날 때 순혜는 공연히 가슴이 울렁거렸다. 자기가 결혼하기 전 몇 해 동안 교편을 잡았던 학교였고, 또 모교이기도 했다. 그러니까 어린 시절의 기억과 처녀 시절의 추억이 깃들어 있는 학교였다.

그 학교도 몰라볼 만큼 변해 있었다. 자기가 교편을 잡던 무렵의 그 허름한 목조 본관교사는 간데없고, 그 자리에 산뜻한 콘크리트 교사가 들어서 있었던 것이다. 교문도 옛날의 그 교문이 아니었고, 국기게양대도 반듯한 새것이었다.

옛날에는 약간 비뚜름한 그런 것이었는데 말이다. 운동장가에는

운동기구와 함께 교재물도 여러 가지 비치되어 있었다. 마치 낯선 학교를 보는 듯한 느낌이어서 좀 얼떨떨하기도 했다.

학교를 지나 얼마 가지 않아서 순혜는 버스를 세웠다. 산기슭에 선영이 있는 것이었다. 고향 마을은 아직 한참 더 가야 되었다.

모녀는 먼저 선영부터 찾으려고 버스에서 내렸다.

해가 어느덧 꽤 서쪽으로 기울어져 있었다.

순혜가 앞서고 백 보살이 뒤따라 산길을 올랐다. 선영은 도로에서 얼마 되지 않은 산기슭에 있었다. 그러나 기슭이 좀 가파른 편이어서 백 보살은 몇 걸음 걷다가 서 있곤 했다. 순혜 역시 제법 숨이 찼다.

선영도 어쩐지 그전보다 한결 더 아늑하고 호젓해진 것 같았다. 주위에 둘러선 소나무랑 도토리나무 숲이 전보다 더욱 우거져서 그런 모양이었다.

한쪽 가에 외따로 모셔져 있는 아버지의 묘 앞에 가서 순혜는 준비해 온 음식을 꺼내 상석(床石) 위에 차리기 시작했다. 주로 포니 밤이니 대추니 하는 마른 음식과 부침개 몇 가지였다. 그리고 포도주 한 병을 준비해 왔다.

백 보살은 손가방 속에서 향을 꺼냈다. 백 보살의 손가방 속에는 언제나 향과 초와 성냥이 들어 있었다. 언제 부처님 앞에 서게 될지 모르기 때문에 노상 준비를 해 가지고 다니는 것이었다. 말하자면 그것들은 염주와 함께 백 보살의 필수 휴대품이었다.

향이 가느다란 보랏빛 연기를 나부껴 올리기 시작하자, 순혜는 포도주를 잔에 가득 따라놓고 큰절을 두 번 했다.

딸이 절을 하는 동안 백 보살은 자그락자그락 염주를 헤아리며

"나무아미타불 관셈보살, 나무아미타불 관셈보살……."

곧장 염불을 외웠다.

어디선지 뽀뽀꾸꾸 뽀뽀꾸꾸…… 산비둘기 우는 소리가 들려왔다.

간략한 묘제를 마치고, 모녀는 앉아서 음복을 한다.

"어무이, 포도주 한잔 디리까예?"

"그래, 어디 한잔만 마셔 보자."

백 보살은 빨그레한 액체가 찰찰 넘치는 잔을 조심조심 입으로 가져간다. 조금 손이 떨린다.

순혜는 하얀 알밤을 한 개 입에 넣어 오도독 오도독 씹는다.

"자, 니도 한잔 해 봐라."

백 보살은 빈 잔을 딸에게 내민다.

순혜는 자작자음으로 홀짝홀짝 한잔을 마신다. 한 손으로는 부침개를 집어 들고서.

백 보살은 벌써 눈언저리가 약간 발그스름해진다.

"야야."

"예?"

"서울서 여기까지가 몇 리나 되노?"

"글씨예, 보자…… 한 육칠백 리는 되지 싶습니더."

"육칠백 리? 멀구나."

"와예?"

"그저……."

그리고 백 보살은 잠시 있다가 또 묻는다.

"육질백 리 같으면 자 삯이 억씨기 비싸겠세?"

"빼스비 말입니꼬?"

"빼스비 말고, 저…… 차 삯 말이다."

"차 삯이라니예?"

"차를 세내 가지고 올라카면 말이다."

"글씨예……."

순혜는 약간 멀뚱한 표정을 짓는다. 무슨 뜻으로 묻는 말인지 잘 알 수가 없다.

"무슨…… 차를 세내 가지고 올 일이 있능교?"

"……."

백 보살은 말이 없다.

"차도 차 나름이겠지예. 버스 같은 것을 세내갖고 올라면 글씨예…… 한 오륙만 원 달라 칼걸예."

"빼스 말고……."

"그럼, 무슨 차예?"

"생이(상여)차 말이다."

"생이차? 영구차 말이예?"

"그래."

"……."

이번에는 순혜가 말문이 막힌다. 그제야 어머니가 무슨 생각을 하고 있는지 알겠는 것이다.

순혜는 조금 기분이 이상해지며 가만히 어머니를 바라본다.

백보 살은 그저 담담한 표정이다. 딸이 이상한 듯이 바라보자

"아무래도 내가 오래 가지 몬할 것 같다."

혼자 중얼거리듯이 말한다.

"어무이, 그기 무슨 소리예?

"앙이다. 내 몸은 내가 안다. 작년 다르고, 지난 달 다르다."

그리고 백 보살은 나직이 한숨을 쉬듯,

"관셈보살—"

한다.

여느 해와는 달리 올해는 아직 가을바람도 불기 전인 여름철부터 "올 추석에는 고향에 한 번 가 봐야겠다" "너거 아부지 산소를 꼭 찾아 봐야겠다" "고향에 안 가 본 지가 벌써 몇 년째고……" 하더니, 그게 그런 뜻이었구나 싶으니, 순혜는 가슴이 철렁 내려앉는 듯했다. 혼혼하게 온몸에 퍼지던 포도주 기운이 싹 가시는 듯도 했다.

그러나 백 보살은 여전히 담담한 표정으로 말한다.

"차 삯이 좀 비싸더라도 나를 여기까지 실어 와야 한대이. 타관에다가 묻으면 안 된대이."

"어무이, 와 자꾸 그런 소릴 하능교?"

"앙이다, 아무래도 멀지 않는 것 같애서 니한테 미리 일러두는 기다."

"……."

"내가 묻힐 자리는 여기대이, 여기. 너거 아부지 옆에 여기…… 알겠제?"

백 보살은 묘 옆 반반한 빈 자리를 가리키면서 은은한 미소까지 짓는다.

순혜는 목이 콱 메인다. 그러나 애써 입을 연다.

"알고 있어예, 이무이. 본래 여기가 어무이 자리 아닝교. 와 자꾸 그런 소릴 하능교?"

백 보살은 이제 안심이 되는 듯

"관셈보살—"

하고는 대추를 한 개 집어 든다.

순혜는 핑 눈물이 어리는 것을 어쩌지 못한다.

뽀뽀꾸꾸 뽀뽀꾸꾸…… 또 산비둘기가 운다.

성묘를 마치고 산기슭을 내려온 모녀는 걸어서 고향 마을로 향했다.

한참 가다가 도로에서 벗어나 마을로 들어가는 논길로 접어들었다. 그런데 그 길이 마치 낯선 길 같았다. 전에는 달구지 하나가 겨우 다닐 수 있을 만한 길이었는데 이제 제법 택시 같은 것이 비껴 다닐 수 있을 정도의 길로 변해 있는 것이 아닌가. 그리고 길가에는 드문드문 코스모스까지 심어져 화사한 꽃들이 바람에 살랑거리고 있었다.

"아이고 얄궂에라. 여기도 새마을 하는 모양이제?"

"하하하…… 글씨예."

모녀는 서로 바라보며 활짝 웃었다.

깨끗하게 넓혀진 꽃길을 걸어가는 기분은 상쾌했다. 그러면서도 순혜는 어쩐지 고향 길을 걷는 감회가 희박하고 마치 낯선 마을로 향하는 듯 약간 서먹한 느낌이었다. 달구지 하나가 겨우 다닐 수 있던 그 옛길이 그립기도 했다.

길 옆을 흐르는 시냇물만이 옛 모습 그대로였다. 바위를 적시고 돌들을 씻으며 흐르는 맑은 시냇물을 바라보며 순혜는 잔잔한 회상에 잠기기도 했다.

잠시 가다가

“야야, 저기 뭐꼬?”

백 보살이 묻는다.

멀리 산 중턱에 황색의 기가 몇 개 꽂혀 있는 것이 보였던 것이다.

“글씨예. 무슨 긴고?”

“산에 무슨 깃대를 다 꼽아놨제? 얄궂에라…….”

“무슨 일인고?”

모녀는 곧장 그 노란 기를 바라보며 이상해한다.

그때 누군가가 위에서

“아지매 아닝교?”

하고 소리를 질렀다. 뒤를 돌아보니 헐레벌떡 쫓아오는 청년이 있었다.

“아이고, 니 진국이 앙이가?”

순혜가 알아보고 반긴다.

“할매, 나 진국입니더. 모르겠능교?”

청년은 백 보살에게 꾸벅 인사를 하고는 싱글싱글 웃는다.

“아이고 그래, 진국이가? 니가 벌써 이렇게 컸나?”

진국이는 순혜의 칠촌뻘 되는 조카였다. 육촌 오빠의 아들이었다. 그러니까 백 보살에게는 손자뻘이 된다. 도시 생활에서 같으면 거의 남이나 다름이 없다. 그러나 고향 마을에서는 결코 먼 친척이 아닌 것이다. 온 마을이 한성바지로 되어 있고 십촌이 넘어도 그리 멀지 않는 친척으로 통하고 있는 것이다.

"서울서 아침에 나섰능교?"

"그래, 집안에 다 별고 없제?"

"예."

진국이는 순혜의 백을 자기가 받아든다.

백 보살은 곧장 진국이의 키를 쳐다보며 말한다.

"니가 벌써 이렇게 컸구나. 장가들었나?"

"하하하…… 벌써 무슨 장가는요."

"몇 살이고?"

"스무 살 아닝교."

이번에는 순혜가 묻는다.

"고등학교 졸업했겠구나?"

"예, 올봄에 졸업 안 했능교."

"대학엔 안 가나?"

"대학에 갈 형편이 되능교. 이런 산골짝에서……."

잠시 말없이 걷다가 순혜는 문득 생각이 난 듯

"야야, 저어기 저게 뭐꼬?"

먼 산중턱을 가리킨다.

"뭐 말잉교? 저 깃발 말잉교?"

"그래."

"아지매 아직 모르능교?"

"뭔데?"

그러자 진국이는 마치 무슨 신나는 소식이라도 알려주는 듯 두 눈을 반짝이며 떠들어댄다.

"땜 공살 안 하능교. 여기가 온통 저수지가 된다는 기라예."

"뭐? 저수지가……?"

"예, 우리 고향이 온통 물속에 잠겨 빠리는 기라예. 우리 마을은 물론이고 우리 면의 삼분지 이가 잠긴다는 기라예. 이웃 면도 삼분지 일가량 잠기고……."

진국이는 무슨 대단히 경사스러운 일이라도 되는 듯 곧장 싱글벙글한다.

그러자 백 보살은

"야야, 뭐라? 물속에 잠기다니, 그기 무슨 말이고?"

도무지 무슨 얘긴지 잘 알 수가 없다는 듯이 멀뚱한 표정이다.

"여기가 저수지가 된다니까예."

"저수지가 되다니?"

"땜을 쌓아가지고 저수질 만든단 말입니더."

"……."

"하하하…… 그래도 무슨 말인지 모르겠능교? 학교 저 아래쪽에다가 높이가 육십 미터라 카던가 칠십 미터라 카던가, 좌우간 그런 높은 땜을 쌓아올린답니더. 그래서 여기가 온통 물바다가 되도록 하는 기지예. 인공호수를 만든단 말이구마."

"인공호수가 뭐꼬?"

"사람 힘으로 만든 못을 인공호수라 안 카능교. 그러니까 못 속에 우리 고향이 몽땅 잠겨 빠린다 그 말입니더."

"그기 정말이가?"

"정말이구마. 하하하…… 저 깃발 보이소. 저기까지 물이 차게 된다는 기라예. 요새 측량을 하느라고 야단이구마."

백 보살은 그저 얼떨떨해서 말문이 막혀버린다. 고향이 물속에 잠겨버리다니…… 세상에 그런 수도 있는 것인지 어처구니가 없을 따름이다. 관세음보살— 소리도 나오지가 않는다.

"정말로 그렇게 되는구나……."

순혜는 혼자 중얼거리듯이 말한다.

올봄에 언뜻 그런 소문을 들었던 것이다. 고향 학교에서 같이 교편을 잡았던 옛 친구를 우연히 길에서 만났는데, 그녀가 이런 말 저런 말끝에 그런 말을 비쳤던 것이다. 그러나 자기도 그곳에 살고 있는 게 아니어서 확실한 것은 잘 모르는데 아마 그렇게 될지도 모른다는 소문이 있더라는 것이었다.

그런 정도여서 그저 건성으로 들어 넘겼던 것인데 이제 보니 그 말이 정확했던 것이 아닌가.

순혜 역시 얼떨떨하기만 했다. 고향이 온통 물속에 잠겨버리다니…… 도무지 실감이 오지가 않았다. 그렇다면 영영 고향을 잃어버리는 셈이 아닌가.

"아지매요."

"와?"

"아지매는 어떻게 생각하능교? 여기에 땜이 생기는 거 말이구마."

"어떻게 생각하다니…… 어처구니가 없지 뭐. 물속에 고향이 잠겨 빠리다니, 기가 막힐 노릇 앙이가."

"그렇게 생각하면 그렇지예. 그러나 내사 아주 잘된 일이라고 생각하느마."

그러자 백 보살이 약간 발끈해지며

"뭐라? 잘된 일이라?"

하고 흘겨본다.

"예, 잘된 일이지 뭡니꼬. 이런 일이 생기기 전에는 우리 일가들은 대대로 이 골짜기를 벗어나지 몬 하느마. 이 산꼴짜기에 뭐가 있다고 뭐가 좋다고 대대로 처박혀 사는가 말이구마. 우리도 넓은 데로 좀 나가서 살자 이깁니더."

"……."

"안 그렁교? 아지매, 아지매는 서울에 사니까 그런 생각이 안 들겠지만 내사 고향이고 지랄이고 이 산꼴짜기가 진절머리 나느마. 이 산꼴짜기에서 뭘 바라고 사능교? 안 그렁교?"

"누가 너더러 고향에 살라 카더나. 젊은 사람들이사 어디로든지 가고 싶은 데 가서 하고 싶은 일 하면 되는 기지. 그렇지만 고향은 있어야 되는 기라. 마음의 안식처 앙이가. 객지에서 외롭고 고달플 때는 고향을 한 번씩 찾는 기 어디라고. 그리고 고향은 이런 외지고 조용한 산골이 좋은 기다 야."

"아지매, 조용한 산골 좋아하시는구나. 하하하……."

진국이는 깔깔 웃어버린다.

순혜도 절로

"호호호……."

웃음이 나온다. 약간 어이가 없기는 하지만.

그러나 백 보살은 못마땅한 눈으로 진국이를 힐끗 바라보며

"아이고 이놈아야. 쯧쯧쯧……."

혀를 찬다.

모녀는 종가(宗家)로 찾아들었다. 종가는 모녀의 큰집이기도 했다. 그러니까 종손인 현기 씨는 순혜의 사촌오빠였다. 나이는 서로

동갑이었으나 생일이 두어 달 빨랐다.

오 년인가 육 년 만에 찾아온 모녀를 현기 씨는 무척 반겼다. 어찌 그렇게 걸음이 없었느냐고, 고향을 이제 완전히 등진 줄 알았다고, 그럴 수가 있느냐고, 약간 섭섭한 말을 늘어놓기도 했다.

순혜는 할 말이 없었다. 그러나 웃으면서

"출가외인이라 안 그렁교. 몇 해 전부터 장사를 한다고 틈을 내기도 어렵고 해서 그렇게 됐구마."

하고 얼버무렸다.

백 보살 역시 미안한 생각이 들어

"내사 오고 싶어도 어디 혼자서 찾아올 수가 있어야지. 아이고 정말 멀기도 하더라. 아침에 일찍 나선 것이 인제사 도착 안 했나. 찾아오지는 못했어도 인편에 고향 소식은 종종 듣고 있었니라. 너거 형은 와 몇 번 안 왔더나."

하고 웃어넘겼다.

오래간만에 모녀가 다니러 왔다는 소문은 곧 온 마을에 퍼졌고, 아낙네들이 하나 둘 모여들기 시작했다.

저녁에는 꽤 넓은 큰 방이 온통 친척 되는 아낙네들로 가득 메워졌다. 남정네들도 몇 사람 한쪽에 끼어 앉아 있었다. 추석 끝의 음식이 한 상 차려져 나와 백 보살과 순혜 앞에 놓여졌고 남포등 심지도 여느 때보다 한결 밝게 돋우어졌다. 마치 무슨 잔칫날 밤 같은 느낌이었다.

처음에는 화제가 주로 서울 쪽 이야기였다. 서울은 요새 살기가 그렇게 좋다는데 사실인가, 사십 층 오십 층 되는 집도 수두룩하다는데 정말인가, 자동차가 길을 메울 지경이라는 말이 거짓말이 아닌지, 창경원이 더 넓혀지고 코끼리도 더 많아졌다는데 참말인지…… 이런 산골 아낙네들다운 질문에 주로 순혜가 대답을 해나갔다. 간간이 백 보살도 서울에 산답시고

"창경원에 코끼리는 작년에 보니까 아직 세 마리밖에 안 되던데……."

이런 식으로 끼어들곤 했다.

그러다가 화제는 고향 쪽 이야기로 바뀌었다. 고향 쪽 이야기래야 뻔했다. 주로 댐 공사 이야기였다.

이번에는 모녀 쪽이 질문을 하는 입장이 되었고 그에 대해 주로 현기 씨가 맡아서 답변을 했다.

현기 씨의 말에 의하면 이곳에 건설되는 댐은 발전용은 아닌 모양이고 공업용수로 쓰는 게 주목적이라는 것이었다. P시에 있는 큰 공장에 송수관을 통해 물을 보내게 된다는 것이다. 그리고 물론 농지에 대한 관개용(灌漑用)으로도 쓰이고 그렇게 인공호수가 이루어지면 자연히 관광지로도 개발이 될 것이라고 했다.

"이 사람아, 그렇게 되면 우리 토밭골은 우예 되노?"

백 보살이 불쑥 볼멘소리로 묻는다.

그러자 방 안에 웃음소리가 터진다. 현기 씨도 웃기부터 하고는

"그야 말할 것도 없이 물속에 잠기는 기지예. 도리 있습니꼬."

한다.

"조상 대대로 살아오는 고향이 물속에 잠기는데, 도리 없다니……."

"그럼 우얍니꼬? 나라에서 하는 일을……."

"나라에서 와 해필 우리 고향에다가 저수지를 만드능고? 딴 데

좀 안 만들고. 모두 나서서 좀 사정을 해보지 와."

"허허허…… 사정을 한다고 될 일입니꼬? 그런 사정 저런 사정 다 보다가는 결국 아무 데도 몬 만들지예. 어디 누가 자기네 사는 곳이 물속에 잠기는 걸 좋아할 사람이 있겠어예. 안 그렇습니꼬? 여기가 지형이 가장 적당하다고 나라에서 정한 이상 도리 없는 기라예."

"아이고 이 사람아, 도리 없다고 그럼 집이랑 논밭이 몽땅 물속에 잠겨 빠리면 어디 가서 뭘 묵고 살라카노? 쪽박을 들고 나설 끼가?"

그러자 아낙네 하나가 재빨리 입을 연다.

"보상을 안 해주능교. 나라에서."

"보상을 해주다니?"

"다 지 값을 쳐준다느마."

현기 씨가 덧붙여 자세히 설명을 한다.

"나라에서 그냥 물속에 잠기도록 할 턱이야 있겠어예? 다 보상을 해주지예. 집이랑 논밭이랑 다 시가대로 쳐서 준단 말입니더. 말하자면 나라에서 몽땅 다 사는 셈이지예. 몽땅 사서 못을 만드는 셈이라예."

"……."

백 보살은 눈만 끔장 끔적거릴 뿐 말이 없다.

"그러니까 앞으로 살아갈 걱정은 별로 없심더. 시가대로 보상을 받으면 어디 가서 몬 살겠어예? 그저 고향이 없어지는 기 섭섭해서 그렇지."

가만히 듣고 있던 백 보살은 불쑥 내뱉듯이 말한다.

"이 사람아, 자네는 섭섭하기만 하나? 내사 기가 차서 말이 안 나온다. 조상 대대로 살아온 고향이 글쎄 물속에 잠겨 삐리다니, 이기 대체 무슨 변고고 말이다. 안 그러나?"

"그렇고말고예. 그야 물론이지예."

그러자 여기저기서 맞장구를 친다.

"생각하면 정말 기가 찰 노릇이지."

"기가 찰 노릇이고말고."

"참 별일도 다 있지."

"고향이 물속에 잠길 줄이야 누가 알았소."

"글쎄 말이다."

한 마디씩 안 하는 사람도 그렇고말고라는 듯이 고개들을 끄덕거린다.

그러나 묘한 것은 별로 표정들이 침울하지가 않다. 그 말과는 달리 덤덤한 편이고 어떤 사람은 오히려 무슨 재미있는 일이라도 닥쳐오는 듯 기대에 젖은 그런 표정이기도 하다.

그런 심정을 드러내듯 누군가

"기왕지사, 보상금이나 많이 나왔으면 좋겠다."

하고 큰소리로 말한다.

"그렇지, 도리 없는 일이니까 돈이나 많이 받아야지."

"설마 돈이야 많이 안 주겠나. 고향을 잃어버리는 판인데……."

"논 한 평에 얼마씩이나 쳐줄랑교?"

"글쎄…… 논도 논 나름이겠지."

돈 이야기가 나오자 분위기가 확 달라지는 느낌이다. 묘하게 생기가 도는 듯도 하고, 조금 들뜨는 듯도 하다.

보상금에 관해서 주고받는 것이 발할 셧도 없이 처음이 아니다. 수십 번 어쩌면 백 번도 넘게 그 이야기가 마을 사람들의 화제에 올랐을 것이다. 이 고장이 수몰된다는 소식을 들은 뒤부터 모여 앉기만 하면 보상금이 얼마나 나올까, 그것을 받아서 어디로 살러 갈까 하는 것이 주된 화제였다.

그런데도 이렇게 한방 모여 앉으니 그 화제가 또 새삼스럽고 절실하기만 한 것이다.

아낙네 하나가 현기 씨를 향해 불쑥 묻는다.

"아주버님, 산도 틀림없이 보상금이 나오지예?"

현기 씨의 팔촌 동생뻘 되는 사람의 처다. 이 아낙네의 관심은 오직 산에만 있는 듯하다. 논밭은 별로 많지 않는데, 산은 꽤 넓게 가지고 있는 터이니 그럴 수밖에.

"나오겠죠. 산이라고 안 나올 턱이 있겠능교. 임자가 있는 산은 논밭이나 마찬가지로 개인 재산 아닝겨."

그러자 지금까지 별로 말없이 듣고만 있던 순혜가 귀가 번쩍 하는 듯

"아니, 정말 산도 보상금이 나오능교?"

새삼스럽게 묻는다.

"나오지. 개인 앞으로 등기가 되어 있는 산은 나오고말고."

"등기가 돼 있다 하더라도 산은 논밭과 달라서 전부가 물에 잠기는 기 아닌데 어떻게 보상을 해주지? 어디까지 물에 잠길지 어떻게 아능교?"

"오다가 산에 깃대 꼽아놓은 거 몬 봤나?"

"봤심더."

"거기까지 물에 잠긴다는 기라. 그러니까 그 아래쪽만 보상해 주면 되는 기지. 그래서 지금 측량하니라고 야단 앙이가."

마치 보상금을 내주기 위해서만 측량을 하고 있는 줄 아는 모양이다.

순혜는 활짝 밝은 표정으로 고개를 끄덕거리고 나서 이번에는 백 보살을 바라보며

"그럼 우리 산도 보상금이 나오겠는데예."

한다. 기쁨을 감추지 못 하는 그런 목소리다.

그러나 백 보살은 여전히 별로 신통치가 않다.

"그놈의 산 인제 팔리는 셈이구나."

이렇게 말한다.

벌써 그 산을 내놓은 지가 몇 해나 되는지 모른다. 아마 십 년은 족히 넘었을 것이다. 그러나 나서는 임자가 없었다. 거의 경제성이 없는 그런 산을 살 사람이 요즘 세상에 어디 있겠는가. 그래서 서울로 옮길 때 다른 부동산은 전부 처리를 했으나, 산만은 그대로 던져두는 수밖에 없었다. 말하자면 사장된 재산이나 마찬가지였다. 그런데 그것이 이번에 댐 공사 바람에 말하자면 팔리게 된 셈이다.

기쁠 수밖에 없다. 순혜는 눈앞이 활짝 밝아지는 듯하고 가슴까지 조금 울렁거린다.

산은 물론 오빠 명의로 되어 있다. 그러나 그 산은 팔아서 세 남매가 똑같이 나누어 가지라는 아버지의 유언이 있었던 것이다. 순혜는 그 산이 팔리기를 얼마나 고대했는지 모른다. 그러나 결국 복에 없는 것으로 체념을 하듯 잊어버린 상태였다. 그런데 뜻밖에 댐

공사 바람에 그것이 팔리게 되는 셈이라니…… 이게 웬 떡이냐 싶었다.

백 보살 역시 산도 보상금이 나온다는 말에 기분이 안 좋을 턱이 없다. 그러나 백 보살은 보상금이 나오느냐, 안 나오느냐, 그런 문제에 앞서 고향이 없어진다는 사실이 콱 눈앞을 가로막은 상태여서 그저 멍멍하고 어둡기만 하다.

현기 씨가 웃음을 띠고 순혜에게 말한다.

"동생 홍재(횡재)하게 됐네."

"홍재는 무슨…… 엉뚱한 돈이 굴러들어 오능교 뭐."

"그 안 팔리던 산이 팔리게 된 셈이니 홍재 앙이고 뭐고?"

"참 억시기도 안 팔리더니……."

순혜의 얼굴에도 절로 웃음이 핀다.

"보자…… 산이 넓으니까 서이 노나도(나누어도) 제법 될걸."

현기 씨도 그 산이 세 남매의 몫이라는 것을 알고 있는 것이다. 작은아버지의 유언을 종손이 모를 턱이 없다. 현기 씨뿐 아니라, 친척들 거의가 알고 있는 사실이다. 고향 마을이라 어쩌면 손바닥 안과도 같이 빤한 것이다.

"한 평에 얼마씩이나 쳐줄란지……."

"시가대로 쳐준다니까 보자…… 돈백씩 노나 갖겠는데……."

"물에 들어가는 넓이가 얼마나 될지……."

차마 입 밖으로 내놓지는 못하지만, 순혜는 내심 물속에 산이 전부 들어가 버렸으면 싶다. 까짓것 기왕에 물에 잠기는 판인데 말이다. 안 잠기고 남는 윗부분은 그야말로 이제 사장이 될 게 아닌가.

그리고 순혜는 돈백씩 나누어 갖게 될 것이라는 말에 절로 가슴이 부풀어 오른다. 이 흉년에 백만 원이 어디냐 싶다. 백만 원만 손에 들어오면 시장 장사 걱정은 당장 활짝 걷힐 것이고, 어쩌면 앞으로 제법 재미를 보게 될지도 모른다. 요즘 세상에 백만 원이 뭐 그리 큰돈일까 마는, 순혜의 장사 형편으로는 크게 숨을 돌릴 수 있는 거금인 것이다.

"참, 장사를 한다는데, 해보니 어떻더노? 할만 하더나?"

현기 씨의 묻는 말에 순혜는 조금 멋쩍게 한 번 웃고는

"장사도 쉬운 기 아닙띠더. 잘하는 사람은 잘 합띠더만, 내사 경험도 별로 없고……."

적당히 얼버무린다. 밑천이 짧아서 마음대로 안 된다는 말은 입에서 나오지가 않는다.

"그렇겠지. 세상에 어디 쉬운 일이 있나."

그리고 현기 씨는

"좌우간……."

하고 잠시 망설이다가

"나도 까짓것 보상금을 받으면 서울로 갈 생각이다. 서울 가서 장사를 해볼까 하는데…… 동생, 시장에 적당한 점포 하나 물색해 보래."

한다.

"고향에서 농사만 짓다가 별안간 우예 장살 하능교? 경험도 없이……."

"어디 첨부터 경험이 있는 사람이 있나. 설마 사람 다 하는데 나라고 몬하라 카는 법이야 있겠나. 앙 그러나?"

"물론 그렇지예. 그렇지만……."

"좌우간 그렇게 생각하고 있으니 건성으로 듣지 말고 적당한 점포 하나 물색해 봐라. 아직 급한 건 아니니까, 천천히……."

"예, 내 생각 같애서는 오빠는 시장에서 장살 할 끼 아니라, 적당한 곳에 자리를 얻어서 쌀가게를 해보는 기 좋을 것 같심더?"

"쌀가게?"

"예, 그기 맞을 거 같은데예."

"농사짓던 사람이라 서울 가서도 쌀장사를 하라 그 말이제? 허허허……."

형기 씨가 웃자, 다른 사람들도

"그기 개않겠심더."

"그기 좋겠는데예."

"쌀장사하면 잘할 낍니더."

"하하하……."

"호호호……."

하고 웃는다.

"쌀장살 하든 뭘 하든 좌우간 서울로 가서 장사를 해볼 생각이니까, 그쯤 알고 적당한 점폴 물색해 보래. 요새 세상은 장사를 해야 돈을 벌지, 촌에서 흙을 파서는 만날 제자리 곰밴기라."

마치 서울에 가서 장사를 하면 곧 큰돈을 벌 수 있을 것같이 말한다.

약간 찌푸린 표정으로 말없이 듣고 있던 백 보살이 불쑥 내뱉는다.

"장살 한다고 다 부자가 될 것 같으면 부자 안 될 사람 하나도 없겠다. 내사 보니 장사를 해서 홀랑 날려버리는 사람도 많더라."

공연히 못마땅하기만 한 모양이다. 그리고 그런 얘기 이제 듣기 싫다는 듯이,

"이 사람아, 그런데 선영은 어떻게 되노? 선영도 물에 들어가나?"
하고 화제를 돌린다.

"물론 들어가지예. 선영이라고 안 들어갈 턱이 있겠습니꾜."

"……."

"우리 선영이 있는 데보다 훨씬 높이까지 물이 찬답니더."

"그럼 우야노? 응이?"

"이장을 해야지예."

"어디로 이장을 하노?"

"글씨예. 어디로 이장을 해야 될지…… 문중 회의를 열어서 의논을 해볼 생각입니더."

그러자 남정네 하나가

"선영을 몽땅 옮기는 수도 있는 것인지…… 내참. 그만한 명당자리가 쉽지 않는데……."
한다.

"후유— 관셈보살—"

백 보살은 마치 온몸의 맥이 다 풀리는 듯 스르르 눈을 내리 감는다.

그리고 잠시 후

"아이고 내사 어지럽어서 몬 앉았겠다. 좀 눕울란다."
하면서 그 자리에 쓰러지듯 비실 드러누워 버린다.

아낙네 하나가 재빨리 베개를 내려준다.

선영 이전에 관한 얘기는 잠시뿐이고, 화제는 곧 또 서울로 어디

로 떠나가시 뭘 해서 살아야 될 것인가, 무슨 장사를 해야 돈을 벌 수 있을 것인가 하는 문제로 돌아갔다. 선영 이전 같은 얘기보다는 어느 모로나 앞으로 살아갈 문제, 돈을 버는 문제가 절실하고 또 재미도 나는 화제였던 것이다.

쌀장사를 하느니, 연탄 장사를 하느니, 또 무슨 장사, 무슨 장사를 하면 돈을 벌 수 있을 것이라느니 하고 지껄여대는 소리를 들으며 가만히 누워서 눈을 감고 있는 백 보살은 그저 어이가 없고, 입맛이 씁쓰레하기만 했다. 대대로 내려오며 흙을 주무르는 것밖에 모르던 고향 사람들이 별안간 모두 장사치로 나서려는 판세가 되다니…… 참 우습기도 했다.

그런 화제에 남들이 열을 올리더라도 종손인 조카만은 좀 무겁게 앉아 있었으면 좋겠는데, 오히려 남들보다 한술 더 떠서 돈을 벌려면 아무래도 서울로 가야 된다느니, 무슨 장사 무슨 장사해도 돈 버는 데는 물장사가 제일이라느니 하고, 마치 물장사를 해서 돈을 벌어본 경험이라도 있는 것처럼 서슴없이 지껄여대는 것이 아닌가. 종손이라는 것이 체통도 없이 말이다. 이런 산중에 살면서 언제부터 그렇게 돈맛을 알았는지……."

백 보살은 그만 어디가 아프기라도 한 듯 끙 앓는 소리를 하며

"종손이라는 기 조상의 묘 이장할 걱정은 제쳐두고, 서울 가서 돈 벌 생각만…… 쯧쯧쯧……."

하고 혀를 찼다. 한심한 생각이 드는 것이었다.

밤은 깊어가고 있었으나 방 안의 화제는 그칠 줄을 몰랐다.

이튿날 오후 백 보살과 순혜는 영산 할매네 집을 방문했다. 영산

할매가 중풍으로 앓아누워 있는 지가 벌써 일 년이 넘었다는 것이었다.

영산 할매는 순혜의 당숙모였다. 백 보살과는 사촌동서가 되는 셈이다. 그러니까 순혜는 '영산 아지매'라고 불러야 마땅하고, 백 보살은 '영산 형님'이라고 불러야 옳다. 물론 맞대놓고는 아지매, 형님이라고 부른다. 그러나 없는 데서 말할 때는 순혜도 영산 할매라고 하고, 백 보살도 영산 할매라 한다.

촌수에 관계없이 고향의 친척들은 누구나 그렇게 부르는 것이다. 나이가 여든이 훨씬 넘은 터여서 그렇게 부르는지도 모른다. 젊었을 적에는 영산댁이었다. 그러니까 영산댁이가 세월과 함께 영산 할매로 바뀌게 된 셈이다. 친척들뿐 아니라, 남들도 그렇게 부른다.

영산 할매는 대낮인데도 이불에 휘감겨 누워 있었다. 방문에 햇빛이 조금 비치고 있었으나 방 안은 어쩐지 눅눅하고 어둑했다.

백 보살과 순혜가 들어서며

"아이고 형님요."

"아지매요."

하자, 영산 할매는

"누고? 응?"

처음에는 누군지 잘 알아보지 못한다.

"형님요, 나구마. 모르겠능교?"

"아지매요. 서울 있는 순혭니더."

그제야

"아이고, 동생 왔나. 조카 왔나."

하면서 자리에서 상반신을 일으키려 한다. 그러나 머리만 약간 베개에서 들어 올렸다가 도로 내려놓을 뿐이다.

"형님요. 이기 우에 된 일잉교? 가만히 눕어 기시이소. 일어나지 마이소."

"아이고 동생아. 몇 해 만이고? 와 그렇게 안 왔노?"

머리가 명주실처럼 세어버린 영산 할매는 살이 빠져 거지반 해골 같은 얼굴에 조금 미소를 띤다. 그러나 양쪽 눈구석엔 물기가 어린다.

"형님, 언제부터 이렇게……."

백 보살도 찡 코허리가 뜨거워져 말끝을 흐리며 가만히 다가가서 영산 할매의 한쪽 손을 두 손으로 잡는다. 그리고 뼈에 가죽만 말라붙은 듯한 손등을 가만가만 어루만진다.

나이는 서로 열 살가량 차이가 있었으나 백 보살이 상경하기 전 한 마을에 살 때 남달리 친숙한 사이였다. 마을에 친척 되는 노파들이 꽤 있었지만 그중에서도 둘은 마음이 통했던 것이다.

"동생아, 나 인제 멀지 않았다."

"아이고 형님요, 그런 말 마시이소."

기어이 영산 할매의 눈구석에선 지르르 눈물이 흘러내렸고 백 보살도 훌쩍 코를 들이마신다.

순혜도 눈에 핑 뜨거운 것이 어리는 것을 어쩌지 못했고 따라 들어와 한쪽에 앉아 있는 이 집 손자며느리도 목구멍이 시큰해오는 듯 침을 꿀컥 삼키고는 슬그머니 고개를 돌린다.

침울한 공기가 방 안을 감돈다.

그러나 곧 영산 할매는 눈물을 거두고

"동생아, 그래 언제 왔노?"

하고 묻는다.

조금 전과는 달리 두 눈이 묘하게 맑은 빛을 발한다. 방금 눈물로 씻어내서 그런 모양이다.

“어제 왔심더.”

“어제 왔으면 우리집에 와서 안 자고…… 나하고 이바구(이야기)도 하고…….”

약간 섭섭한 듯이 말한다.

중풍으로 일 년 내내 쓰러져 누워 있는 팔십 노파치고는 목소리도 아직 괜찮은 편이다. 약간 힘이 없고 어둔하게 들리기는 하지만 그 몰골은 이미 반송장처럼 보이는데 말이다. 몰골로 보아서는 제대로 말도 못할 것 같은데…….

“형님이 이렇게 아파 눕어 기시는 줄 알았으면 당장 왔지예. 누가 이렇게 아프신 줄 알았능교. 언제부터 이렇교?”

“벌써 오래 안 됐나. 일 년이 넘었지 싶으다.”

“관셈보살—”

“아무래도 나 올겨울을 넘길 성싶으지 않다.”

“그기 무슨 소링교. 그런 말 마시라니까.”

“앙이다. 정말이다.”

그러면서 영산 할매는 두 눈을 스르르 감는다. 피로한 모양이다. 눈을 감자, 눈자위가 더욱 움푹 꺼져 들어가 보인다. 꼭 해골 같다.

순혜는 문득 이 영산 할매도 고향 마을이 물속에 잠기게 된다는 사실을 알고 있는지 궁금해진다. 그러나 그런 말을 입 밖에 내어 물어볼 수는 없다. 마을도 물에 잠기고, 선영도 물에 잠긴다고 생각하니 어쩐지 영산 할매가 더 가엾이 여겨지는 것이다. 죽어서 묻힐 곳도 마땅하지 않은 상태가 된 게 아닐까. 그런 일만 없으면 으레 아늑한 선영 한쪽을 편안히 차지하게 될 터인데 말이다.

영산 할매는 곧 또 눈을 뜨며 문득 생각이 떠오른 듯

"참 동생, 소식 들었나?"

하고 백 보살을 바라본다.

"무슨 소식예?"

"아직 몬 들었나?"

"……?"

"우리 동네가 물속으로 들어가 삐린다는 말 말이다. 몬 들었나?"

"아, 예, 들었심더. 어제 와서 들었심더. 내 참 기가 맥혀서…… 형님, 세상에 그런 법도 있습니꾜?"

"글쎄 말이다."

의외로 영산 할매는 담담한 표정이다.

순혜는 그런 영산 할매의 얼굴을 가만히 바라본다. 신기하다는 생각이 든다. 곱게 체념을 한 모양이다.

"어제 밤에 글쎄, 큰집에 한 방 모여 앉아서 밤이 늦도록 그 이바굴 안 했능교. 모두 서울로 어디로 떠나가서 뭘 해묵고 살아야 될지, 무슨 장살해야 돈을 벌지, 궁리가 자자합띠더."

"안 그렇겠나."

"난데없이 모두 타관에 가서 장사를 해서 묵고 살 궁리를 하다니…… 내 참 기가 맥혀서……."

"할 수 있나. 우야노?"

영산 할매가 너무 담담한 어조이자 백 보살은 슬그머니 못마땅한 생각이 들어

"그럼 형님은 우얄랑교?"

약간 퉁명스럽게 묻는다.

그러자 영산 할매는 엷은 웃음을 쓸쓸히 떠올리며

"내사 안 떠난다. 내가 뭐 하로 떠나노. 안 그러나?"

하고 백 보살을 가만히 바라본다.

백 보살은 뭐라고 말이 나오지가 않는다.

"타관에 가서 타관 땅에 묻힐라고 떠나? 안 떠난다. 내사 이대로 눕었다가 고향 땅에 묻힐란다."

"……."

"모두 떠나도 나는 안 떠난다."

영산 할매의 얼굴에서 어느덧 웃음이 걷히고 두 눈에 그윽하면서도 싸늘한 기운이 서린다. 명주실 같은 머리도 이상스레 더 차게 반질거리는 것 같다.

"관셈보살—"

백 보살의 입에서 가벼운 한숨처럼 염불이 흘러나온다.

순혜는 쿨컥 침을 한 번 삼키고는

"그렇지만 아지매요, 물에 잠기는데 안 떠나고 우얍니꼬?"

가만히 말한다.

"그래도 안 떠난다. 내사 안 떠난다. 어떤 일이 있어도 안 떠난다. 안 떠나. 안 떠나—"

그만 말끝이 떨리며 높아진다. 영산 할매는 가볍게 몸부림을 치다가 힘없이 무너지듯 스르르 눈을 감아 버린다. 감은 눈 양쪽 구석에 또 물기가 배어 오른다.

순혜는 공연히 한마디 했다 싶으며 뜨끈해지는 눈시울을 곧장 끔벅거린다.

"관셈보살, 관셈보살—"

백 보살은 한쪽 코에서 조르르 흘러나오는 뜨거운 콧물을 얼른 훔친다.

앉아 있기가 거북한 듯 손자 맏며느리는 슬그머니 일어나 밖으로 나가버린다.

뿌뿌꾸꾸 뿌뿌꾸꾸…… 어디선지 산비둘기 소리가 들려온다.

모녀가 서울로 돌아가기 위해 고향 마을을 떠난 것은 이튿날 아침이었다. 그러니까 고향에 와서 이틀 밤을 잔 것이다.

백 보살은 며칠 더 쉬었다 가고 싶었으나 순혜의 시장 형편 때문에 도리가 없었다. 순혜 혼자 먼저 가고 백 보살은 한 열흘 푹 놀다 가라고 친척들이 만류했고 순혜도 그러기를 바랐으나 백 보살은 혼자 나중에 서울까지 갈 일이 아득하고 또 잘 찾아갈 수 있을지 걱정도 되어서 그만 함께 돌아가기로 한 것이다. 고향에 남아봤자 별로 재미있을 것 같지도 않고 오히려 심란하기만 할 것 같았던 것이다. 오래간만에 고향에 다니러 와서 이틀 밤밖에 안 자고 간다고 섭섭해 하며 많은 친척들이 동구 밖까지 전송을 해 주었고 현기 씨는 한참 더 따라 나오며 순혜에게

"내가 한 말 잊지 마래이."

하고 당부를 하기도 했다.

그 말이 무슨 말인지 얼른 알아차리지 못하자 현기 씨는

"적당한 점포 알아보라는 말 말이다."

하고 좀 멋쩍게 웃었다.

"예, 염려 마이소."

순혜도 웃었다.

버스가 다니는 도로까지 걸어 나가며 백 보살은 곧장 뒤를 돌아보곤 했다. 고향 마을도 이제 이것으로 마지막이라는 생각이 드니 눈앞이 흐려지곤 하는 모양이었다. 순혜 역시 허전하고 섭섭한 생각이 들어 두어 번 뒤를 돌아보았다.

도로에서 한참 기다리니 버스가 왔다.

버스 뒤쪽에 자리가 있어서 모녀는 나란히 앉았다. 백 보살이 창가 쪽에 앉고, 순혜가 안쪽으로 앉았다.

산골 아침 공기를 가르며 버스는 달리기 시작했다. 조금 털털거리고 이따금 훌쩍 뛰기는 했으나 순혜는 어쩐지 기분이 나쁘지 않았다. 오히려 무슨 좋은 일이라도 생긴 것 같은 그런 기분이었다. 조금 전 마을을 떠나올 때의 그 허전하고 섭섭한 생각은 어느덧 가셔 있었다.

그러나 백 보살은 시무룩한 표정으로 말없이 바깥을 내다보고만 있었다.

조금 가다가 순혜가 마치 깜짝 놀라듯이 차창 밖을 가리키며

"어무이! 저기 우리 산이지예?"

하고 말했다. 활짝 밝은 표정을 지으면서.

저만큼 차창 밖에 소나무가 유난히 우거진 산이 아침 이슬에 젖어 싱싱하게 내다보였다.

그러나 백 보살은 그저 말없이 고개를 끄덕일 뿐이었다.

잠시 후, 이번에는 선영이 나타났다.

저만큼 산기슭에 선영이 보이자 백 보살은 별안간 가벼운 경련이라도 지나가는 듯 몸을 조금 떨었다. 그리고 핏기가 가신 샛노란

얼굴로 가만히 내다보고 있더니 그만 눈물을 지르르 흘리는 것이 아닌가.

순혜는 얼른 외면을 했다. 그녀도 코끝이 아리했다*('아릿했다'의 영천말).

선영도 보이지 않고 버스가 학교 앞도 통과하자 백 보살은

"후유— 관셈보살—"

그리고 자그락자그락 손에 쥔 염주를 헤아리기 시작했다.

염주 소리를 들으며 순혜는 다시 기분이 즐거운 쪽으로 돌아가고 있었다. 서울에 도착하면 우선 오빠한테 전화를 해야지 싶었다. 고향이 물속에 들어가게 된다는 것을 알면 얼마나 놀랄까. 그러나 그 대신 산도 보상금이 나온다는 것을 알면 틀림없이 좋아할 거야…… 이런 생각을 하며 혼자 미소를 짓고 있었다.

《월간중앙》(1978. 7)

# 두 죽음

가랑비가 부슬부슬 내리는 어느 일요일 오후, 나는 버스로 상계동을 찾아갔다. 손에는 진료용 가방을 들고 있었다.

진료용 가방을 들었다면 의산 줄 알겠지만, 나는 의사가 아니라, 침구사다. 침과 뜸으로써 질병을 치료하는 것이 내 직업인 것이다.

그러나 떳떳하게 의료행위를 할 수 있는 처지는 아니다. 면허증이 없는 것이다. 그러니까 불법 의료행위를 하고 있는 셈이다.

그렇다고 내 침구의 실력이 엉터리라고 생각하면 곤란하다. 오히려 면허증 있는 사람들보다 나으면 나았지, 결코 뒤지지 않는다고 자부하는 터이다. 다만 면허증을 획득할 길이 막혀 있을 뿐이다.

침구사법 같은 것이 현재 우리나라에는 없다. 침구는 한방의학의 한 부분이 되어 있다.

그래서 진료용 가방을 들고 다니기는 하지만, 법의 뒷받침을 받지 못 하는 터이니 늘 불안하다.

상계동 버스종점에 내리니, 친구가 기다리고 있었다.

장한수라는 친구인데, 십여 년 전, 그러니까 내가 아직 침구의 길로 들어서기 전에 몇 해 동안 한 직장에서 일을 한 동료였다. 꽤 친하게 지냈었다. 그러나 내가 직장을 그만둔 뒤론 몇 차례 만나 술을 나누었을 뿐, 절로 접촉이 뜸해져 나중에는 서로 소식도 묘연한 사이가 되어버렸다. 그 역시 몇 해 뒤 직장을 그만두었던 것이다.

그런데 뜻밖에도 어제 오후, 그가 불쑥 나의 시술소에 나타났다.

"나 알겠나? 나 장한수다. 장한수."

그는 싱글벙글 웃으면서 이렇게 호기 있게 말했다.

그러나 그 호기와는 반대로 얼른 보아도 신수가 별로 좋아 보이지가 않았다. 어딘지 모르게 궁기(窮氣) 같은 것이 서려 보였다.

뜻밖에 찾아온 옛 직장동료를 나는 진심으로 반겼다. 시술 시간은 오후 여섯 시까지였으나, 다섯 시 조금 넘자 문을 닫고, 그와 함께 대폿집으로 갔다.

그가 참으로 오래간만에 불쑥 나를 찾아온 용건은 다름 아니라, 자기 아내의 병 때문이었다. 십 년 고질이라는 것이었다. 폐가 나쁘다는 것이다. 그런데 그동안 온갖 약을 다 썼으나 허사라는 것이다. 심지어 어린애의 태까지 구해서 약으로 썼다고 한다. 이제 그 뒷바라지에도 지쳐 포기상태라는 것이다. 환자도 꼬치꼬치 마를 대로 말라 숨을 할딱거리며 목숨 끊어지는 날만을 기다리고 있는 실정이라고 했다. 집안에 그런 우환이 계속되니 무슨 일이 잘 되는 일이 없더라는 것이다.

술잔을 기울이며 여전히 호기를 잃지 않으려고 애를 쓰고 있기는 했으나, 그는 분명히 지쳐 있었다. 어딘지 모르게 몸에서 궁기가 풍기는 것도 무리가 아니었다.

그런데 우연히 어떤 친구로부터 내 이야기를 들었다는 것이다. 아주 용하다고 평판이 나 있으니 한 번 찾아가 보라고 해서 이렇게 불쑥 찾아왔다는 것이다. 찾아오긴 했으나, 결코 희망을 가지지는 않는다고 했다. 그저 죽어도 원이나 없게 마지막으로 한 번 침구의 시술을 받아보도록 하고 싶다는 얘기였다.

"좋네. 내일 내가 자네 집을 찾아가지. 낫고 안 낫고는 다음 문제고……."

나는 서슴없이 말했다.

"고맙네. 정말 고맙네."

그는 정말 옛 동료의 우정에 감격하는 듯했다.

그래서 오후 세 시까지 내가 버스종점에 도착하기로 약속이 되었던 것이다.

"이렇게 비까지 오는데 정말 미안하네. 정말……."

그는 미안해 어쩔 줄을 모르면서 내 진료용 가방을 받아들었다.

구질구질한 동네였다. 비가 내리기 때문에 그런지, 더 을씨년스럽고 어설프기만 했다. 질퍽질퍽하고 지저분한 골목길을 이리 꼬불 저리 꼬불 돌아서 언덕 비탈에 있는 그의 집에 도착했을 때, 나는 절로 후유— 한숨이 쏟아졌다. 숨이 차기도 했지만, 말할 수 없이 기분이 우울하기만 했던 것이다. 그래서 친구의 체면을 생각할 겨를도 없이 그만 한숨이 나왔다.

"이런 데 살고 있네. 부끄럽네."

그는 정말 창피한 듯한 표정을 지었다. 어제까지의 그 호기는 어디로 갔는지 조금도 찾아볼 길이 없었다.

"아이 천만에."

나는 속으로 아차 싶으며 우산을 접었다. 그리고 그의 뒤를 따라 대문을 들어섰다. 대문이라고 해야 판때기로 짠 문짝이 하나 달랑 붙어 있는 그런 을씨년스러운 것이었다.

대문을 보면 그 집 사는 형편을 알 수가 있는 법이다. 뭐 보나마나 뻔했다. 그러나 좌우간 방이 두 개였고, 부엌이 있었고, 조그마한 뒷마루가 있었다.

환자는 안방 아랫목에 쪼그리고 앉아 있었다. 늘어져 누워서 숨을 할딱거리고 있을 줄 알았는데, 그래도 이불에 기대어 쪼그리고 앉아 있는 것이 대견하게 느껴졌다. 깨끗한 초록색 저고리를 입고 있었다. 내가 온다는 것을 알고 그렇게 새 저고리를 꺼내 입고 억지로 앉아 있는 게 분명했다.

그러나 몰골이 말이 아니었다. 마치 송장이 앉아 있는 듯한 느낌이었다. 날씨가 궂어서 그런지 방 안도 어두컴컴해서 더욱 음산한 분위기였다.

전깃불을 켜게 한 다음 나는 가방에서 진찰기를 꺼냈다. 침구 시술에 무슨 진찰기가 다 있는가 하겠지만, 재래의 주먹구구식 침구술이 아니라, 경락(經絡)의 상태를 정확하게 파악하는 전자식 경락 측정기를 사용하고 있는 것이다. 그러니까 말하자면 과학화된 침구술이라고 할 수가 있다.

환자의 손목과 발등에 있는 경락 측정 부위에다가 대꼬바리*('담뱃대'의 방언)처럼 생긴 측정간을 갖다 대면 똑똑똑…… 측정기에서 소리가 나며 바늘이 돌아간다. 그 바늘이 가리키는 숫자를 그래프에다 표시해서 환자의 상태를 알아낸다. 그리고 치료 혈을 찾아서 거기에다가 침을 놓거나 뜸을 뜨는 것이다.

똑똑똑…… 측정기에서 소리가 나자, 마치 송장처럼 무표정하던 환자의 얼굴에 가벼운 반응이 일었다. 희멀겋고 퀭한 두 눈에 약간 신기한 듯한 빛이 떠오르고 있었다.

환자의 콧대가 인상적이었다. 가느다란 콧대가 쪽 곧게 일직선으로 내리뻗어 있는 것이 여간 날카롭게 보이지가 않았다. 그래서 얼굴이 더 앙상하게 여위어 보이는지도 몰랐다.

측정간을 갖다 댄 환자의 손목은 뼈에 가죽뿐이었다. 뼈와 가죽뿐인 그 손목에도 여전히 경락이 흐르고 있는 듯 똑똑똑 똑똑똑…… 소리와 함께 측정기의 바늘이 조금 움직였다.

친구도 곁에서 신기한 듯이 들여다보고 있었다.

진찰을 마치고 나서 나는 혈을 잡았다. 그러나 환자의 몸이 워낙 쇠약해 있어서 여느 결핵 환자들을 치료할 때처럼 그렇게 제대로 혈을 다 잡을 수가 없었다. 우선 요긴한 몇 군데만 잡아서 뜸을 뜨기로 했다. 결핵 치료에는 침보다 뜸이 더 효험이 있는 것이다. 그리고 자가 치료도 할 수가 있다.

폐결핵 치료의 혈은 주로 등에 있는데, 환자의 등을 들추어보니 갈비뼈에 가죽만 말라붙어 있는 형편이었다. 처참할 지경이었다.

뜸쑥을 가느다랗게 비벼 혈에 세우고 불을 붙이자, 환자의 앙상한 등줄기가 반사적으로 가느다랗게 경련을 일으켰다. 그리고 곧 아아 *끄끄끙—* 하고 마치 짐승이 앓는 듯한 신음소리를 토했다.

옛날에는 뜸이라고 하면 쑥을 도토리 알 만하게 만들어서 불을 붙이기 때문에 이만저만한 고통이 아니었지만, 요즘은 일본식을 본받아서 가느다랗게 비비기 때문에 잠시 따끔하다가 만다. 잠시 온몸이 화끈 달아올랐다가 그치기 때문에 오히려 기분이 좋을 지경이다.

그런데도 환자는 곧장 끄끄끙 끄끄끙…… 하고 늙은 짐승 앓는 듯한 소리를 내더니, 나중에는 온몸의 힘이 탈진해버린 듯 제대로 신음소리도 못 내는 상태였다. 그래서 나는 보통 한 혈에 다섯 번 이상 뜸을 뜨는데, 세 번씩만 뜨고 그만두었다.

뜸을 뜨고 나자, 환자는 그 자리에 쓰러져 잠이 들어버렸다. 잠이 들었는지, 기진맥진하여 혼수상태에 빠졌는지, 좌우간 조용히 늘어져버렸다.

친구와 나는 작은방으로 건너와서 술을 마시기 시작했다. 소주에 돼지고기를 안주 해서였다. 내가 온다고 돼지고기 안주를 미리 준비해놓은 모양이었다.

술심부름을 친구 딸애가 했다. 여중 1학년이었다. 그 애가 부엌일을 거의 다 맡아 한다는 것이었다.

방 윗목 조그마한 책상 위에 물주전자가 놓여 있는데, 그 주전자의 주둥이에 종이로 만든 씌우개가 씌워져 있었다. 마치 골무처럼 만들어서 씌워놓은 것이었다. 먼지가 안 들어가도록 그래놓은 모양이었다. 여중 1학년생의 알뜰한 솜씨임에 틀림없었다.

그것을 본 나는 왠지 눈에 눈물이 핑 도는 듯했다. 술기 탓인지는 모르지만.

그 큰딸 밑으로 국민학교 5학년짜리 둘째딸과 3학년짜리 사내애가 하나 있다는 것이었다. 1남 2녀였다.

나는 아무쪼록 내 뜸의 효험이 있어서 이 친구의 부인이 치유되기를 바랐다. 그래서 이 가정에 덮인 그늘이 벗겨지고, 활짝 밝은 웃음이 넘치기를 진심으로 기원하고 싶은 그런 심정이었다.

그런데 얼마 후, 나는 슬그머니 불안한 생각이 들기 시작했다. 친구의 부인이 치유되기는 고사하고, 당장 숨을 거둘지도 모른다는 그런 막연한 불안이었다. 어디서 그런 불길한 예감이 오는지 모르지만, 술기가 제법 얼큰한데도 점점 더 조마조마해지는 게 아닌가. 곧장 신경이 큰방 쪽으로 곤두서는 것을 어쩌지 못했다. 큰방에서 어쩐지 *끄끄끙 끄끄끙*…… 앓는 듯한 신음소리가 들리는 듯했다. 착각인지 모르지만.

만일 내가 이렇게 앉아 있는 동안에 숨을 거두는 날이면 큰일이었다. 정말 보통 일이 아니었다. 친구 부인의 죽음이 어쩌면 내 탓으로 돌려질지도 모르는 것이다. 더구나 나는 면허도 없는 침구사가 아닌가. 엉터리 침구사가 가뜩이나 죽어가는 사람을 단번에 잡아버렸다는 소리를 듣게 되어도 어쩔 도리가 없지 않은가.

나는 술이 확 깨는 듯한 느낌이었다.

"그만 가 봐야겠네."

나는 술잔을 놓고 일어났다.

"아니, 왜 이러나? 아직 술이랑 안주가 남았는데, 자아, 마저 마시고……."

친구가 만류했으나,

"아니야. 많이 마셨어. 이제 가 봐야지. 가 봐야지."

하면서 나는 기어이 가방을 들고 집을 나섰다.

친구는 약간 서운한 듯한 표정으로 내 뒤를 따라 나왔다. 버스종점까지 배웅을 해주려는 듯 기어이 따라오는 것이었다.

종점 근처에 제법 깨끗한 주점이 있었다. 나는 어쩐지 그냥 버스를 타고 훌쩍 도망치듯 떠나버리고 싶지가 않았다. 친구에게 내가 술을 한잔 사야겠다는 생각이 들었다. 어쩌면 그래야만 될 것 같은 심정이었다. 만일의 경우를 염두에 둔 어떤 계산에서 나온 생각인 듯도 했고, 그렇지 않고, 그냥 딱한 친구의 기분을 풀어주기 위한 순수한 우정에서인 듯도 했다.

좌우간 나는 친구를 데리고 그 주점으로 들어가 맥주를 시켰다.

"웬 맥주는……."

하면서도 친구는 기분 좋게 마셨다.

소주 끝의 맥주는 한결 시원하면서도 부쩍 취기를 돋우는 법이다. 친구는 묻지도 않는 말을 늘어놓기 시작했다. 자기가 그동안 부딪쳐 온 세상의 파도 이야기였다. 보나마나 비실비실했을 게 뻔했다. 그러나 그는 술기 탓인지 꽤 호기를 돌이키고 있었다. 곧 죽어도 시시하게 놀지는 않았다는 식이었다. 지금은 비록 친구가 하고 있는 사업을 도와주고 있는 처지지만, 불원간 나도 일어선다는 것이었다. 두고 보라고 했다. 이 장한수가 이대로 죽을 것 같으냐는 것이다. 어느덧 혀까지 짧아져 있었다.

"좌우간 그건 그렇고, 우리 여편네 병이나 자네 덕분에 나았으면 얼마나 좋을까……."

이렇게 한숨을 쉬듯 말하며 나를 멀뚱히 바라보는 그의 한쪽 눈구석에는 누우런 눈곱이 비어져 나와 있었다.

그때 주점 문이 열리며,

"아버지, 어머니가……."

하는 소리가 났다. 돌아보니 친구의 큰딸이었다. 아버지를 부르러 온 것이다.

"왜? 엄마가 어떤데?"

"이상해요. 빨리 와 봐요."

그 말에 내가 그만 아찔했다. 나는 얼른 일어나 허겁지겁 셈을 치렀다.

"이상하다니……?"

하면서 친구는 마지못하는 듯 자리에서 비실비실 일어서고 있었다.

친구와 헤어져 버스를 탄 나는 마치 무엇이 곧 뒷덜미를 거머쥐고 차에서 끌어내릴 것만 같은 그런 기분이었다. 버스가 출발을 하자, 그런 기분은 좀 가시는 듯했으나, 여전히 불안했다.

그날 밤, 친구의 부인은 숨을 거두었다.

친구의 부인이 그날 밤 죽은 사실을 나는 나중에야 알았다. 다른 친구의 입을 통해서였다. 장한수 그 친구는 나에게 자기 처의 죽음을 알리지 않았던 것이다.

소식을 들은 이상 응당 내가 찾아가 보는 것이 도리겠으나, 나는 두려움이 앞서 도저히 찾아갈 용기가 나지 않았다. 마치 큰 죄인이라도 된 듯한 심정으로 곧 장한수가 찾아오겠지 하고 기다리는 수밖에 없었다.

그러나 장한수는 찾아오지 않았다. 전화도 없었다. 세상의 더러운 물에 오염된 사람 같으면 혹시 자기 처의 그러한 죽음을 핑계삼아 나에게 돈을 뜯어내려고 물고 늘어질지도 모르는 것이다. 더구나 생활도 궁한 판이니 말이다.

그러나 장한수는 그런 사람이 아니었다. 진정한 옛 동료고, 친구였다. 만나면 내 입장이 난처하리라는 것을 알고, 나에게서 사라져주는 게 분명했다.

해가 바뀌어도 장한수는 찾아오지 않았고, 전화도 없었고, 소식을 알 길이 없었다. 나의 두려움은 이제 말짱 가시고 말았다. 정말 등이 당기고, 땀나는 한 고비를 넘긴 듯 나는 안도의 숨이 내쉬어졌다.

그러나 그게 아니었다. 아직 일은 끝나지 않은 것이었다. 어처구니없고, 몸서리쳐지는 일이 기다리고 있었다.

봄이었다. 어느 날, 누님이 내 시술소를 찾아왔다. 몸에 이상하게 열이 있으니, 진찰을 좀 해봐 달라는 것이었다.

나의 하나밖에 없는 누님이었다. 우리는 단 남매였다. 게다가 조실부모를 했기 때문에 우리 남매의 정은 각별했다. 나는 큰아버지 집에서 자랐고, 누님은 외할머니한테서 자랐는데, 어쩌다가 만나게 되면 서로 헤어지기 싫어서 울곤 했다.

누님은 시집을 가자, 거의 나의 뒤를 돌보다시피 했다. 내가 고등학교까지 졸업할 수 있었던 것은 다분히 누님 덕분이었다. 누님이 없었더라면 아마 불가능했을 것이다. 그만큼 누님은 물질적으로나 정신적으로 나의 기둥노릇을 해주었다.

그런데 누님은 서른이 채 못 되어 과부가 되었다. 주위에서는 모두 재혼을 권유했으나 뿌리치고, 하나밖에 없는 아들을 키우며 평생을 혼자 살아가고 있었다. 불쌍하다면 불쌍하고, 훌륭하다면 훌륭한 누님이었다. 어쨌든 누님은 나에게 있어서 소중하기 짝이 없는 혈육이었다.

진찰을 해보니, 뜻밖에도 폐와 관련된 경락에 이상이 있었다. 열이 나는 증세를 들어보니 아무래도 수상했다. 엑스레이 촬영을 한번 해보도록 했다.

이튿날 누님은 엑스레이 필름과 소견서를 가지고 찾아왔다. 틀림없는 폐결핵이었다. 그것도 어느새 활동성 중(中) 정도로 되어 있었다.

"누님, 아무 염려 마세요. 몇 달만 치료하면 거뜬히 나을 테니까요."

나는 아무렇지도 않게 말했다. 누님을 안심시키기 위해서이기도 했지만, 실제로 그 정도의 결핵은 자신이 만만했다. 항결핵제를 복용하면서 뜸을 뜨면 문제가 없는 것이다.

즉시 뜸자리를 잡아 뜸을 떠주었다. 그리고 약방에 가서 내가 내 돈으로 직접 결핵 약을 사서, 복용하는 법을 자세히 가르쳐주었다.

누님은 약을 복용하면서 하루에 한 번씩 내 시술소를 찾아와 뜸을 뜨고 가곤 했다. 뜸은 집에서 뜰 수도 있는 일이었으나, 운동 삼아 하루에 한 번씩 나오도록 했던 것이다. 내가 폐병 환자다 하고, 집에 들어앉아 있는 것보다 하루에 한 번씩 나들이를 하는 게 정신위생적으로도 좋을 것 같고 해서.

누님의 등에 뜸을 뜰 때마다 나는 누님의 살결이 여간 곱지 않구나 싶었다. 어느덧 오십을 바라보고 있는 누님이었다. 그런데 살결은 아직 삼십 정도밖에 안 된 여인처럼 부드럽고 탄력이 있어 보였다. 어쩌면 혼자 살기 때문에 그런지도 모른다는 생각이 들기도 했다. 그럴 때면 누님의 고운 살결이 어쩐지 좀 슬프게 느껴지기도 했다.

하루하루 열도 덜해가는 것 같다면서 누님은 찾아올 때마다 밝은 표정을 지었다. 누님의 그런 얼굴이 나는 더없이 기뻤고, 내가 침구사가 된 보람을 처음으로 뻐근하게 느껴보기도 했다.

날씨가 몹시 궂은 어느 날 오후였다. 비바람이 치고 있는 듯 시술실의 창문이 이따금 덜커덩거렸고, 쏴— 하고 유리에 빗줄기가 와서 부서지기도 했다. 봄철인데 참 이상한 날씨였다.

찾아오는 환자는 아무도 없었다. 나는 혼자서 시술실에 앉아 신문을 뒤적거리며 빈 방을 지키고 있었다. 이따금 하품이 나와서 낮잠이나 한숨 잘까 하고 있는데, 뜻밖에 누님이 문을 열고 들어서는 것이 아닌가. 이렇게 날씨가 궂은데 말이다.

온통 치마가 젖어 있었고, 저고리도 소매 끝부분은 물에 담근 듯했다. 연한 주황색 저고리였다. 우산에서는 빗물이 아직도 줄줄줄 흘러내리고 있었다.

"이렇게 비가 오는데 나오시느라고…… 이런 날은 집에서 떠도 되는데……."

나는 얼른 벽에 걸린 수건을 벗겨 누님에게 건넸다.

"아파서 치료를 받는 사람이 비가 온다고 치료를 받으러 안 오면 되나."

누님은 이렇게 말하며 웃었다. 그리고 수건으로 얼굴이랑 옷에 묻은 물기를 닦았다.

누님의 보통 넘는 의지를 보는 듯했다. 한 평생을 수절을 하면서 혼자 살아가는 것도 저런 의지 때문일 것이라고 생각하니 약간 질리는 듯도 했다.

"좌우간 잘 왔어요. 갈 때는 내가 택시로 집까지 데려다 드릴께."

나도 환자가 없어 심심한 판인데, 잘 되었다 싶었다.

잠시 후, 누님의 등에 뜸을 뜨기 시작했다. 누님은 연한 주황색 저고리를 벗어 옆에 놓고, 웅크리고 앉아 등을 드러내놓고 있었다.

나는 그 누님의 등 뒤에 앉아서 뜸쑥을 비비고, 불을 붙였다.

그렇게 한참 뜸을 뜨고 있는데, 방 안에 켜진 형광등이 마치 무슨 그늘에 가리기라도 하는 것처럼 희미해지기 시작하더니, 가물가물하다가 탁 꺼지고 말았다. 정전인 듯했다.

불이 꺼지자, 방 안은 제법 어두컴컴했다. 바람이 또 몰아치는 듯 창문이 덜커덩거렸고, 쏴— 하고 빗줄기가 유리에 와서 부서졌다.

그때였다. 나는 그만 눈이 휘둥그레지고 말았다.

불이 붙은 가느다란 뜸쑥이 빨그레 타내려가고 있는 누님의 등이 이게 도대체 어떻게 된 영문인가. 그처럼 부드럽고 탄력이 있던 살결은 간 곳이 없고, 갈비뼈에 가죽만 말라붙은 앙상한 등으로 바뀌어 있는 게 아닌가.

그리고 옆에 벗어놓은 저고리가 연한 주황색 저고리가 아니라, 초록색 저고리로 변해 있는 것이 아닌가.

나는 입까지 딱 벌어졌으나, 목구멍이 얼어붙은 듯 아무 소리도 나오지가 않았다. 그저 턱이 덜덜덜 떨릴 뿐이었다.

이번에는 웅크린 누님이 가느다랗게 신음소리를 토하기 시작했다.

"아아 *끄끄끙 끄끄끙*…… *끄끄끙 끄끄끙*……."

그리고 숙였던 머리를 들어 얼굴을 이쪽으로 돌렸다. 순간,

"으악—"

나는 질겁을 하고 말았다.

그것은 누님이 아니었다. 가느다란 콧대가 쪽 곧게 일직선으로 내리뻗어 있는 얼굴이었다. 두 눈이 희멀겋고 퀭한 얼굴이었다.

나는 눈앞이 아찔해지는 것을 느끼며 비실 그 자리에 쓰러지고

말았다.

얼마나 지났을까. 내가 정신을 차렸을 때는 방 안에 불이 와 있었다. 내 곁에 누님이 근심스럽게 앉아 있었다.

내가 정신이 드는 것을 보자 누님은,

“아니, 별안간 왜 그러지? 왜 그렇게 놀라지?”

알 수 없는 일이라는 듯이 멀뚱히 나를 바라보았다.

누님은 저고리를 입고 앉아 있었다. 틀림없는 연한 주황색 저고리였다. 초록색 저고리가 아니었다.

그런데 나는 누님을 보자, 다시 으스스 떨려오기 시작했다. 와들와들 떨려 견딜 수가 없었다.

나는 벌떡 일어났다. 그리고 냅다 방문을 열고 도망치듯 밖으로 뛰어나갔다.

“아니, 쟤가 왜 저러지? 야야, 야야, 아이고 이상해라. 이상해라…….”

누님은 당황하여 어쩔 줄을 모르고 있었다.

누님의 병은 결국 치유가 되지 않았다. 그해 가을, 가랑비가 부슬부슬 내리는 어느 날 밤에 누님은 *끄끄끙 끄끄끙*…… 앓는 소리와 함께 숨을 거두고 말았다.

《소설문학》(1980. 12), 『검은 자화상』(정암문화사, 1992) 수록

해설

# 이데올로기와 길항하는 보통의 삶이 지닌 가능성

## - 하근찬의 1970년대 단편 소설 다시 읽기

전소영(문학평론가)

## 1. '하근찬 식(式)' 시선의 위상

전쟁에 나간 아들의 귀환 소식을 들은 아버지가 일렁이는 가슴을 붙들고 정거장 대합실에 도착한다. 십여 년 전 다른 전쟁에 징용되었던 그 역시도 이 정거장을 거쳤고 한쪽 팔을 잃은 후에야 돌아올 수 있었다. 서글픈 회고가 끝날 무렵 기차가 도착한다. 아버지는 기대에 부풀어 아들을 찾지만 유일하게 그의 눈앞에 선 이는 지팡이를 짚은 상이군인이다. 일찌감치 깨져서 멈춰버린 대합실의 시계가 이대(二代)의 이 비극적인 조우를 고요히 내려다본다. 부자의 고통이 시차를 넘어 극적으로 겹쳐지는 장면이다.

잘 알려진 소설 「수난이대」(《한국일보》, 1957.1.)에는 이렇듯 태평양전쟁과 6·25전쟁에 각각 동원되어 수난을 겪은 부자의 이야기가 등장한다. 작중 대합실은 만도와 진수가 경험한 징용-귀환의 여정을 한 데 각인하고 있다는 점에서 두 전쟁 사이에 노정된 공간적 간격을 상쇄시키는 장소이다. 거기 걸린 고장 난 시계 또한 간과할 수 없다. 그것은 인간의 문명이 결코 온당한 방향으로 진보하고 있지 않다는 사실을 환기한다. 이렇게 하근찬은 두 전쟁 중 어느 한쪽에 착목하는 대신 일제강점기에서 분단과 전쟁으로 이어진 한국 근현대사의 수난을 연속적 국면 위에 올려두었다.

여기 더해 한 가지 더 눈여겨볼 것이 있다. 바로 작중 서술자의 위치이다. 「수난이대」의 시점은 상황에 따라 변하지만 극적인 장면에서 서술자는 대체로 아버지와 아들, 둘 모두에 거리를 두고 그들을 응시하는 데 골몰해 있다. 이는 두 전쟁을 연장선 위에서 조감하고자 하는 하근찬의 의도를 드러내는 것이자, 작가의 생애사적 이력에서 비롯된 '거리 감각'을 보여주는 것이라 할 만하다.

범박하게 분류하자면 하근찬은 1930년대생 작가, 즉 1930년대 초반에 출생하여 그 스스로도 정의한 것처럼 두 개의 전쟁을 경험한 작가이다. 그런데 여기서 '경험'이라는 단어의 층위를 좀 더 면밀히 살펴볼 필요가 있다. 하근찬은 장용학 등의 1920년대생 선배 작가들과 다르게 태평양전쟁기에 징집이 되지 않았고 6·25의 전장에도 직접 참여하지는 않았다.

그러나 일제 말기에는 후방에서 전쟁 물자를 조달하는 고된 노역에 동원되었으며 1950년대에 이르러 좌익에 의해 부친이 사망하는 사건을 뼈아프게 경험해야 했다. 즉 하근찬이 운위한 '경험'이란 전장 그 자체의 경험이 아니라, 그 전제로서의 억압적 이데올로기에 대한 경험이라 할 수 있는 것이다.

> 그래서 일본점령자들이 떠나가고 난 다음에 하루아침에 바뀐 국기도 국어도 역사도 〈학교〉에서 〈선생님〉들이 말씀하시니까 으레 따

르면 될 일이었다. 어제까지 제국주의자들의 군가를 부르던 입은 조금도 순결을 잃지 않은 채, 〈민중의 기/붉은기는 전사의 시체를 싼다 사지가 식어서 굳기 전에 /핏물은 깃발을 물들인다/높이 들어라 붉은 깃발을/그 그늘에서 죽기 맹세한/비겁한 자여 갈 테면 가라/우리들은 이 깃발을 지킨다〉라고 노래할 수 있었다. 성숙한 이성의 개입 없이 받아들인 것은 얼마든지 갈아 끼워도 피도 흐르지 않고 땀도 나지 않았다.*

옮긴 글은 최인훈이 쓴 『화두』의 일부분이다. 1934년생인 그는 자신의 자전적 이력을 담보한 이 소설에서, 제국주의 이데올로기에 장악되었던 일제 말엽과 사회주의 이데올로기에 점령당한 초기 이북 체제를 겹쳐놓는다. 그러면서 개개인이 '자각의 고리', 즉 이성을 통한 검수 없이 단순히 주어진 이데올로기를 내면화하는 일이 은밀하고도 파국적인 위력을 지녔다는 것, 일제강점기에서 분단 및 전쟁으로 이어진 역사 안에서 한반도는 그 위력에 속박당해 왔다는 것을 역설한다.**

이러한 양상은 최인훈 외에 1931년생인 박완서나 1932년생인 이호철의 문학세계 안에서도 유사하게 나타나는 것을 볼 수 있다. 즉 하근찬을 위시한 1930년대생 작가들은 이처럼 유년 시절과 청년기에 경험한 '이데올로기의 폭력'으로서의 태평양전쟁과 6·25전쟁을

* 최인훈, 『화두』, 문학과지성사, 1994, 31쪽.

** 최인훈 또한 하근찬처럼 식민지 교육을 받았던 기억을 회고하며 '이름이 일본어로 불리었던 거의 마지막 세대'로서의 자의식을 강하게 드러내었고 한일회담 이후 『총독의 소리』 연작 등을 써내기도 했다.

동궤에 놓고 그로부터 얻은 의식 세계를 토대 삼아 1960년대 및 70년대의 권력과 이데올로기를 비판적으로 투시할 수 있었던 것이다.* 관련하여 하근찬의 다음과 같은 자임은 특기할 만하다.

> 작품을 발표하기 시작한 지도 어언 30년 가까이 되어 간다. 그동안 나는 대체로 두 가지 소재를 가지고 작품을 빚어 왔다고 할 수 있다. 6·25와 일제 말엽의 태평양전쟁이 그것이다. 6·25라는 역사의 회오리바람 속에서 몸부림치는 무고한 시골 사람들의 이야기를 집중적으로 다룬 시기를 내 창작생활의 제1기라고 한다면, 일제 말엽 태평양전쟁 무렵의 어둡고 참담했던 우리 농촌 백성들의 이야기를 주로 소년시절의 체험을 바탕으로 해서 그려온 시기를 제2기라고 할 수 있을 것 같다.
>
> 《현대문학》에 연재한 이 「山에 들에」는 그러니까 제2기의 작품세계를 총정리 한 것이라고 할 수 있다.**

그는 『산에 들에』의 서문에서 위와 같이 「수난이대」 이후 "6·25와 일제 말엽의 태평양전쟁"에 30여 년간 몰두하여 문학세계 1기와 2기를 구축해냈다고 밝혔다. 다시 말해 각 시기의 주제들이 자신의 의도에 따라 반복, 변주되었다는 것이다. 이중 후자의 범주에는 작가가 직접 언급한 1) 일제 말엽을 회상하는 소설들이 주로 속

---

* 이 작가들은 물론 출신 지역에 따라 해방 이후 다른 체제의 이데올로기를 경험한 바 있다. 단 이데올로기를 행사한 주체의 이질성을 일단 차치해놓고서라도, 분단과 전쟁을 야기한 이데올로기가 내재화된 현실을 비판적으로 인식하여 작품에 피력했다는 점은 30년대생 작가들이 지닌 공통점이라고 할 만하다.

** 하근찬, 「작가의 말」, 『산에 들에』, 현대문학사, 1984, 10쪽.

해있는데 2) 그 외에도 1960년대 및 70년대 사회에 대한 비판적 성찰이 담긴 작품들이 망라되어 있다는 점은 주목을 요한다.

기실 하근찬의 2기 문학세계는 당대 비평의 논의 구도 안에서 그다지 우호적인 평가를 받지 못했다. 「조랑말」, 「일본도」 등의 수작 몇 편이 소수 비평가들의 관심을 끌었지만 그들의 평가 역시 "과거 체험에서 비롯된 민족적 시름을 밀도 있게 살렸다"거나 "일제 아래서 겪었던 동심의 세계를 서정성 짙게 그려내었다"는 상식적인 수준의 단평에 머물러 있다.* 오히려 당대 작품이 "回想小說로 취향을 돌림으로써", "意識의 퇴영(退嬰) 내지 弱化 현상을" 보인다는 비판을 받으며** 논자들의 관심 밖으로 밀려나는 경우도 발생하였다.

그러나 상기한 작가의 '의도'를 바탕 삼아, 과거를 의미 있게 불러들이는 작품들과 현대 사회를 예리하게 진단하는 작품들을 유기적으로 통합할 수 있는 시각을 마련한다면 하근찬은 오히려 '투철한 현실감각을 지닌 작가'로 재평가될 만하다. 전집 7권에 해당하는 이 작품집의 의의 역시 바로 그러한 측면에서 찾을 수 있을 것이다.

여기 수록된 소설들은 하근찬이 구획한 '문학세계 2기'에 포함되며 「수양일기」와 같이 일제 말엽을 소환하는 작품, 「후일담」처럼 1960년대~70년대 한국 사회에 관한 문제의식을 드러내는 작품으로 일별될 수 있다. 그렇다면 하근찬은 이 시기 작품들의 소재 또

---

* 임헌영, 「눌변의 연대」, 《월간문학》, 1973.12.
임종국, 「민족적 시름의 질량」, 《여학생》, 1979.10, 177면.
윤병로, 「새 세대의 충격과 60년대 소설」, 《현대문학》, 1989.2, 337면.

** 김병익, 「작가의식과 현실」, 《문학과지성》, 1973.2, 199-202면.

는 주제 의식을 왜 이와 같이 설정했을까. 과거와 현재를 지속적으로 유비하며 궁극적으로는 어떤 시선을 돋을새김 하고자 했던 것일까.

## 2. 내면화된 이데올로기와 길항하는 삶의 (불)가능성

하근찬의 2기 문학세계가 한일협정 관련 이슈로부터 점화되었다는 사실은 자명해 보인다. 일제 말엽에 처음 등장한 소설은 「나무 열매」인데 이 작품은 《사상계》 1962년 2월호에 처음 발표되었다.* 이후 하근찬은 「나무 열매」같이 태평양전쟁기를 전면화하여 담아낸 소설과 「승부」(《현대문학》, 1964.5.)처럼 작품 발표 당대와 일제강점기를 오버랩하는 형태의 소설을 교차시켜 발표해 나간 바 있다.

이중 후자 계열의 작품, 예컨대 「승부」를 살펴보면 하근찬이 1960년대 초부터 촉발된 한일 협정 찬반 논란을 주밀하게 인식하고 그와의 연관성 안에서 현대사회의 병폐를 드러내고자 했다는 것을 알 수 있다.

> 개찰구에서 김대봉이가, 아니 동철이가 내민 차표는 三등이 아니라 二등이었던 것이다. (…) 재훈은 곧 울상이 되었다. 참혹할 지경이었다. 같이 二등으로 가겠다는 생각도, 三등으로 가겠다는 생각도 없었다. 그저 손때가 반질반질하게 묻은 가죽 가방을 들고 휘청휘청

* 1977년 삼중당에서 발간된 단편집 『흰 종이수염』에는 「오동 열매」라는 제목으로 수록되었다.

걸음을 옮기기만 했다.

그리고 저도 모르게 속으로 뇌이고 있었다.

〈졌어, 졌어, 졌다니까……〉*

작중 재훈과 동철은 라이벌 관계에 놓여 있다. 일제 말기의 소학교 시절만 해도 재훈이 '죠샌소오도꾸(朝鮮總督)'를 희망하는 동철에게 번번이 승리하면서 우월감을 느꼈다. 그러나 그로부터 삼십여 년이 지난 지금, '태평양상사(太平洋商事)'의 전무가 된 동철은 재훈에게 지독한 패배감을 안기고 있다. 이들의 승패는 고장 난 시계/금시계, 평교사/무역회사 전무, 3등석/2등석의 이항대립이 상징하는 자본의 논리로 결정되는데 그 이면에는 '태평양상사'라는 수상한 무역회사가 존재한다.

여기에서 '태평양상사'라는 회사명은 작품 발표 당대의 최대 이슈였던 한일협정을 연상하게 한다. 1961년의 5·16 군사정변 이후 군정에 의해 추진되기 시작한 한일협정은 1963년 정권이 확립되면서 급속도로 진행되어 1965년 6월 22일 정식으로 조인된다. 그러나 그 과정에서 종교, 문화 단체뿐만 아니라 학생들을 아우르는 대중적 반대투쟁이 확산된 바 있다.** 한일협정이 중층적인 모순을 노정하였기 때문이다.

문제점 중 하나는 그것이 과거사 청산이나 일본의 배상 문제가

---

* 하근찬, 「승부」, 《현대문학》, 1964.5, 58쪽.

** 이러한 한일협정 반대운동은 4.19 민주화 항쟁의 불씨를 계승하는 것이자, 군사정권의 실정(失政)에 대한 민중적 저항이라는 점에서 간과할 수 없는 역사적 위상을 지닌 것이라 할 수 있다. 이광일, 「한일회담 반대운동의 전개와 성격」, 『한일협정을 다시 본다』, 아세아문화사, 1995, 92쪽.

소거된 조약에 기반을 두고 있었다는 점이다. 그로써 일본은 식민지 지배 및 전쟁에 대한 책임의 의무에서 벗어나기에 이른다. 아울러 한일협정은 일제강점기는 물론이고 해방과 6·25전쟁 이후에까지 지속되었던 외세의 영향력이 공고화 된 계기라는 점에서도 문제적이다. 이는 1949년 미국이 아시아 자본주의를 이끌어 갈 견인차로 일본을 상정하면서 불거진 한일 수교 논의의 산물이었던 것이다.*

한일회담의 이면에서 지역 통합의 논리에 입각해 동북아 자본주의의 질서를 강제적으로 재편하고자 했던 서구 자본주의 체제의 역학관계를 읽어내는 일은 어렵지 않다.** 한일협정을 기점으로 미국의 비가시적 지배 전략이 일본이라는 하위 파트너를 통해 관철되었고 이는 미국의 독자적 영향력이 미, 일의 이원적 영향력으로 확장됨을 의미하는 것이기도 했다.***

그러한 차원에서 「승부」의 설정은, 하근찬이 한일협정의 귀추에 누구보다 주목하고 있었으며 그 인과와 본질을 파악하고자 했음을 잘 보여준다. 하지만 이 작품이 초점화한 것은 당대의 정치적 사안이나 담론 그 자체가 아니다. 하근찬은 예의 그래왔듯 당대를, 평범한 사람들의 일상에 틈입한 현실의 정세를 통해 그려낸다.

---

* 이종원, 「한일협정의 국제정치적 배경」, 『한일협정을 다시 본다』, 아세아문화사, 1995, 55-58쪽.

** 하근찬이 1960년대 중반, 즉 한일협정의 진행 과정에서 이러한 종속 자본주의의 문제를 미국 관련 소설인 「낙도」(《신동아》, 1965.3.)나 「삼각의 집」(《사상계》, 1966.1.) 등에서 동시에 다루었다는 점은 의미심장하다.

*** 이종원, 앞의 책, 93-100쪽.

「가내야마, 너는?」

동철이는 김가이기 때문에 창씨가 「가내야마」(金山)였다.

「예!」

힘차게 대답을 하고 자리에서 일어난 동철이는 교실이 떠나갈 듯한 목소리로「죠샌소오도꾸(朝鮮總督)가 되어 댄노해이까(天皇陛下)에게 충성을 다하겠읍니다.」 하는 것이었다.

교실 안은 조용해졌다.

(…)

그런 일이 있은 뒤로 동철이는 아이들에게 「죠샌소오도꾸」 혹은 「가내야마소오도꾸」라고 놀림을 받았다.

재훈은 쌍화탕을 두어 모금 마셨다.

「죠샌소오도꾸」가 「太平洋商事 專務」로 낙착이라—

웃음이 나오지 않을 수 없었다.*

과거 "죠샌소오도꾸(조선 총독)"를 꿈꿨던 동철이 무리 없이 "태평양상사 전무(太平洋商事 專務)"로 낙착된 현실. 그것을 바라보는 재훈의 실소에는 과거가 반성 없이 망각되는 세태에 대한 우려가 담겨 있다. 이들의 '승부'를 당시의 시국이 유발한 과거사 망각과 기억의 대립 국면으로 치환하여 이해할 수도 있는 것이다.

그런데 더 흥미로운 점은 하근찬이 이러한 서사를 사실상 한일국교정상화라는 화두에 대한 관심이 희미해진 1970년대 후반까지도 여러 작품에서 변주해냈다는 사실이다. 이는 한일협정에 대한

---

* 하근찬, 「승부」, 앞의 책, 57쪽.

대응만이 이러한 작품의 목표가 아니었다는 사실을 넌지시 알려준다. 해서 이로부터 비어져 나오는 한 가지 의문. 작가가 보다 역점을 두고자 했던 부분은 무엇일까.

그에 관한 답을 건네는 텍스트 중 하나로 이 전집에 수록된 「삽미의 비」(《문화비평》, 1973.9.)에 갈피끈을 끼워볼 수 있겠다.* 이 작품은 1970년대 초엽에 주인공 훈구가 일제 우산을 선물 받는 에피소드로 시작된다. 선물을 준 이는 그의 이모인데 그녀는 일제 말엽 도일(渡日)했다가 귀국한 인물이며 훈구로 하여금 1960년대 중반, 즉 "한일회담이 한창 마무리되어가던 무렵"**의 사정을 떠올리게 한다.

이 작품은 이렇듯, 4 · 19혁명 및 5 · 16 군사정변과 더불어 1960년대 사회의 최대 이슈였으나 "문학적 포위망 속에서는 포착되지 못하"***였던 한일협정을 전면화하고 있다는 점에서 가치가 있다. 거기 더해 작가가 액자식 구성을 통해 일제 말기와 한일협정기, 작품이 발표된 당대까지도 겹쳐놓고 있다는 점에 또 한번 방점을 찍을 필요가 있어 보인다. 하근찬은 왜 굳이 회상의 형식을 활용하여, 이 소설이 나온 시기에는 이미 종결된 것이나 다름이 없었던 한일협정 관련 담론을 다시 호출했을까.

---

* 이 소설은 본래 「우산」(《한양》, 1972.2.)에 실렸던 것을 개작, 개제하여 재발표한 작품이다. 「삽미의 비」와 「우산」을 비교해보면 전자가 후자에 비해 한일협정 당시의 정황과 주인공 훈구의 심리적 갈등을 보다 치밀하게 묘파하고 있는 것을 알 수 있다. 따라서 이 글에서는 「삽미의 비」를 주요 분석 대상으로 삼되 필요시 「우산」도 함께 언급하고자 한다.

** 하근찬, 「삽미의 비」, 『하근찬 전집 7 - 삽미의 비』, 산지니, 2022, 112쪽.; 이하 전집 7권 수록 작품의 경우 작품명과 쪽수만 언급하기로 한다.

*** 김윤식, 「60년대 문학의 특질」, 《현대문학》, 1985.1, 64면.

어느 날, 훈구는 신문에서 학생들이 일제 상품을 한데 모아 불태웠다는 기사를 읽었다. 그 기사를 읽으면서 훈구는 절로 인도의 '간디' 생각이 머리에 떠올랐다. 인도의 독립을 위해서, 그리고 낙후된 식민지 경제를 바로잡기 위해서 간디는 영국제 상품을 한데 모아 그 산더미 같은 값진 물건들을 화염 속에 회진(灰塵)해버린 일이 있었던 것이다. 그것은 단순히 영국제 상품에 불을 지른 것이 아니라, 인도 국민의 가슴속에 불을 질러 나라를 바로잡아야 한다는 뜨거운 마음을 일깨우기 위한 행동이었다. 학생들이 일제 상품을 불태워버린 것도 훈구는 그렇게 해석하고 싶었다. 가슴에 뜨거운 것이 꿈틀거리는 듯했다. (「삽미의 비」, 117-118쪽.)

1965년의 어느 날 고가의 일제 우산을 구매한 훈구는 깊은 고민에 빠졌다. 당시 한일협정 찬반 논란이 가열했기 때문이다. 옮긴 부분에 제시된 신문 기사에는 1960년대 중반의 '한일조인비준 반대운동'에 관한 내용이 담겨 있다. 군사정변으로 권력을 장악했던 정부가 과거사 청산이라는 과제를 간과한 채 한일국교정상화를 서두르자 그에 반대하는 운동의 파랑이 60년대 초반부터 거세게 일었던 것이다.* 특히 1965년에는 대학생들을 주축으로 단식 투쟁, 일본상품 및 외래 사치품 불매와 불사용 전 국민 서명운동, 일제 상품 화형식 등이 전개되기도 했다.**

---

* 유지아, 「한국과 일본에서의 한일회담 반대운동의 전개과정과 역사적 의의」, 《한일관계사 연구》 53권, 한일관계사 학회, 2016, 278쪽.

** "이날 학생들은 교직원 학부형 학생들로부터 수집한 일제 「파라솔」 선풍기 「넥타이」

훈구는 정치에 큰 관심이 없는 평범한 직장인이었음에도 이러한 사회적 분위기를 수차례 마주하며 마음가짐이 달라지는 것을 느낀다. 종내 그의 의식 안에서는 대학생들의 행동과 과거 간디의 행적이 겹쳐 보이기까지 하는 것이다. 위의 인용문에 제시된 "영국제 상품을 한데 모아 그 산더미 같은 값진 물건들을 화염 속에 회진(灰塵)"한 사건은, 인도가 영국의 제국주의 정책에 저항하기 위해 독립운동의 일환으로 펼쳤던 범민중적 스와데시 운동(및 보이콧 운동)을 지칭한다. 훈구는 이렇게 식민지 시기 인도의 정황과 1960년대 중반 한국 사회의 상황을 포개어보고, 충동적이었다고는 하나 일제 우산을 구매했다는 사실을 부끄럽게 여기게 된다.

단, 이 소설이 주인공의 각성을 드러내는 도식적인 결말로 나아가는 것은 아니다. 불매운동 동참 서명을 한 후 훈구는 동료 직원과 국산품 애용에 관한 대화를 나눈다. 그 과정에서 일제 우산 때문에 트집을 잡히고 자괴감과 분노를 느끼며 결국 우산을 찢어버린다. 하지만 '삽미의 비', 즉 입맛이 떨떠름한 기분만은 시간이 한참이 지난 지금까지도 떨쳐낼 수 없다는 것으로 이 작품은 봉합된다.

하근찬은 「우산」을 「삽미의 비」로 재발표하면서 유독 이 마지막 부분만 거의 개작에 가까울 정도로 공들여 수정해두었는데 그렇게 완성된 결말의 내용은 무척 의미심장하다. 그 이유라면 훈구와 동료 직원의 언쟁 장면에서 찾아볼 수 있을 것이다.

---

의류, 학용품, 잡지 등 1백여 점과 「게다」 그리고 종이에 그린 일장기를 불살랐다." 「데모, 단식, 화형식」, 《경향신문》, 1965.7.1.

"불매운동의 정신은 좋지. 그러나 불가능한 일이야."

미스터 윤이 게슴츠레해진 두 눈을 껌적거리며 말했다. 그 말을 듣고 훈구는 가만히 있을 수가 없었다.

"아니지, 그런 사고방식이 제일 곤란한 거야. 그 정신이 좋다고 생각하면 왜 해보지도 않고 불가능하다는 결론부터 내리느냐 말이야. 모든 사람이 그렇게 생각한다면 일은 정말 불가능해지고 말지. 그러나 반대로 모든 사람이 가능하리라고 생각한다면 가능한 일이 되는 거지. **문제는 나 자신의 마음가짐에 달려 있는 거야.** 어떻게 생각해?"

훈구는 취기 때문에 약간 핏발이 선 눈으로 미스터 윤을 똑바로 바라보았다.

약간 핏발이 선 훈구의 두 눈을 바라보고 있던 미스터 윤은,

"헛헛허……."

필요 이상의 큰소리로 거드름을 피우며 웃었다. 그리고,

"그건 이상이야. 현실이란 그렇게 만만한 게 아냐. 자네 생각처럼 그렇게 무슨 일이 간단하게 된다면, 우리나라가 벌써 미국보다도 나은 나라가 됐을 거야. 헛헛허……."

미스터 윤은 또 너털웃음을 웃으며 좌중의 동료들을 돌아보았다. 자기의 의견에 동조를 해 달라는 그런 표정이었다.

훈구는 코언저리에 웃음을 띠며 말을 받았다.

"현실은 현실대로만 받아들이고 있으면 그 현실은 언제까지나 제자리걸음밖에 하질 못 하는 거야. **현실이 보다 나은 현실로 바뀌어져 나가려면 현실을 밀고 나가는 힘, 즉 이상이 필요한 거지. (이상 강조는 인용자)** 이상이란 반드시 불가능한 것만을 말하는 것은 아니

야. 불가능한 이상이란 이상이 아니라, 환상이나 망상인 거야."(「삽미의 비」, 124-125쪽.)

옮긴 인용문의 내용을 포함하는 둘의 대화에는 비교적 긴 지면이 할애되어 있다. 여기서 훈구는 일제 상품 불매운동이 불가능하다는 동료의 말을 반박하며 "나 자신의 마음가짐"과 "현실을 밀고 나가는 힘"에 관해 힘주어 말한다. 이 발화가 중요한 첫 번째 까닭은 그 주체가 '정치에 대해서는 별로 관심이 없는' 훈구라는 점에 있다.

하근찬은 예의 그래왔듯 「삽미의 비」에서도 당대 민중의 대부분을 차지했던 평범한 인물을 서사의 중심에 둔다. 그런데 한 사회의 평범한 구성원으로서 개인은 현실을 지배하는 (비)가시적인 이데올로기로부터 자유롭지 못하다. 가령 훈구만 보아도 대학생들의 소식을 접하기 이전까지 한일협정에 대해 "찬성과 반대 어느 쪽 하나를 선명하게 택할 수가 없었"고 수교를 찬성하는 의견에도, 그 반대 여론에도 일리가 있다고 생각한다. 그러다 겨우 후자로 기울었지만 자각 없이 산 일제 물건의 훼방으로 개운치 않은 결론을 얻게 되는 것이다.

이렇듯 하근찬의 작품에 주로 부조되는 개인들은 비범하지 않기 때문에 사회 구조를 작동시키는 힘을 내면화하여 현실과 공모하기도 하고 삶과 대결하며 진실을 폭로하려는 욕망을 지니게 되기도 한다. 그리고 바로 그 순간, 그들에게 지배력을 행사하는 이데올로기의 구성 원리와 역학이 실체를 보이기도 하는 것이다. 물론 이 작품이 훈구가 감각한 '삽미의 비'로 마무리되는 것은, 한 사회의 인력에 붙들려 살아가는 인간이 그로부터 벗어나기란 결코 녹록지 않다는 사실을 암시한다. 그러나 그 과정에서 지식인도 사상가도 아닌 훈구의 입을 통해 "나 자신의 마음가짐"과 "현실을 밀고 나가는 힘"의 중요성, 즉 한 사회의 구조와 이데올로기의 '바깥'을 사유할 필요성이 발화된다는 사실은 충분히 가치 있어 보인다.

주지하듯 1970년대는 근대화의 미명 하에서 강력한 국가권력에 의한 통치가 이루어졌던 때이다. 국가 주도의 경제성장이 성공하면서 억압적 군사독재 정권의 통치가 합리화, 지속되었던 것이다. 특히 1972년 10월의 유신 이후 개인의 삶은 사회를 추동해 나가는 국가 이데올로기에 종속될 수밖에 없었다. 그러한 사회적 정황 안에서 하근찬은 이미 '종결된' 한일협정 시기를 회고하는 이야기의 외피를 빌려, 지배 이데올로기를 온전히 내재화하지 못한 채 그 '외부'를 상상하는 훈구라는 인물을 그려낸 것이다. 한일회담 반대운동의 과정에서 발현되었던 대중적인 힘과 여론이 유신 성립 과정에서 약화되었음을 고려할 때* 「삽미의 비」의 전언은 상당히 유의미하다고 할 수 있을 것이다.

## 3. 이데올로기적 장소로서의 '학교'

1960년대 중반 「승부」에 그려졌던 '재회'의 서사가 1970년대에 이르러 「원 선생의 수업」(《현대문학》, 1973.1.)이나 「노은사」(《현대문

---

* 홍석률, 「1960년대 한국 민족주의의 분화」, 『1960년대 한국의 근대화와 지식인』, 선인, 2004, 220쪽.

학》, 1977.1.) 등에서도 효과적으로 활용되고 있다는 점 역시 그 연장선상에서 이해할 수 있다. 두 소설 모두 주인공이 태평양전쟁기 담임이었던 선생을 다시 만나는 이야기를 담고 있는데 전자의 경우 일본인 우찌야마 선생이, 후자는 한국인인 진사문 선생이 조우의 대상이라는 점에서만 차이를 보인다.

특히 「원 선생의 수업」은 「승부」와 상당히 비슷하게 전개된다. 중학교 시절 담임이었던 우찌야마 선생의 환영회에 참석한 원영배는 그것이 무역회사의 중역이 된 그의 환심을 사기 위한 자리임을 깨닫고 복잡한 심경에 처한다. 우찌야마가 조선인들을 멸시하여 악명을 떨쳤던 인물이었음에도 동창들이 예전 일을 모두 잊은 것처럼 그의 비위 맞추기에 급급했기 때문이다. 「승부」에서 전하고자 했던 세월의 망각증에 대한 비판적 의식은 이렇듯 「원 선생의 수업」에서도 그대로 작동하고 있다.

> "와까이 지시오노 요까렌노— 나나쯔 보당와 사꾸라니 이까리……(젊은 혈기의 옛과병들의— 일곱 개 단추는 벚꽃과 닻 무늬……)"
>
> 좌중은 거의 이성을 잃은 모양이었다. 그 군가까지 따라 부르기 시작하는 것이었다. 원영배는 눈에서 가물거리던 아지랑이가 활짝 걷히는 듯한 느낌이었다. 두 눈을 뚝 부릅떴다. 그때 그의 눈에 들어온 것은 우찌야마 선생이었다.
>
> 우찌야마 선생은 장단을 치던 젓가락을 멈추고 멀뚱히 정두호 씨를 쳐다보고 있었다. 이 사람이 아무리 술을 마셨지만 정신이 있나 없나 하는 표정으로. 그리고 곧 그 표정은 경멸에 찬 표정으로 바뀌었다. (…)

"집어쳐라아!"

마침내 원영배의 입에서 고함소리가 터져 나왔다. 고함소리만 터져 나온 게 아니라, 벌떡 일어서면서 그만 자기도 모르게 상 한쪽을 번쩍 들어버렸다.

와그르르르, 산해진미가 쏟아지면서 노래가 뚝 그쳤다.*

어느새 그 분위기에 휩쓸린 원영배는 눈이 흐려진 채 일본어 교가를 함께 부르기도 하지만 좌중의 입에서 태평양전쟁기의 '군가'가 흘러나왔을 때만큼은 참을 수 없는 격정에 휩싸인다. 인용된 노래는 태평양 전쟁 막바지에 쓰였던 소년 항공대의 군가 중 일부로 당시 소년들은 취학 이전부터 여러 방송 매체를 통해 이것을 습득했다고 알려져 있다.** 말하자면 환영회에서 나온 노래란 조선의 어린 소년들이 전시 동원 체제와 이데올로기를 내면화할 수 있게 만들었던 기제 중 하나인 것이다.

해방 직전 군가를 교육받았던 소년들이 가시적 식민 상태에서 벗어난 이후에도 자발적으로 그 노래를 부르고 일본인 선생은 그들을 경멸하는 풍광. 이것을 통해 하근찬이 역설하고자 한 바가 과거를 잊지 말자는 단순한 논리뿐만은 아닐 것이다. 인간의 내면에 한번 각인된 이데올로기는 그로부터 벗어나려는 주체의 의지가 발현되지 않으면 지속될 수밖에 없다는 것, 반대로 말하자면 「삽미의 비」에서 강조했듯 이데올로기의 주박에서 벗어나려는 '나 자신의 마음가짐', '현실을 밀고 나가는 힘'이 중요하다는 점을 이와 같이

---

* 하근찬, 「원 선생의 수업」, 《현대문학》, 1973.1, 103쪽.

** 김윤식, 『비도 눈도 내리지 않는 시나가와 역』, 솔, 2005, 247쪽.

묘파한 셈이다.

이 메시지가 역사 교사인 원영배의 행동에서 비어져 나오는 것 역시 의미심장하다. 이는 이데올로기와 교육의 관계에 대한 작가의 성찰과 맞물려 있기 때문이다. 그런 측면에서 주의를 기울여볼 만한 작품이 바로 이 전집에 수록된 「수양일기」(《소설 문예》, 1975.7.)이다. 이 소설은 「원 선생의 수업」과 일종의 상호텍스트 관계에 놓여 있다고도 볼 수 있는데 「원 선생의 수업」에 등장하는 '네꼬 기도꾸(고양이 위독)' 삽화가 「수양일기」에 거의 그대로 펼쳐지는 것을 볼 수 있다.

「수양일기」는 현재의 '나'가 1945년 중학교(사범학교) 1학년 교실에서 일어난 일들을 돌이키는 내용의 소설이다. "作家란 자기가 직접 몸을 담아 본 세계라야만 자신을 가지고 덤빌 수 있"*다는 말을 누차 했을 정도로 체험과 문학의 불가분한 관계를 강조했던 하근찬이었던 만큼 이 작품도 작가의 직, 간접적인 체험을 기본 골격으로 삼는 것으로 볼 수 있다.**

실제로 하근찬은 1945년 4월부터 중학교(전주사범학교)에 입학을 했는데 "7월말 여름방학이 되어 귀성할 때까지 4개월 동안의 생활은 내가 이 세상에 나와서 겪은 최초의 시련이었다고" 술회한 바 있다. 그가 입학한 학교가 "사범학교였기 때문에 여느 중학교보다 월등히 규율이 엄했"으며 "그것은 '규율'이라기보다 일종의 사디즘

* 하근찬, 「準戰爭小說的인 作品들」, 《월간문학》, 1969.10, 252쪽.

** 자전적 경향을 보이는 소설들에는 작품 내적, 외적으로 작가의 자전적 이야기라는 것을 발견하게 하는 동기가 존재한다. 하근찬의 소설에 나타난 자전적 표지는, 여러 산문 등에서 그가 언급한 체험의 내용이 소설화된다는 점, 혹은 가족관계나 주변 인물에 관련된 이야기가 전기적 사실과 일치한다는 점 등을 통해 다양하게 나타난다.

에 가까운 것"이라고도 했다.*

다만 작중 이야기들을 단순히 작가의 회고담으로 간주하면 문학세계 2기가 담보하고 있는 진의를 간과하게 될 우려가 있다. 오히려 하근찬이 여러 소설과 산문을 통해 일제강점기의 '학교'에 관한 기억을 재현한 까닭은, 교실이 이데올로기적 국가기구로 기능할 수 있는 장소, 즉 한 사회가 내재한 구조적 모순을 보여주는 문제적 공간이라는 점을 염두에 두었기 때문이라고 할 수 있다.**

실제로 일제강점기 통치 권력은 조선인들을 식민지의 질서를 유지하고 재생산할 수 있는 주체로 만들기 위한 시도를 거듭하며 교육기관을 적극적으로 활용한 바 있다. 더욱이 태평양전쟁기에는 식민지 민중을 상시 동원 가능한 신민으로 만드는 것이 통치의 핵심이었으며 그 수행 기관 중 하나가 바로 학교였던 것이다. 「수양일기」 류의 소설에는 이 국가이데올로기를 규율 권력 삼은 교실의 풍광이 구체적으로 드러난다.

> 그 무렵은 학교 편성까지가 군대 편제와 마찬가지였던 것이다. 학년은 중대이고, 학급은 소대였다. 그리고 학교 전체는 연대라고 했다. 대대만 없는 셈이었다. 그러니까 교장은 연대장이고, 학년주임은 중대장, 학급담임은 소대장인 것이었다.
>
> 그리고 선생을 교관이라고 했다. '선생님' 하고 부르는 게 아니라

---

* 하근찬, 「아버지의 편지」, 『내 안에 내가 있다』, 엔터, 1997, 30-31쪽.

** 이는 하근찬의 주요 이력과도 관련이 있다. 사범학교를 나와 교사 생활을 거쳐 교육 잡지 기자직에도 몸을 담았다. 그런 만큼 한 과정에서 교육의 영향력에 대해 누구보다 깊이 인지하고 있었을 것이다.

'교관님'하고 부르는 것이었다.

(…)

그 무렵 우리는 수양일기라는 것을 쓰고 있었다. 우리 1학년뿐 아니라, 전교생이 모두 썼다. 그것은 일종의 학교의 교육방침인 듯했다.

그래서 자연히 기숙사의 일과에는 일기 쓰는 시간이 정해져 있었다. 저녁 점호 전의 이십 분 동안이었다.

그 시간에는 모두 제 책상 앞에 반듯하게 앉아 그날 하루의 일을 반성하고, 일기를 적었다. 말하자면 '반성 시간'이라고 할 수 있었다. 수양일기의 주안점도 바로 그 '반성'에 있는 것이었다.

(「수양일기」, 131-137쪽.)

작중에서 '나'는 과거에 마치 병영과 같은 학교 안에 유폐되어 있었다. 조선 학생들은 통학을 금지당한 채 공부 대신 전쟁 물자 조달을 위한 근로봉사에 복무하였고 굶주림과 향수병에 시달렸다. 그 삶이란 "이불 속에서 빠져나오는 순간부터 이불 속으로 기어들어가는 순간까지, 온통 규율이라는 보이지 않는 사슬에 얽매여 있는 거나 다름이 없었다."(「수양일기」, 138쪽.)

이 고된 일상의 중심에 놓인 것이 바로 '수양일기'로, 학생들은 매일 의무적으로 자신의 일과를 기록한 후 담당 교관에게 검사를 받는 과정을 거쳐야 했다. 여기서 '수양'은 '자기반성'을 일컫는바, 학교의 질서와 규율을 단순히 피지배자에게 종용하는 것이 아니라 그들 스스로 내면화할 수 있게 하는 것이 당대 지배이데올로기의 골자였다는 사실을 보여준다. 그런데 '나'가 일기의 이 같은 속성을 충분히 이해하지 못하면서 사건이 발생한다.

'나'는 당시 그런 메커니즘을 정확히 헤아릴 수 없는 어린 학생이었다. 학교에서 겪는 일들을 고통스럽게 여기면서도 딱 한 번 자신에게 친절을 베푼 우찌야마 교관에게 호감을 갖게 될 정도였다. 때문에 '나'는 우찌야마를 믿고 심지어 수양일기를 부당행위 고발장으로 활용하기까지 한다. 당시 "철저하게 틀에 집어넣"(「수양일기」, 133쪽.)어진 채로 상명하복의 군대식 시스템을 내재화한 상급생들이 하급생들에게 가혹 행위를 하는 경우가 빈발했는데, 그 문제를 일기장에 낱낱이 기록한 것이다.

하지만 '나'에게 돌아온 것은 칭찬이 아니라 불호령과 훈육이었다. 학생의 비판이 자기 내부가 아니라 외부로 향하는 것을 경계했기 때문이다. 작중에서 '나'를 비롯한 어린 학생들은, 전술한 대로 제국주의-식민지의 권력관계나 그 구성 원리에 대해 정확히 알 수 없는 존재이다. 그런 채로 그들은 일기라는 상징폭력의 수단을 통해 규율을 내면화하지만 기어이 그것을 완벽하게 학습하거나 그에 동화되지 못하고 흔들린다.

하근찬이 반복적으로 써낸 일제 말기 관련 작품들의 의의를 이런 광경으로부터 길어 올릴 수 있겠다. 학교라는 장소를 통해 지배 이데올로기가 권력을 어떤 방식으로 재생산하는지를 보여주면서, 폭력적 이데올로기가 비판 없이 삶에 내재화되었을 때 어떤 결과를 초래하는지까지도 구체적으로 드러내는 것이다.

## 4. '박만도'들의 변주, 가장 보통의 삶에 대한 신뢰

「원 선생의 수업」이나 「수양일기」가 성인이 된 인물의 반추를 통해 해방 직전에 겪었던 학교생활을 현재인 1970년대에 불러들인다는 점은 다시금 강조될 만하다. 식민지의 학교라는 이데올로기적 장소의 풍광이 그대로 1970년대 한국 사회의 현실과 유비될 수 있음을 드러내는 까닭이다. 실상 하근찬은 상기한 소설들을 발표하면서 「후일담」(《시문학》, 1977.5.)*, 「성묘행」(《월간중앙》, 1978.7.)처럼 당대 정권의 개발 이데올로기가 초래한 현실의 파행적 국면을 암암리에 드러낸 바 있다.

전자의 경우 표면적으로는 시인 남궁 씨가 경험한 소소한 일화처럼 읽히지만 그 이면을 들여다보면 1970년대 산업화 사회의 그늘을 가시화하는 청년 만기의 사연을 부조하는 소설임을 알 수 있다. 만기는 개발 이데올로기를 상징하는 건설 현장의 크레인 운전수였지만 손을 다쳐 그 효용을 잃어버린 후 사회로부터 철저히 소외되고 만다.

후자 역시 유사한 결을 지닌 작품인데, 「후일담」보다 당대의 정황이 좀 더 섬세하게 그려내고 있다. 모친과 함께 간만에 고향을 찾은 순혜는 그 여정 중에 말로만 듣던 "새마을"(「성묘행」, 203쪽.)과 즐비한 공장, 주택을 목도하며 놀라워한다. 그런데 고향에 다다르자 그 땅이 댐 건설로 인해 수몰될 위기에 놓여 있다는 소식이 기다리고 있다. 이 소설은 순혜가 수몰 보상금을 생각하고 미소 짓는

---

* 1973년 6월 《한양》에 수록되었던 「주연기」가 이 작품의 원작이다.

것으로 마무리지만 그 웃음은 어딘지 석연치가 않다. 이들의 장래가 결코 밝아 보이지 않는 까닭이다.

순혜는 「후일담」의 만기처럼 근면이라는 당대의 표어를 좇아 부지런하게 일하는 서울의 소상공인이었다. 그런데도 점포 임대료와 세금이 지속으로 인상되는 와중에 가계 부채가 늘어나 곤란한 처지에 놓일 수밖에 없었다. 이렇듯 1970년대 국가의 이데올로기를 내면화한 채 살아감에도 결국 불행에 처하는 인물들의 삶은, 산업화의 실질적 동력이었던 대다수의 민중을 타자화 한 당대 국가 관료 자본주의의 아이러니를 암시한다. 그리고 이것은, 가장 보통의 존재들을 서사의 전면에 위치시킴으로써 하근찬이 얻고자 했던 효과를 단적으로 드러내는 설정이기도 하다.

다시 「수난이대」로 돌아가 보자. 이 소설은 자신의 비극을 팔자소관으로 여기던 박만도가, 꼭 자신처럼 참혹한 고통을 겪은 아들과 조우하며 수난의 원인이 자기가 아니라 외부 세계에 있음을 점진적으로 알아차리는 과정을 그려낸 작품이다. 해서 박만도는 단순히 불가항력적 운명의 피해자가 아니다. 그는 자신이 몸담은 세계의 규율에 따라 살았으나 그로써 상처를 얻게 된 자이자, 그 존재 자체로 억압적 이데올로기의 폭력을 드러내 보이는 자이기도 한 것이다.

하근찬은 이러한 박만도 형(形)의 인물들을 문학세계의 주체로 거듭 내세우면서, 이 세계를 온당한 방향으로 움직이는 힘은 정치적 환경이나 권력자의 변화에서 나오는 것이 아니라 내면화된 이데올로기와 길항하려는 개인들로부터 나온다는 사실을 역설한다. 설령 그것이 패배로 귀결된다고 해도 말이다. 이 인물들의 배후에,

1930년대생으로 두 번의 전쟁을 후방에서 경험하며 "이데올로기에 대해서, 전쟁에 대해서, 인간에 대해서 끝없는 절망을 느꼈"*던 하근찬만의 날카로운 현실감각이 아른거리고 있음은 물론이다.

---

* 하근찬, 「인간에 대한 끝없는 절망」, 『내 안에 내가 있다』, 앞의 책, 33쪽.